Julia Adrian

Das Tagebuch der Jenna Blue

Copyright © 2021 by

Drachenmond Verlag GmbH
Auf der Weide 6
50354 Hürth
http: www.drachenmond.de
E-Mail: info@drachenmond.de

Lektorat: Stephan R. Bellem
Korrektorat: Michaela Retetzki
Satz & Layout: Astrid Behrendt
Charakterillustrationen, Schmetterling, Pusteblume und Briefe:
Julia Adrian
Pflanzenillustrationen: Katharina V. Haderer

Umschlagdesign: Alexander Kopainski
Bildmaterial: Shutterstock

Druck: Booksfactory

ISBN 978-3-95991-305-8
Alle Rechte vorbehalten

Dieses Buch thematisiert unter anderem
psychische Gewalt, Mobbing,
körperliche Gewalt, Tod und Trauerbewäältigung.

Für meine Herzdrachen

*Kintsugi**

Dank euch weiß ich:
Jeder Bruch ist eine Chance auf einen Neubeginn.

* traditionelle japanische Methode,
Zerbrochenes mit Gold zu kitten

Dieses Tagebuch gehört:

~~Scarlett~~
Jenna

VERGISSMEINNICHT

Jenna,

    Bevor du dieses Buch beiseitelegst, ohne es eines Blickes zu würdigen – denn ich weiß, das ist dein erster Impuls –, gib mir die Chance, dir zu erklären, inwiefern es dir helfen kann. Ich selbst habe nie Tagebuch geführt; ich lese, und das mit großer Freude, doch meine Gedanken in Worte zu fassen erschien mir stets zu heikel, obendrein fehlt es mir an Talent. Dir jedoch, da bin ich sicher, wird es leichtfallen. Du bist wie deine Mama. Auch sie schwieg bis zu ihrem Verschwinden; allein Briefen vertraute sie sich an. Briefe, die keiner von uns je zu Gesicht bekam. Ich weiß nicht, wem oder worüber sie schrieb. Sie verbrannte einen jeden, nachdem sie ihn sorgsam versiegelt hatte. Sie sagte, der Wind würde die Worte zur rechten Person tragen.

    Du bist wie sie.

    Du leidest still.

    Du trägst deinen Kummer und deine Worte unausgesprochen mit dir. Du musst sie nicht mit der Welt teilen, doch sie niederzuschreiben kann ihre Last verringern. Versuche es. Lass deine Hände für dich sprechen und deine Gedanken in dieses Buch fließen. Es wird sie für dich verwahren, egal wie düster sie auch sein mögen. Vielleicht werden dadurch die Nächte – und ihr Verlust – ein bisschen erträglicher.

    In Liebe, deine Schwester Anna

Ich hasse dich!

Ist es das, was du hören willst? Soll ich darüber schreiben, wie sehr ich euch verachte? Euch beneide? Euch anschreien möchte und es doch nicht tue? Du sagst, in mir seien Worte - du hast ja keine Ahnung!

In mir ist vor allem Leere.

Ich bin leer, Anna.

Ich bin so leer, dass es wehtut.

Der Ball hat sein Ziel getroffen. Das Blut rinnt mir aus der Nase in den Mund, ich spucke es aus.

Kopf in den Nacken? Oder nach vorn?

Ich weiß nicht mehr, was richtig ist, stehe bloß da, während das Blut in Spiralen gen Abfluss rinnt. Blut, das genauso gut *ihres* sein könnte. Es gibt niemanden auf der Welt, der mir so sehr gleicht, wie sie es tut. Von der DNS bis zum Spiegelbild. *Ist Blut dicker als Wasser?*

»Brauchst du Hilfe?« Maria zwängt sich durch den Türspalt der Mädchentoilette, ein Koloss in zu engen Leggins und zertanzten Schuhen. Wäre das hier ein Märchen, käme ihr die Rolle des Rotkäppchens zu, das dem Wolf freimütig in die dunkelsten Gefilde folgt – selbst ins Schulklo.

»Ist Blut dicker als Wasser?«, frage ich sie.

»Ich versteh kein Wort. Ist die Nase gebrochen?«

Hoffentlich nicht.

»Kopf nach vorn«, sagt sie und reißt einen Batzen Papiertücher aus dem Spender. »Dein Glück, dass die Schule zu geizig für eine Handtuchrolle ist.« Sie dreht den Hahn auf, tränkt das Papier und klatscht den nassen Klumpen in meinen Nacken. »Das sollte helfen.«

Es geht nicht um mich.

Wenn sie so lächelt, könnte ich das fast vergessen. Sie sieht bloß Scarletts ältere Schwester in mir. Selbst ich tue das. Alle tun das. Obwohl der Spiegel gesprungen ist – oder gerade deswegen? –, blickt sie mir überdeutlich entgegen. Das spitze Kinn, die scharf geschnittenen Lippen, zuletzt die Verachtung im Blick. Als hätte Mutter unsere Züge mit dem Meißel geschlagen. Scarlett und ich sind Schwestern, *wir entspringen demselben Schoß*, doch das heißt nicht, dass wir einander lieben.

Maria kippt das Fenster. Flirrendes Licht fällt hinein, schillert auf den Pfützen und benetzt die stahlgrauen Fliesen, auf denen Generationen von Schülern Hass- und Liebesbotschaften notierten. *Scarlett, Scarlett, Scarlett.* Sie inspiziert die leeren Kabinen, die Nase gerümpft in Erwartung von Ungeziefer, Ratten oder Monstern. Stattdessen bin da nur ich, das triefende Gesicht übers Waschbecken gebeugt, die Haare klitschnass. Der Hahn tropft. Warum ich sie noch an meiner

Seite dulde, weiß ich selbst nicht genau. Sie erwartet keine Zuneigung, keine Antworten. Nur Infos über Scarlett.

»Fertig?«, fragt sie.

Ein letzter Blick gen Spiegel – es ist, als würde Scarlett zwinkern. Doch das bin nur ich, totenbleich und ohnmächtig vor Zorn.

Es heißt, ältere Geschwister würden Schatten werfen, denen die jüngeren nicht entkommen können. Bei uns ist es andersherum. Es ist Scarletts Existenz, die der meinen ihre Farben raubt. Es ist ihr Licht, das alles andere überstrahlt. Seit es sie gibt, verblasse ich neben ihr – wie die Schlieren im Becken.

Ist Blut dicker als Wasser? Ich sage Nein.

Ich habe gefragt, worüber ich schreiben soll, und du hast gesagt, es sei vollkommen egal; ich könne alles schreiben, eine Geschichte, ein Märchen. Irgendetwas.

Aber wo fange ich an?

Bei uns? Bei Mutter?

Oder damit, dass sie ging?

Ich könnte erzählen, dass ich an guten Tagen in die Stadt fahre, das Rad am Bahnhof abstelle und ziellos durch die Straßen streife, in der stillen Hoffnung, auf sie zu treffen. In einem der Läden. Beim Bäcker, im Café oder dem Buchladen. Manchmal stehe ich minutenlang vor einem Schaufenster und warte, dass sich eine bestimmte Person umdreht, wünschend und fürchtend zugleich, dass sie es ist. Ich wüsste nicht, was ich täte, stünde sie plötzlich vor mir. Was sagt man zu jemandem, der einen verlassen hat? Sagt man Hallo? Oder schlägt man zu?

»Was schreibst du?«

Maria linst über meine Schulter. Das Buch schnappt vor ihrer Nase zu. Beleidigt richtet sie ihre Aufmerksamkeit auf Scarlett. Die sitzt in der ersten Reihe; ihr Stuhl kippt, als sie sich zu ihrem Freund neigt. Wagt sie sich bewusst weit hinüber? Genießt sie den Kitzel des möglichen Sturzes? Spürt sie, dass nicht nur Marias Blick, sondern der aller auf ihrem Rücken ruht und von dort zu den Beinen des Stuhls und ihren wandert? Ich behaupte, dass es so ist. Dass jede ihrer Bewegungen auf eine Wirkung abzielt. Dieses Klassenzimmer ist ihre Bühne und wir sind ihr Publikum.

Zu gern würde ich aufstehen, nach vorn gehen und ihr den Stuhl wegtreten. Zack, läge sie da. Auf dem Rücken. Die Augen weit, das Haar scharlachrot. Zu gern täte ich es.

Doch ich bleibe, wo ich bin.

Scarletts Stuhl kippt zurück. Sie erhebt sich. Selbst das ist inszeniert, der Hüftschwung zu ausladend, die Dehnung des Oberkörpers zu gewollt. Jeder kann ihre Brüste sehen. Rund und fest zeichnen sie sich unter dem dünnen Baumwollstoff ab. Sie trägt keinen BH, sie behauptet, er enge sie ein. Sie nennt es feministisch, dabei bin ich mir sicher, dass sie es einzig und allein deswegen tut, weil es ihr Gegenüber irritiert. Sie hat gern die Kontrolle – und jemand, der ständig auf ihren Busen schielt, ist ihr per se unterlegen.

»Aufgepasst«, ruft sie, dabei ist ihr jegliche Aufmerksamkeit gewiss. »Die Party beginnt um acht. Ihr seid *alle* willkommen! Bringt mit, was ihr tragen könnt.«

Natürlich meint sie Alkohol – und natürlich lädt sie weder mich noch zu uns nach Hause ein. Die Party findet wie üblich im Bootshaus statt, nur dass diesmal alle willkommen sind. Wirklich alle? Ich erwarte Protest. Von irgendjemandem. Doch was folgt, ist tosender Applaus. Maria hat es längst vom Stuhl gerissen.

»Hast du gehört, Jenna? Eine Party *im Bootshaus*! Wie abgefahren ist das denn?«

»Abgefahren«, echoe ich dumpf – da trifft mich Scarletts Blick. Instinktiv sehe ich über die Schulter, doch da ist niemand. Ihr Lächeln wirkt anders, als ich zurückblicke, irgendwie *fragil*; ein Wort, das so gar nicht zu ihr passen will.

Man könnte meinen, wir wären uns ähnlich, immerhin wurden wir beide verlassen. Doch obwohl in uns dieselbe Wunde schwärt, gehen wir unterschiedlich damit um. Wir sind Schwestern, die tief fielen, doch während eine auf Gold stieß, fand die andere nur Pech.

Scarlett ist erblüht, ich bin verstummt.

Als es klingelt, kennt Marias Euphorie keine Grenzen mehr. Sie schwebt auf Wolke sieben den Flur entlang, mit mir als drohendem Gewitter im Schlepptau.

»Ich *brauche* das Kleid, Jenna! Es passt perfekt zu den Chucks, für die ich so lange gespart habe.«

Seltsamerweise überlagert sich die Erinnerung an *das Kleid* mit der an die Reißzwecke, in die ich heute Morgen getreten bin. Es ist ein dumpfes, irgendwie drückendes Gefühl.

»Das wird die beste Party aller Zeiten!«, schwärmt Maria.

»Auf der letzten Party ist jemand ertrunken«, werfe ich ein. »Wird schwer zu toppen.«

»Fast ertrunken«, korrigiert sie fröhlich. »Die Neue wäre nicht gestürzt, hätte sie besser aufgepasst. Ich meine, wir wohnen am Meer! Da sollte man schon wissen, wo es beginnt, zumal das Bootshaus naturgemäß am Kai steht. Wenn du mich fragst, war es ihre eigene Schuld. Lässt sich herausfischen und beschwert sich dabei auch noch, jemand habe sie geschubst! Also bitte!«

»Danach«, sage ich.

Das bringt Maria aus dem Takt. »Wonach?«

»Nach der Reanimation. Sie hat sich danach beschwert.«

Nicht dass einer von uns beiden dabei gewesen wäre, als die Neue ins nachtschwarze Hafenbecken stürzte und – sollte man den Gerüchten glauben – nur knapp dem Tod entronnen ist. Nein, die Partys sind einzig einer bestimmten Klientel vorenthalten und besitzen wahren Kultstatus, wie Maria nicht müde wird zu betonen. Die Vorstellung, dass auf dieser ihr so heiligen Veranstaltung ein Mensch beinahe sein Leben verlor, ist für sie so absurd, dass sie es kurzerhand beiseitewischt. »Wie auch immer ... Hast du gefragt?«

»Habe ich was?«

Beleidigt hebt sie die Brauen. »Das Kleid, Jenna!«

Ah, das. »Nein.«

»Aber du wolltest sie fragen!«

Wollte ich nicht. Aber das hat Maria schlicht überhört.

Ich zeige zu den Fahrradständern. »Da ist sie. Frag selbst.«

Tatsächlich sehe ich sie gar nicht, dafür ist zu viel los. Doch wenn sich der Fluss staut, ist Scarlett für gewöhnlich der Damm, der alles zum Erliegen bringt. Ihr Name ziert zahllose Tische, die Wände der Toiletten und ist in scharlachroten, beinahe verzweifelt um Aufmerksamkeit heischenden Lettern an die Turnhalle gesprüht.

SCARLETT. Eine Offenbarung.

»Spinnst du?« Maria lacht eine Spur zu hoch. »Sie weiß nicht einmal, dass ich existiere, geschweige denn, dass ich deine Freundin bin.«

»Tja.«

»Tja?«, wiederholt sie gekränkt.

Innerlich stöhnend unterdrücke ich den Wunsch, Maria einfach stehen zu lassen. Im Gegensatz zu meiner Schwester besitze ich bloß diese eine Freundin, auch wenn ihr Interesse einzig und allein *Scarlett, Scarlett, Scarlett* gilt.

»Kannst du sie nicht fragen?«, fleht Maria und das Stöhnen, das ich so wunderbar unter Kontrolle hatte, droht mich zu überwältigen. Ich bezwinge es mit einem Lächeln; es fühlt sich an, als würde ich die Zähne fletschen, und offensichtlich sieht es auch so aus, denn Maria rudert zurück. »Du könntest mich auch mit zu dir nehmen –«

»Nein«, sage ich.

»Wieso nicht?«, jammert sie.

Diesmal lasse ich sie stehen. Sie ruft mir etwas hinterher, doch ich ignoriere es. Sie kennt die Antwort. Ich nehme sie nicht mit zu mir. Selbst Scarlett bringt keine Freunde heim. Unser Hof ist tabu. Scarlett schämt sich zu sehr, mir hingegen ist er heilig.

»Hallo, Schwesterherz.«

Wenn man vom Teufel spricht.

Scarlett lächelt.

Ist das wirklich sie? Oder mein Spiegelbild?

Wir sprechen für gewöhnlich nicht miteinander. Weder in der Schule noch auf dem Weg dorthin, und erst recht nicht vor ihren Freunden, von denen einer ihr Rad hält.

»Hast du es eilig?«, fragt sie und legt doch tatsächlich eine Hand auf meinen Lenker. »Das trifft sich gut, ich will auch los.« Als wäre es das Normalste der Welt, sich mit mir zu unterhalten oder gar gemeinsam heimzuradeln. Dabei kommt das der Entdeckung einer außerirdischen Spezies gleich. Es ist absolut unglaublich. Oder eher: unwahrscheinlich.

Ich wittere einen Hinterhalt.

»Was willst du?«, fahre ich sie an, kaum dass wir außer Hörweite sind. »Und hör auf, so dämlich zu grinsen.«

»Deine Laune stinkt ja zum Himmel!«

»Lass das Geplänkel.«

Sie zieht die Brauen zusammen. »Ich weiß, dass unsere Beziehung recht unterkühlt ist« – die Untertreibung des Jahrhunderts – »doch ich bezweifle wirklich, dass ich so tiefe Abneigung verdient habe.«

Hass trifft es eher, denke ich; oder sage ich es laut?

»Komm zum Punkt«, verlange ich.

»Wie du willst.« Die Weichheit fällt von ihr wie das Laub von den Bäumen. Das ist Scarlett, die echte Scarlett. Kühl und überlegen. »Ich möchte, dass du zur Party gehst.«

Ich blinzele irritiert. »Heute Abend?«

Sie wirft mir einen Seitenblick zu. »Bist du zu anderen eingeladen, von denen ich nichts weiß?«

»Ach was, die Einladung galt auch mir?«

Scarletts Lächeln bekommt etwas Wölfisches. »Natürlich.«

Ich frage mich, wann ich den Pelz verlor und das Cape überstreifte. Jetzt trägt Scarlett die Wolfshaut und ich bin ihr unterlegen – wie Maria vorhin mir. Meine Hände sind schweißkalt, der Lenker droht mir zu entgleiten.

»Also, begleitest du mich?«

»Begleiten?«, echoe ich ungläubig.

»Nun, wir haben den gleichen Weg.«

Sie lässt den Satz verklingen. Vielleicht ist ihr selbst aufgegangen, dass wir tagtäglich den gleichen Weg nutzen, doch niemals zusammen radeln. Alles an ihrer Bitte ist falsch. Ich soll sie begleiten? Dass ich nicht lache!

»Wie geht es deiner Nase?«, fragt Scarlett da und betrachtet mich von der Seite. Ich zwinge den Blick nach vorn. *Keine Schwäche zeigen, nicht einen Zentimeter breit.* »Das war wirklich ein unglückseliger Wurf. Mitten ins Gesicht. Ich weiß nicht, wann ich zuletzt so viel Blut gesehen habe.«

Ich hasse sie.

Ich hasse sie.

Ich hasse …

»Derek hätte besser aufpassen müssen. Keine Sorge, das wird ihm so schnell nicht wieder passieren.«

»Ach nein?«, zwinge ich hervor.

»Nein.« Sie klingt fast bedauernd. »Wir sind Schwestern und ich sorge für dich. Auf meine Weise.«

Ich schnaube. Sie seufzt.

»Weißt du, Jenna, wir müssen nicht so sein. Zueinander, meine ich. Wir könnten –«

»Was? So tun, als wäre nichts geschehen?«

»Warum nicht?« Diesmal sehe ich sie an. Ihr Blick wirkt erneut fragil. Ist es nun das Laub oder der Wolfspelz, den sie trägt? Ich traue ihr nicht. Geschweige denn mir selbst.

»Komm zur Party. Begleite mich. Wie früher.«

Früher. Bevor unsere Familie entzweibrach. In ein Davor und ein Danach. Als Mutter noch da war und dann nicht mehr.

Mit ihr verloren wir uns selbst.

»Es gibt kein Zurück.« Ich bleibe stur.

»Nein«, sagt sie und lächelt sanft. »Aber ein Weiter.«

Wenn ich über uns nachdenke, frage ich mich oft, ob wir selbst es sind oder das Dorf, das an ein Märchen denken lässt. Wie in den alten Geschichten kennt es weder eine bestimmte Zeit noch eine bestimmte Lage. Zu klein, zu weit ab von den Wegen, zu einsam gelegen am Rande der Nordsee. Es könnte auch jedes andere Meer oder gar ein See sein, an dessen Ufern diese Geschichte ihren Anfang nahm. Bootshaus und Schule sind lediglich Nebenschauplätze, die so oder auch anders sein könnten. Einzig der Resthof, die Spukvilla und der toxische Garten dazwischen sind elementar.

Ist es nun der Ort, der über uns bestimmt?

Oder führen wir selbst Regie?

Du würdest sagen, das Übel sprießt aus dem Boden.

Ich sage, wir tragen es in uns.

Doch ich greife voraus.

Noch sind wir nicht so weit.

Noch nicht.

Die Straße wird schlechter, schweigend weichen wir den kraterartigen Schlaglöchern aus, die seit Jahren nicht ausgebessert wurden. Ich kenne ein jedes auswendig, seine Form und Tiefe und das Gefühl derer, durch die ich trotzig zu fahren pflege, in der stillen Hoffnung, es möge mich niederreißen, und triumphierend, sobald ich sie bezwungen habe. Scarlett beobachtet mich mit einer Mischung aus Mitleid und Überlegenheit. Sie meidet die Risse im Beton, während ich so viele zu passieren versuche wie möglich. Ist es Spieltrieb, der mich dazu anhält? Oder ein masochistischer, selbstzerstörerischer Drang?

»Du solltest mehr lachen«, stellt Scarlett fest. »Was nützt das tiefste Loch, solang es keine Freude bringt?«

»Was verstehst du schon davon.«

»Ich weiß beispielsweise, wieso du glaubst, mich hassen zu müssen.« Sie spricht mit einer Ruhe, für die allein ich sie vom Rad stoßen könnte. »Ich komme damit klar und du nicht. Ich verfüge über Resilienz und lebe weiter, während du dich aufgibst. Mir das zum Vorwurf zu machen halte ich für fragwürdig, wenn nicht gar für unfair. Ich vermisse sie genauso, allerdings –«

Da unterbreche ich sie: »Halt die Klappe!«

»Jenna, ich …«

»Lass es!«

»Findest du nicht, wir sollten …«

Ich trete in die Pedale, Scarlett bleibt zurück.

Ich drossele das Tempo erst, als sich das Mauermassiv am Straßenrand erhebt. Scarlett ist überzeugt, dass unser Dorf schon vor Mutters Verschwinden verflucht war. Es ist auf keiner Karte vermerkt, nicht einmal bei Google Maps, als sei es schlicht vergessen worden, gestrichen aus dem Gedächtnis der Welt. Ein Ort des Nirgendwo, dessen einzige Besonderheit das Spukhaus ist.

Vermooster Klinker, ein Tor aus rostigem Eisen und dahinter der geschwungene Kiesweg. Er ist gesäumt von dichten Spindelsträuchern und uraltem Silberregen, durch den der Wind träge streicht. Mehr ist von der Straße nicht zu erkennen. Innerhalb der

Sphäre unseres Dorfes spinnen sich unzählige Legenden um das Spukhaus und seinen Besitzer.

Dass jeder, der das Grundstück betritt, dem Tode geweiht ist, hält sich hartnäckig als Gerücht. Ich kann es weder bestätigen noch Lüge strafen, obwohl ich direkt daneben wohne und manch wagemutigem Dorfkind beim Erklimmen der Mauer zusah. Die meisten scheiterten bereits beim Aufstieg, ob aus Furcht oder aufgrund der Höhe, ist ungewiss. Einige schafften es auf die Krone, doch von denen sah ich niemals einen auf der anderen Seite verschwinden. Es galt bereits als höchster Beweis des eigenen Mutes, dort oben zu sitzen und die Beine über dem Ginster baumeln zu lassen.

Scarlett behauptet, einst durch einen Spalt in den Nachbarsgarten geschlüpft zu sein, sie verbot mir jedoch, darüber zu sprechen, und ich, damals noch ihre engste Vertraute, habe bis heute geschwiegen.

Nun, Scarlett lebt noch. Bedauerlicherweise.

»Wartest du auf mich?«, fragt sie und hält neben mir an.

»Warst du im Garten der Spukvilla?«

Sie hebt eine Braue. »Das interessiert dich? Nun, ich verrate es dir, wenn du mich begleitest.«

»Mich interessiert einzig, ob du bald stirbst.«

Sie gluckst. Dabei meine ich es todernst.

»Hör zu«, Scarletts Augen blitzen vergnügt, »ich verrate dir alles, was du über den geheimen Garten wissen willst. Ich zeige dir sogar den Spalt – falls es ihn gibt –, solang du mich begleitest.«

Verschwörerisch zwinkert sie, als wäre das alles ein Heidenspaß. Gott, ich hasse sie wirklich dafür, dass es ihr leichtfällt. Dass sie lacht und tanzt und lebt, als läge unsere Welt nicht in Trümmern.

»Abgemacht?«, fragt sie und streckt mir die Hand entgegen. Ich kann aus Prinzip nicht annehmen. Scarlett bekommt immer, was sie will – nur bin das aus irgendeinem unverständlichen Grund diesmal ich.

»Warum?«, frage ich.

»Das war kein Nein«, stellt sie zufrieden fest, kreuzt die Arme über dem Lenker und stützt den Kopf darauf. So sieht sie mich an, schräg von unten, die Augen zu wach für die scheinbare Gelassenheit. »Du glaubst doch an Zeichen, nicht wahr? Betrachte es als eines. Wir sollen gemeinsam zu dieser Party gehen. Du und ich. Wie …«

Das *Früher* verschluckt sie gerade noch rechtzeitig, als würde sie ahnen, dass ich es kein zweites Mal ertrage, daran zu denken. An früher. An uns und wie wir einst waren.

»Nein«, sage ich schwerfällig. »Ich komme nicht mit.«

Sie zuckt mit den Achseln, schwingt das Bein übers Rad, schiebt es die letzten Meter bis zum Hof und wirft es achtlos ins Gras. Ihr Pferdeschwanz wippt, als sie die brüchigen Stufen zu unserer Haustür erklimmt und die fehlende überspringt. Die Türklinke fällt scheppernd zu Boden. Ich höre Scarlett fluchen und das Metall knirschen, als sie den Stift zurück an seinen Platz schiebt.

Es sind Momente wie diese, in denen ich ihre Scham teile. Unser Resthof gleicht einer Ruine. Die Farbe blättert von den Wänden wie die Rinde von jungen Birken, dem Dach fehlen Schindeln, eine Außenwand sackt gefährlich gen Erde. Sie wird einzig durch zwei Balken gehalten, die ich letzten Herbst anbrachte. Der Zerfall ist nicht aufzuhalten. Ich kann ihn verzögern, hier und dort eine Wunde versorgen, die über kurz oder lang aufbrechen wird. Wie die Wand.

Ob Vater aus seiner Starre erwachen und etwas tun würde, sollte sie einstürzen? Manchmal bin ich versucht, es herauszufinden, indem ich einen Balken entferne – und lasse es dann doch, zu groß ist die Angst, dass er es nicht täte.

Ich schiebe den Schmerz beiseite und die Räder in den Stall. Scarlett ist es gewohnt, dass andere ihr vorauseilen oder hinterherräumen, und da es abgesehen von mir niemanden gibt, der sich daran stört, ignoriere ich es. *Wähle deine Kämpfe.* Das Motto, nach dem ich lebe. Ein Streit mit Scarlett zählt zu den Dingen, die ich meide wie der Teufel das Weihwasser.

Du hast mich gefragt, ob mir das Schreiben gefällt. Ich konnte nicht zugeben, dass es so ist. Scarlett saß neben dir. Es war die Art, wie sie mein Tagebuch ansah.

Als witterte sie eine Schwäche.

Ich hasse sie dafür.

Ich hasse auch dich, weil du es nicht bemerkst.

Sie fragte, ob sie eines haben könne, und du hast versprochen, ein zweites zu kaufen. ›Fein‹, hat sie gesagt und gelacht und mich mit diesem Blick bedacht, der so vieles verspricht. So viel böses Blut zwischen uns.

Ich traue ihr nicht.

Wieso tust du es?

Papa sitzt in seinem Arbeitszimmer, neben ihm auf dem Tisch stapeln sich die Zeitungen der letzten Wochen, darauf Dutzende schwarze Ringe: Zeugen seiner Kaffeesucht. Er blättert in einem Buch und blickt erst auf, als ich meinen Rucksack in einem Anfall von Trotz in die Ecke zwischen die Zeitschriftenstapel schmetterte. Die Dielen ächzen, als sich Papa aus dem Sessel hievt, in dem er vermutlich den ganzen Morgen saß. Manchmal fürchte ich, er kommt nur uns zuliebe aus ihm heraus. Für einen kurzen Moment, einen Kuss, eine Umarmung. Weil er die Scham nicht erträgt, die in unseren Blicken wächst. Was aus ihm werden soll, wenn wir erst fort sind, wage ich mir kaum auszumalen.

Unbeholfen drückt er Scarlett einen Kuss auf den Scheitel. Sie verzieht den Mund und taucht unter seinem Arm hinweg in die Küche. Anna steht am Herd und lächelt, als Scarlett von hinten die Arme um sie schlingt.

»Was gibt es?« Sie ignoriert unseren Vater.

Er nimmt es kommentarlos hin und zwinkert mir zu, ehe er zurück in sein Zimmer schlurft und im verblichenen Blümchenpolster seines Sessels versinkt. Ich beobachte von der Tür aus, wie er den Umschlag des Buches anstarrt, das er vorgab zu lesen. Früher einmal verbrachte er jeden Nachmittag mit mir in der Werkstatt. Wir flickten Möbel, schliffen und strichen Zäune, planten ein Baumhaus. Heute liegt so dicker Staub auf der Werkbank, als wäre sie seit einem Jahrzehnt ungenutzt – was sie ist.

Zehn Jahre sind vergangen, seit Mutter uns verließ.

Zehn Jahre, die Vater zu einem Wrack haben verkommen lassen. Einem Schatten seiner selbst.

»Jenna?«, fragt er heiser und blickt zu mir auf. Der Wunsch nach Ruhe steht ihm ins Gesicht geschrieben. Er hofft, dass ich gehe, dass ich nicht erneut versuche, ihn aus dem Zimmer und seiner Lethargie zu befreien. Er will nicht. Er will einfach nicht.

»Ich hab dich lieb«, sage ich deshalb.

Er lächelt und kurz glänzen seine Augen wie früher, dann greift er nach einem Buch – einem anderen als zuvor – und klappt es ziellos auf. Fahrig gleitet sein Blick über die Zeilen, von denen ich bezweifle, dass auch nur eine einzige seinen Verstand erreicht. So sitzt er da, zwischen abgegriffenen Büchern und überfüllten Regalen, die sich unter der Last eines Jahrzehnts gefährlich biegen, ein einsamer alternder Mann, der dem Leben abgeschworen hat.

Sorgsam schließe ich die Tür und lehne die Stirn ans Holz. Aus der Küche dringt Scarletts Lachen und Annas Stimme. Sie sprechen über die Party, das Essen, die Ferien. Unverfängliche Themen. Über Papa reden sie nie. Vielleicht fehlen ihnen die Worte. Vielleicht glauben sie, es sei besser, so zu tun, als wäre alles in Ordnung. Wer lange genug eine Lüge lebt, hält sie irgendwann für die Wahrheit.

Ich fahre mit der Hand über die Blümchentapete unseres Flurs. An den Ecken blättert sie bereits ab, offenbart den grauen Putz darunter. Mutter hat sie ausgesucht. Alles hier trägt ihre Spuren: das Muster von Papas Sessel, die bunten Gemälde, die gestrichenen Stühle des Esszimmers, der Teich in der Badewanne. Ich erinnere mich nur flüchtig und unfreiwillig an sie; hier ein Bild, dort ein Fetzen. Wie sie den ersten Fisch in die Wanne setzte, wo er noch heute zwischen Sumpfgräsern und Lotusblumen golden hervorschimmert. Scarlett auf der Schaukel im Wohnzimmer, Mutter hinter ihr in einem bunten Kleid. Anna im Garten, auf der Wange einen leuchtenden Handabdruck und zu ihren Füßen ein zertretener Wildkräuterstrauß. Ich erinnere mich an Mutters Schreie, nicht jedoch an den Grund des Streits.

Nie wieder! Tu das nie wieder!

Ich umfasse das gedrechselte Treppengeländer. Meine Finger finden eine jede Kerbe blind. Dieses Haus liegt mir im Blut, mit all seinen schimmeligen Ecken und knarrenden Dielen. Es konserviert unsere Erinnerungen wie in Formaldehyd. Das Leben, das wir einst hatten, spiegelt sich in jedem Zentimeter. Die Striche an der Wand im oberen Stockwerk, mit denen wir unsere Größe festhielten.

Anna. Jenna. Scarlett.

Daneben der Elefant, den ich unbeholfen an die Wand malte, als niemand hinsah. Er erinnert mehr an einen Hasen mit zu langer Nase. Ich zeichne die blassen Linien nach, frage mich, ob sie verschwänden, sollte ich sie oft genug nachfahren, und fürchte zugleich, dass es geschieht.

Der Gedanke ist unerträglich.

Genauso der an die Zukunft. Ich bilde mir ein, die Jahre verfliegen zu sehen; mich selbst mit Koffern nach unserem Abschluss, kurz darauf Papa in einem Sarg; ihm folgt Anna, treu bis zum Schluss. Das Haus steht eine Weile leer, der Winter kommt, der Winter geht, ehe Maler all unsere Spuren von den Wänden tilgen, den Elefanten unter weißer Farbe begraben und mit ihm unsere Kindheit.

»Jenna?« Anna steht am Fuß der Treppe. »Kommst du essen?«

»Gleich.« Verstohlen wische ich die Tränen fort. Sie soll nicht sehen, dass ich weine. Sie würde es falsch verstehen, sich womöglich die Schuld geben. Und das will ich nicht.

Wenn es etwas Beständiges in unserem Leben gibt, dann Anna. Die gute Seele des Hauses, die Mutters Aufgaben übernahm, als sie verschwand, und Papas mit dazu, als er sich und uns aufgab. Sie ist meine Halbschwester, ihre Mutter starb, bevor meine in ihr Leben trat. Wir sprechen selten darüber, zu schmerzhaft sind die Erinnerungen, zu sehr unterscheiden sie sich voneinander. Nicht zu Unrecht handeln Märchen von bösen Stiefmüttern.

»Alles in Ordnung?« Erneut Anna, diesmal näher. Sie ist die Treppe hinaufgekommen. Ihre Hand legt sie auf meine Schulter. »Scarlett sagt, du begleitest sie zur Party?«

»Blödsinn.« Meine Stimme klingt schrecklich erstickt.

Anna bemerkt es nicht. »Du solltest mitgehen. Freunde treffen, ein bisschen feiern, Spaß haben.« Uns trennen nur acht Jahre, doch manchmal kommt es mir wie eine ganze Generation vor. Sie streicht mir die Haare aus der Stirn; hat sie die Tränen doch gesehen? »Sie reicht dir eine Hand, Jenna.«

»Es ist bloß eine Party«, protestiere ich.

»Richtig, bloß ein Abend. Was macht das schon?«

Ja, was macht das eigentlich? Ein Abend. Eine Party.

»Vielleicht«, gebe ich nach. Ich tue es allein für Anna.

VEILCHENBLAU

Ich weiß nicht, wann ich Scarlett das erste Mal des Nachts die Stufen hinunter folgte; die Wände sind hellhörig, mein Schlaf ist leicht und im Gegensatz zu mir hat sie nie gelernt, sich lautlos zu bewegen, eins zu werden mit dem Haus und seinen Schatten. Ich hörte sie in der Küche hantieren und später im Wohnzimmer. Die Dielen verrieten ihren Weg, und wie ich so dastand und mit der Dunkelheit verschmolz - beim ersten und bei allen folgenden Malen -, vernahm ich nichts als das Wispern des Windes, der zärtlich ums Gemäuer strich und sich mit Scarletts Atem vereinte. Ihr Seufzen lockte mich wie das Licht die Motte. Das Wohnzimmer, bestehend aus zwei Teilen, betrat ich durch den hinteren Zugang im Flur. Scarlett befand sich im angrenzenden Teil nahe der Küche; ich konnte sie hören - und schließlich auch sehen. Sie saß auf dem Sofa, die Beine angewinkelt, das Nachthemd gelöst. Erst starrte ich nur auf die Rundung ihrer milchweißen Brüste, die im Gegensatz zu meinen so prall waren, dass ich mich unwillkürlich fragte, weshalb wir uns ausgerechnet in diesem Detail unterschieden. Dass sie sich vor das Fenster mitten in das Viereck aus Mondlicht setzte, vermag ich mir nur so zu erklären, als dass auch sie sich gern zusieht und um ihre Schönheit weiß.

Sie zu beobachten, wie sie sich selbst berührt, sie für ihre Unbeschwertheit zu hassen und zugleich um ihre scheinbar grenzenlose Freiheit zu beneiden, lässt mich ihr so nah sein wie nur irgend möglich. Wir teilen ein Geheimnis. Das verleiht mir gewisse Macht über sie. Es macht den Alltag in ihrem Schatten erträglicher. Ich weiß, was sie zur dunkelsten Stunde tut. Ich weiß, wer sie dann ist.

»Ich wusste, dass es dir steht!«

Scarletts Mund lächelt, doch ihre Augen sind so ausdruckslos wie mein Gesicht. Nebeneinander stehen wir vor dem Spiegel, der jede Ballerina vor Neid erblassen ließe. Wie Scarlett es aushält, sich durchgehend selbst zu betrachten – am Schreibtisch, beim Umziehen, im Bett –, ist mir schleierhaft. Ich würde mich beobachtet fühlen.

Vielleicht ist es gerade das, was ihr gefällt.

Vielleicht kann sie nicht mehr ohne.

»Was sagst du dazu?« Sie zupft den Träger auf meiner Schulter mit spitzen Fingern zurecht. Ich weiß nicht, wann wir uns das letzte Mal so nah waren. Ich erinnere mich nicht einmal daran, wie sie sich anfühlt. Der Gedanke, ihre Hand zu halten, sie gar in den Arm zu nehmen, ist so surreal, dass ich unweigerlich einen Schritt zur Seite trete. Scarlett quittiert es mit einer gehobenen Braue.

»Gefällt es dir nicht?«

Nein. »Doch.« Ich betrachte mich im Spiegel.

Ich trage niemals Rot. Es ist Scarletts Farbe. Ihre Schuhe, ihr Haarreifen, ihr Mantel. Ihre Farbe. Selbst in der Schule wagt niemand darauf zurückzugreifen. Es ist ein ungeschriebenes Gesetz. Rot liegt ihr im Blut. Oder besser noch: im Namen. Mich in diesem Kleid zu sehen, fühlt sich an, als würde ich ihre Haut tragen.

»Vertrau mir«, sagt sie und streift sich das Top über den Kopf. »Es ist perfekt.«

»Was ziehst du an?«

»Ich gehe nackt«, scherzt sie und stellt sich neben mich, als sei es ihr tatsächlich ernst. Das Gefühl, im falschen Körper zu stecken, wird durch den Kontrast der Farben verstärkt: sie lilienbleich, ich blutrot. Als wären wir durch den Spiegel in ein verdrehtes Wunderland gefallen, fragt sich nur, wer den Kopf verliert.

Ich? Oder sie?

Zu meinem Entsetzen greift sie auch noch zu dem alten Stoffhasen, den sie von Geburt an besitzt. Das Fell, ehemals flauschig weiß, ähnelt mehr dem eines Kadavers, dem Gesicht fehlt ein Auge und Wolle quillt wie Gedärm aus einem Riss, den sie stets verbot zu flicken.

»Wie spät ist es?«, frage ich.

»Zu früh«, sagt sie und winkt ihrem Spiegelbild mit der Hasenpfote zu. Wahrscheinlich existiert in jedem Haushalt ein solches Kuscheltier, dessen Ablaufdatum längst überschritten ist, das dennoch nicht entsorgt werden kann; zu viele Erinnerungen sind daran geknüpft, zu viele Tränen hat es aufgesogen, zu viele Nachtmahre in die Flucht geschlagen – falls Scarlett je Albträume hatte.

Was ich bezweifle. Nicht Scarlett.

Ich selbst besitze kein solches Tier. Kein Kissen. Keine Decke. Nichts. Anna sagt, ich hätte nie etwas gebraucht, ich hätte gar alles, was sie mir als Kind ins Bett legten, wieder hinausgeworfen. Vielleicht hat sich bereits darin mein Hang zur Einsamkeit angedeutet, so wie in Scarletts Hasen die Eigenheit, ihren Freunden alles abzuverlangen. Zerliebt nennt sie den Zustand, in dem er ist.

Zerstörerische, vernichtende Liebe.

Entspannt greift sie nach einem ultrakurzen Paillettenkleid, das ich noch nie an ihr gesehen habe – und auch nicht in ihrem Schrank, dabei kenne ich jedes Kleidungsstück. Beinahe zwanghaft suche ich ihr Zimmer auf, sobald sie das Haus verlässt. Ich weiß, in welcher Schublade sie ihre Unterwäsche aufbewahrt und was sie zwischen den Seidenstoffen versteckt. Ich kenne den Inhalt ihres Schreibtisches so gut wie den ihres Mülleimers oder den der Briefe, die sie regelmäßig an Mutter schreibt. Sie sind kurz und knapp, mehr eine distanzierte Zusammenfassung der Erlebnisse, denn der Versuch echter Teilhabe. Ich weiß nicht, wozu sie die Briefe schreibt; genauso wenig wie ich weiß, woher das Kleid stammt.

Scarletts Mund verzieht sich spöttisch. »Ein Geschenk.«

Als wüsste sie, dass ich stöbere. Dass ich sie dafür verachte, wie leichtfertig sie Geld ausgibt. Papas Staatshilfe reicht kaum für die Nebenkosten. Anna führt Buch über alle Ausgaben und einigen Dorfbewohnern den Haushalt, um das Nötigste dazuzuverdienen. Ich trage meinen Teil bei, indem ich den örtlichen Friedhof pflege, das Gras stutze und die Grabsteine säubere.

Nur Scarlett ... ist eben Scarlett.

»Schau nicht so.« Sie wedelt meinen Vorwurf davon, ehe ich ihn in Worte fassen kann. »Heute Abend haben wir Spaß, du wirst schon sehen.«

In mir wächst ein kleiner drückender Knoten, den ich verzweifelt zu ignorieren versuche. Sie ist all das, was ich nicht bin. Unbekümmert. Frei. Sorglos. Beliebt. Sie fühlt sich wohl in ihrer Haut, besitzt Freunde, die ihr etwas schenken, und einen Freund, der ihr verfallen ist. Alle sind das, einfach weil sie sie ist. Und ich bin ich.

Und manchmal ist das einfach scheiße.

Sie reicht mir einen Lippenstift. »Sie werden dir zu Füßen liegen.«

Ich widerstehe dem Drang, ihn aus dem geöffneten Fenster zu schmeißen und den Abend zu streichen. Anna zuliebe.

Während des Abendbrots verlor sie kein Wort darüber, doch ihr Blick sprach Bände. *Geh mit.* Ob sie wirklich glaubt, dass ein Abend etwas ändert, wage ich zu bezweifeln. Anna ist pragmatischer Natur, nicht umsonst hat sie uns die letzten Jahre getrennt.

Scarlett, in dein Zimmer, Jenna, ab in den Garten.
Scarlett, komm mit mir, Jenna, bleib bei Papa.
Scarlett hier, Jenna da.

Wir teilen nichts. Kein Hobby, keine Freunde, ja, nicht einmal das Badezimmer. Scarlett nutzt das, welches Papa kurz vor Mamas Verschwinden renovierte, ich das mit der Wanne und dem Fisch. Einzig die gemeinsamen Abendessen fallen aus dem Muster, auf die besteht Anna aus unerfindlichen Gründen und wir nehmen klaglos teil: Anna zuliebe. Auch das hat System. Der Grund, warum wir uns bisher am Leben ließen und die Existenz der anderen stillschweigend dulden: Anna zuliebe.

Sie hält uns zusammen.

Deshalb stehe ich hier und trage das Kleid, nach dem es Maria verlangt. Die Vorstellung ihrer Enttäuschung, sollte sie mich darin sehen, verschafft mir auf unerklärliche Weise Genugtuung. Der Schlafmangel ist schuld. Er bringt die schlechtesten Seiten in mir zum Vorschein, die ich am liebsten Scarlett zuschreiben würde.

»Der Stift trägt sich nicht von allein auf«, neckt sie und der Knoten in meinem Magen wiegt schwerer, weil ich ihr selbst jetzt, da wir uns gemeinsam vorbereiten, nur die niedersten Motive unterstelle. Ich suche geradezu nach dem Haken, der Falle, dem Grund, warum sie nett zu mir ist.

Rasch trage ich den Lippenstift auf. Was ich im Spiegel erblicke, gefällt mir. Meine Züge sind zwar nicht so fein wie Scarletts, doch meine Augenfarbe ist schöner und mein Mund überraschend sinnlich. Wahrhaftig. Das Rot ist magisch.

»Du siehst aus wie Mama.« Die Gesichtszüge entgleisen mir. Scarlett lacht. »Kein Grund zur Panik. Das ist gut. Mama ist wunderschön.«

»War«, korrigiere ich automatisch.

»Ist«, hält Scarlett dagegen. Sie hasst, dass ich unsere Mutter als verstorben betrachte. Mir hingegen ist die Vorstellung unerträglich, dass sie irgendwo in der Welt herumspaziert, wohl wissend, dass es uns gibt, es ihr aber schnurzpiepegal ist. »Ich habe noch eine passende Tasche«, wechselt Scarlett in unverfängliche Gefilde.

»Kein Bedarf.«

Skeptisch hebt sie die Brauen. »Und deine Sachen?«

»Welche Sachen?«

»Lippenstift, Deo, Tampons, Taschentücher, Kondome.«

»Kein Bedarf.«

»Zumindest dein Smartphone solltest du mitnehmen!«

»Ich besitze keins.«

Ihr fallen fast die Augen aus dem Kopf. »Ernsthaft?«

Ich schweige dazu. Was könnte ich auch sagen? Dass es an nur drei Orten unseres Dorfes Empfang gibt? Das würde sie nicht überzeugen, immerhin gelten dieselben Bedingungen für sie. Es ist viel erbärmlicher. Abgesehen davon, dass ich es mir nicht leisten könnte (und keine Ahnung habe, wie ihr die Finanzierung gelang), wüsste ich nicht, mit wem ich Kontakt halten sollte. Mit Maria? Nein danke.

Scarlett starrt mich ein paar Herzschläge lang an, dann gibt sie nach. Punkt für mich. Welch denkwürdiger Tag.

»Können wir los?«, frage ich, was ihr ein selbstzufriedenes Lachen entlockt.

»Wir werden abgeholt. Von Derek.«

Derek, der Junge mit dem Ball, hat mir gerade noch gefehlt. »Weiß er, wo wir wohnen?«

»Natürlich nicht. Er holt uns beim Spukhaus ab.«

Diesmal schießen meine Brauen in die Höhe.

»Nicht so herablassend«, tadelt sie und kommt mir dabei selbst schrecklich überheblich vor. »Er weiß selbstverständlich, dass wir nicht dort wohnen. Es ist lediglich der Treffpunkt. Es ist schwer genug für ihn, überhaupt hierherzufinden.«

Ob das an der Unsichtbarkeit unseres Dorfes oder dem Verstand ihres Freundes liegt, wage ich nicht zu fragen. Scarlett mag Derek. Derek mag Scarlett. Heute fährt er uns zur Party. Uns – wie seltsam das klingt.

»Dann lass uns gehen«, versuche ich es erneut, »zum Spukhaus, meine ich.«

»Er kommt in einer Stunde«, klärt sie mich auf. »Wir haben Zeit.« Sie schnappt sich ihre winzige Handtasche (in die unmöglich passt, was sie vorhin aufgezählt hat) und tritt zum Fenster, unter dem das Stalldach liegt. »Folge mir.«

Wie sie es in dem extrakurzen Paillettenkleid auf den Fenstersims und hinaus schafft, ist mir ein Rätsel. Ich brauche drei Anläufe und fürchte bis zuletzt, dass ich dabei mein Tagebuch verliere. Ich lasse es niemals aus den Augen, selbst dann nicht, wenn Scarlett in meiner Nähe ist und ich es in Sicherheit weiß. Vorsicht ist besser als Nachsicht. Als ich den Giebel erreiche, sitzt sie bereits da, in der einen Hand ihr Smartphone, in der anderen eine glühende Zigarette.

»Auch eine?«, fragt sie und bläst den Rauch in den dunkelnden Himmel.

»Weiß Anna davon?«

»Himmel, nein! Und du wirst nichts sagen, verstanden?«

»Zu Befehl«, erwidere ich zynisch und sinke neben ihr nieder. Unter uns liegt der Hof, eine verwilderte Betonfläche, die im Schatten des Stalls versinkt. Gras sprießt aus sämtlichen Ritzen, Löwenzahn und Vergissmeinnicht erobern trotzig den unwirtlichen Grund. Dass etwas so Unscheinbares wie ein Samenkorn Betonplatten zu sprengen vermag, gibt mir den Mut, nicht aufzugeben.

Es war ein Freitag, an dem Mutter verschwand. Ich suchte sieben Monde und einen Sommer nach ihr, verteilte Flugblätter und klopfte an jede Tür und wollte nicht wahrhaben, was Anna sagte; dass sie uns verlassen hat, weil sie das Leben auf dem Land nicht länger erträgt.

Als der Frost kam, erklärte ich sie für tot. Seither habe ich unzählige Male darüber nachgedacht, ob ich ihr eines Tages folge. Ob es mir im Blut liegt, das Verschwinden. Ich bin so still, es würde kaum auffallen, wäre ich fort. Ich bezweifle, dass Scarlett oder Papa mich vermissen würden. Anna vielleicht, doch da sie niemals nach Mutter suchte, ließe sie mich aller Wahrscheinlichkeit nach einfach gehen. Dann wären sie nur noch zu zweit, Anna und Scarlett, ohne die verfluchte dritte Schwester.

»Du brauchst wohl eine Tasche!« Scarlett zeigt auf das Buch. »Du gehst nirgendshin ohne das da.«

Reflexartig schließe ich den Einband und stecke den Stift in die dafür vorgesehene Schlaufe. »Ich sagte nie, dass ich keine brauche. Ich will nur keine von dir.«

Sie lässt den Kopf in den Nacken sinken. »Wie überaus gewitzt.«

»Ich besitze eine eigene«, füge ich erklärend hinzu.

»Nur keine Rechtfertigung«, sagt sie leichthin, doch ihre Augen wirken kälter als zuvor. Vielleicht liegt es an den Schatten, die bereits nach uns greifen. Der Abend erblüht wie die Stille zwischen uns. Vor langer Zeit saßen wir schon einmal auf dem Dachfirst und sahen der Sonne beim Untergehen zu. Es muss kurz nach Mutters Verschwinden gewesen sein. Damals, bar aller Worte, waren wir auch still gewesen; ich hatte sie für die Flugblätter verbraucht, Scarlett ihre an Anna. In den ersten Nächten war ich noch durch den klammen Flur zu ihnen hinübergetapst. Da mich Anna jedoch unnachgiebig in mein Zimmer zurückbrachte, gab ich es bald auf und lauschte ihnen stattdessen von meinem Bett aus, ein Ohr an die Wand gepresst, die Knie eng umschlungen. Ich weiß nicht, worüber sie sprachen, doch Annas gedämpfte Stimme trug mich in den Schlaf. Sie half mir durch die Dunkelheit.

»Erinnerst du dich an das erste Mal, als wir hier oben saßen?« Scarletts Gedanken haben sie weit tiefer in die Vergangenheit getragen, hinein in eine Zeit, an die ich mich weigere zu denken. »Ich glaube, dass Mutter mich schon als Säugling mitnahm. Wie sie es geliebt hat, auf dem Dach zu sitzen und zum Spukhaus zu blicken – und erst die Geschichten, die sie darüber erzählt hat! Über den Zauberer und seine Sammlung schrecklich schöner Insekten. Erinnerst du dich? Ich war fasziniert davon, dass er sie aufspießte, diese zarten, wehrlosen Geschöpfe, nur um sie auf ewig zu besitzen. All die Motten und Käfer und Falter. Er hat sie getötet und in Glaskästen gesperrt. Tödliche Liebe – wie in dem Märchen. Du weißt, welches ich meine? In dem die Mutter ihre Tochter vergiftet und in einen gläsernen Sarg bettet, um sie für immer zu behalten.«

Ich bin versucht, sie darauf hinzuweisen, dass die Geschichte anders geht; doch wer wäre ich, sie dafür zu tadeln? Neige nicht auch ich dazu, die Welt und die Geschichten um mich herum so zu interpretieren, dass sie in meine Perspektive passen?

»Ich verstehe den Gedanken dahinter«, fährt Scarlett fort, den Blick auf das Spukhaus jenseits unseres Gartens gerichtet. »Die Zeit lässt alles verkommen. Blumen welken, Schönheit vergeht, selbst Zuneigung schwindet. Wie viel tröstlicher ist da der Anblick eines auf ewig gebannten Glücksmoments? Der Falter in seiner ganzen Pracht, die Tochter in der Blüte ihrer Jugend. Wie eine Fotografie, die niemals vergilbt. Eine Erinnerung, unangetastet durch die Zerstörung der fortschreitenden Realität.«

Unwillkürlich denke ich an die Bücher, die sich in Scarletts Zimmer türmen, uralte Wälzer mit abgegriffenen Umschlägen und verblichenen Lettern. Sie hortet sie nicht aufgrund ihrer Geschichten, sondern wegen dem, was zwischen den Seiten steckt. Getrocknete Blüten, brüchiges Weidenlaub und pastellgelber Löwenzahn, Vergissmeinnichtstängel und Rosenknospen. Scarlett sammelt Blüten. Sie bricht, trocknet und presst sie. Sie besitzt ganze Alben voll davon, sicher verwahrt vor dem Zerfall.

»Fürchtest du den Tod?«, frage ich in die Stille.

»Ich fürchte das Danach.« Eine Antwort, wie sie nur Scarlett geben kann. »Unsere Körper zergehen, zerfallen, zersetzen sich. Doch was dann? Sind wir dann fort oder existieren wir weiter? Womöglich durch Blumen, die sich von uns nähren; doch was, wenn auch sie vergehen? Was bleibt dann noch?«

»Honig«, rate ich.

Scarlett sieht mich lange an, dann schlägt sie die Beine auf eine Art übereinander, die mich vermuten lässt, dass sie weit öfter hier oben sitzt und über das Leben nach dem Tod sinniert; mir wird allein vom Zusehen schlecht. Wie wir es als Kinder aushielten, auf den Schindeln Fangen zu spielen, ist mir ein Rätsel. Nicht dass ich die Höhe fürchten gelernt hätte, es ist mehr das Bewusstsein darüber, was ein Sturz alles anrichten kann. Kein Kind denkt darüber nach, das Leben ist ein Abenteuer und der Himmel zum Greifen nah.

Wenn ich den Kopf in den Nacken lege, erscheinen mir die violetten Zuckerwattewolken so fern wie die Zeit, da Scarlett und ich sie zu kosten versuchten und Mutter uns aufforderte, höher zu springen …

Wind kommt auf, fröstelnd ziehe ich die Knie an. Da entgleitet mir das Buch. Es schlittert die Schindeln hinab, stolpert über die Rinne, ehe es die Schwerkraft gen Tiefe zieht. Der Aufprall klingt dumpf. Er weckt etwas in mir.

»Ist dir schlecht?« Scarlett betrachtet mich argwöhnisch.

Ihre Worte – und der Klang des Buches – haben eine Tür aufgestoßen, die ich all die Jahre sorgsam verriegelt hielt. Nur ein Abend, ein verfluchter Abend und wenige Momente mit ihr genügen, um sie aus den Angeln zu heben.

Die Erinnerungen stürzen auf mich ein. Mutter am Fenster, wie sie uns über den Sims hebt; wie sie lacht und uns auffordert, es ihr gleichzutun; wie sie die Arme über den Kopf streckt und auf die Zehenspitzen steigt; wie Scarlett es ihr spielerisch gleichtut; und ich selbst wankend im Wind, die Schindeln rau und kalt unter meinen Zehen – und seltsam lebendig, als sie sich in Bewegung setzen. Ich spüre noch den Sog der Tiefe, den Ruck an meinem Arm, als Mutters Finger sich darum schließen.

Jetzt ist es Scarletts Hand. »Jenna, alles in Ordnung?«

Nein. »Ja.«

»Keine Sorge, Papier ist widerstandsfähig.«

»Mir geht's gut«, würge ich hervor. Dabei wäre es der perfekte Vorwand, diese Scharade abzusagen, ich bräuchte die Übelkeit nicht einmal vortäuschen. Alles dreht sich. Der Himmel, das Dach, die Spukvilla. Ich zwinge den Blick dorthin, zähle meine Atemzüge und kralle mich an die Schindeln. Sie sind warm, ein letzter Gruß der Sonne, bevor die Nacht hereinbrechen und ihre Wärme sich verflüchtigen wird; wie die Erinnerungen. Die Bilder verlieren bereits an Kontur.

Scarlett hält mich fest, als fürchte sie, ich könnte dem Buch folgen. Ihre Berührung überlagert sich mit der von Mutter. Zitternd entwinde ich ihr den Arm.

»Es geht mir gut.« Selbst wiederholt klingt es nicht wahrer, meine Stimme bebt, ich habe einen Kloß im Hals.

Scarlett zündet eine neue Zigarette an, sie mustert mich nachdenklich. »Es gibt einen Spalt, aber er ist zu eng, als dass eine erwachsene

Person hindurchpassen könnte. Selbst die meisten Kinder würden stecken bleiben.«

Warum sie jetzt davon anfängt, obwohl ich noch absagen könnte – und kurz davor bin –, erschließt sich mir nur unter der Prämisse, als dass sie darum weiß, oder es zumindest ahnt, und nun ihren Teil der Abmachung erfüllt, ehe ich von meinem zurücktreten kann.

»Warst du im Garten?«, höre ich mich fragen.

Alles ist besser, als an früher zu denken.

Alles ist besser, als zuzugeben, dass ich kaum noch meine Beine spüre. Ich bin wie erstarrt, fürchtend, dass jede Bewegung, und sei sie noch so klein, mich direkt in die Vergangenheit katapultiert, zurück zu ihr.

Scarlett lässt sich Zeit mit der Antwort. »Nein.«

»Du hast gelogen.« Ich ahnte es bereits.

»Erinnerst du dich an Alice? Ich habe ihr von dem Spalt erzählt; sie hat sich hindurchgezwängt.« Die Zigarette verglimmt ungenutzt, ihr Blick ruht auf der Villa.

Ich stutze. »Alice? Ist die nicht … tot?«

Scarlett nickt auf eine Art, die mich irritiert. Sie waren Freunde, damals, bevor Mutter verschwand. Scarlett jedoch wirkt distanziert, als ginge es um den Charakter eines Buches. »Sie starb ein Jahr später an Leukämie. Niemand weiß, dass sie durch das Loch in den Garten schlüpfte; ich habe es nie erzählt.«

»Du glaubst doch nicht an den Fluch?« Zumindest tat sie es früher nicht, stattdessen verspottete sie all jene, deren Furcht zu offensichtlich war.

»Natürlich nicht«, lässt sie mich abschätzig wissen. »Alice war krank. Deshalb starb sie.«

Weshalb hat sie es dann erwähnt? Scarlett sagt niemals etwas leichthin. Ihre Worte sind von einer Präzision, um die ein Chirurg sie beneiden würde. Jeder Spott trifft sein Ziel, keine *unbedacht* geäußerte Nebensächlichkeit verfehlt ihre Wirkung. Scarlett spielt mit Worten, sie sind ihr Schild und Klinge in einem.

»Hör auf zu grübeln, Jenna. Das steht dir nicht.«

Einer der Gründe, warum ich selten etwas erwidere. Ich denke mir meinen Teil und hasse sie in Gedanken. *Hass*. Ein starkes Wort. Eines, das positioniert. Scarlett würde es nie benutzen, es wäre zu direkt, zu konfrontativ; sie bewegt sich lieber in den Grauzonen und nutzt das Ungesagte ebenso wie das wohlplatzierte Wort.

»Was fasziniert dich daran?«, fragt Scarlett und nickt hinüber zum Grundstück der Spukvilla. Vom Dach aus können wir den Teil des Gartens überblicken, auf dem sich im Zentrum einer gewaltigen Wiese ein noch gewaltigeres Schachfeld erhebt. Steinquader neben Rasenflächen, die Figuren mannshoch und elbisch anmutend, als wären sie geradewegs aus Lothlórien in diese Welt gestolpert und dabei zu Stein erstarrt. Was mich an mein Buch erinnert. Ich beuge versuchsweise die Knie; das Gefühl kehrt nur partiell zurück. *Wackelige Beine, der Schreck fährt in die Glieder* – alles Redewendungen, die mein Körper inhaliert hat. Er ist wachsweich, unfähig, meinen Befehlen zu gehorchen.

Gleich, denke ich, *gleich hole ich mein Buch.*

»Springer auf G5«, ruft Scarlett.

Die Asche ihrer Zigarette rieselt zu Boden. Ich verfolge atemlos, wie sie die Schindeln hinabtanzt und in der Regenrinne unter uns zum Stillstand kommt. Die Sorge, sie könnte das Buch treffen und entflammen, ist übermächtig.

»Irgendwann fackelst du das Haus ab«, fauche ich.

»Wäre kein Verlust.«

»Es ist alles, was wir haben!«

»Ein zerfallender Resthof. Was sind wir gesegnet.«

»Spotte nicht.«

»Selbst ohne die hochherrschaftliche Nachbarschaft der Spukvilla wäre unser Hof eine Zumutung. Kein Wunder, dass Mama es vorzog, auf dem Dach zu sitzen und die Villa zu malen, täte ich auch, besäße ich ihr künstlerisches Talent; aber das hat sie ja dir vererbt, genau wie ihre Pinsel und Farben.« Verbitterung schwingt in ihrer Stimme mit.

Ich bin überrascht, denn sie zeichnet gut. »Du hast nie etwas gesagt.«

Sie hebt eine Braue. »Hättest du mit mir geteilt?«

Nein. Hätte ich nicht. Sie weiß das.

»Manchmal ist die Antwort so naheliegend«, murmelt sie.

Ich könnte mir auf die Zunge beißen.

»Ich kann zeichnen, verstehe aber nichts von Farben oder Texturen.« Ihr Lächeln reicht kaum bis zu den Augen, als würde sie eine Maske tragen, die nur ihr halbes Gesicht bedeckt. »Du hingegen kannst es, verschwendest dein Talent jedoch an Tapeten, die irgendwann abgerissen und entsorgt werden, was jammerschade ist. Du solltest lieber Mamas Werk vollenden.«

»Nein«, entgegne ich sofort.

»Warum nicht? So bleibt die Reihe unvollständig.«

»Lass es.«

Sie zuckt mit den Schultern. »War nur eine Idee.«

»Eine beschissene!«

Ihre Augen verengen sich zu Schlitzen. So sitzen wir da, nebeneinander auf dem Dachfirst, in zu kurzen Kleidern und schweren Herzens, und haben uns nichts zu sagen.

Als auch die letzte Zigarette verglimmt, schnippt sie den Stummel hinfort und streckt sich. »Ich werde heute Abend mit Derek Schluss machen.«

Mein Kopf ruckt herum. »Was? Warum?«

Sie zuckt mit den Schultern. »Warum nicht?«

»Ich dachte, ihr seid glücklich.«

»Was die Liebe aufregend macht, ist das *Vielleicht*. Will sie mich? Hat sie einen anderen? Was denkt sie gerade? Ich genieße den Kitzel der ersten Wochen, mich reizt das Ungewisse, danach wird es langweilig.«

»Man nennt es Vertrautheit.«

»Oder Gewohnheit – und das *ist* langweilig. Ich mag Derek, aber da er sich meiner sicher ist, benimmt er sich unmöglich. Ich will umworben werden –«

»Ach, sag bloß, das wirst du nicht?«

»Du verstehst das nicht. Du bist –«

»Langweilig?«, rate ich und kann nicht verhindern, dass es bitter klingt.

»Ich hätte ein anderes Wort gewählt. Du bist nicht per se uninteressant, eher unsichtbar. Du wirst schlicht übersehen. Daher weißt du nicht, wie es ist, die Aufmerksamkeit zu besitzen oder gar zu verlieren.«

»Unsichtbar.« Ich wende das Gesicht ab, damit Scarlett nicht sieht, wie tief mich ihre Worte treffen.

Unsichtbar. Das ist zu wahr.

Die Turmfenster der Spukvilla blenden mich, es kommt mir vor, als würden sie blinzeln. Sie reflektieren das goldene Abendlicht, während die Veranda und das erblindete Gewächshaus bereits im Schatten versinken. Die Villa in all ihrer deplatzierten Pracht wirkt genauso verloren zwischen den gedrungenen Reetdachhäusern unseres Dorfes, wie ich mich fühle. Wir gleichen einander, fallen aus dem Rahmen, sind zur falschen Zeit am falschen Ort.

Wobei der Vergleich hinkt. Scarlett wäre die alte Villa und ich entspräche unserem Resthof.

»Heute Abend ist alles anders«, prophezeit Scarlett. »Du wirst schon sehen.«

Und so elegant, wie sie das Dach erklommen hat, rutscht sie auch wieder hinab und verschwindet durch ihr Fenster im Innern des Hauses. Ich gehe im Kopf alle möglichen Ausreden durch, um doch nicht auf die Party zu müssen, als sich im Hof eine Tür öffnet.

Ein goldenes Rechteck aus Licht verdrängt die fortschreitende Nacht, Anna tritt hinaus, in der Hand das Altpapier. Ihr folgt – Papa. Es ist so windstill, dass seine Worte bis zu mir dringen: »Sie wird niemals mitgehen.«

»Sie hat keine Wahl«, widerspricht Anna harsch.

»Was ist mit Jenna?«

»Jenna ist erwachsen.«

Papa klingt irritiert. »Aber ...«

»Ich bat meinen Onkel um ein paar zusätzliche Aufgaben auf dem Friedhof. Du wirst sie kaum bemerken.«

»Du hast vorgesorgt.«

Anna klingt schrecklich kühl. »Irgendwer muss das tun.«

»Wann wirst du es ihnen sagen?«

»Nicht heute.« Anna drückt den Zeitungsstapel in die blaue Tonne. »Die beiden gehen aus.«

Überraschung lässt Papas Stimme steigen. »Zusammen?«

»Ja, zusammen.«

Er brummt etwas, das wie »Höchst seltsam« klingt, und ich kann ihm nur zustimmen. Heute ist alles seltsam. Scarlett, Anna, selbst Papa. Er bleibt allein im dämmrigen Hof zurück und ich bete zu allen mir bekannten Göttern, dass er nicht über das Buch stolpert. Er streckt eine Hand aus, ich beuge mich vor – und verliere für einen Augenblick die Balance. Papa hebt alarmiert den Kopf, findet mich auf dem Dach sitzen und erstarrt. Ich sehe es förmlich in seinem Kopf rattern. Ohne ein Wort flüchtet er ins Haus.

Worüber haben sie gesprochen?

»Wo bleibst du?« Scarlett steckt den Kopf aus dem Fenster. Ein Kaugummi tanzt zwischen ihren Zähnen und verdeckt den Geruch des Rauchs. »Derek sollte bald kommen. Wir müssen los. Ich will nicht, dass er sieht, wo wir wohnen.« Wie aufs Stichwort nähert sich ein Wagen. Zwei suchende Lichtkegel, die das Tor der Spukvilla finden. Scarlett flucht. »Er ist zu früh – es wird Zeit, dass ich ihm eine Lektion erteile. Los jetzt, Jenna! Wir gehen hintenrum.«

Hintenrum, damit unser erbärmliches Zuhause nichts weiter ist als das: irgendein Haus, mit dem wir nichts, aber auch gar nichts zu tun haben. Es ist so was von wie ich.

Jede gute Geschichte braucht einen Gegenspieler, der alles wagt, um den Helden vernichtend zu schlagen. Dabei darf der Held zweifeln, straucheln, ja sogar von der dunklen Seite kosten, der Antagonist jedoch wäre wenig glaubhaft, besäße er keine guten Züge. Er muss über eine allzu menschliche Schwäche verfügen, Verzweiflung kennen, Katzen lieben oder Blumen sammeln.

Wie Scarlett.

Sie wäre die perfekte Antagonistin, ich jedoch eine lausige Heldin. Zudem haben wir uns auf ein Patt geeinigt. Wir ignorieren einander, sind weder des anderen Feind noch Freund. Wenn es also einen Antagonisten in dieser Geschichte gibt, so kann es nicht Scarlett sein.

Nur wer ist es dann?

Ich bin versucht, Mutter die Rolle überzustülpen, doch das hieße, sie käme zurück, und ich bezweifle, dass sie es tut. Sie mir auf der Schwelle unseres Hauses vorzustellen, in der einen Hand ihren veilchenblauen Koffer, in der anderen einen Regenschirm, lässt mich an Mary Poppins denken; und wie dort wäre das Glück ihrer Anwesenheit nur von kurzer Dauer.

Papier ist widerstandsfähig. Es übersteht Hitze und Kälte, selbst Stürze aus größter Höhe. Stifte sind weniger zäh, dennoch lässt sich mit dem meinen noch schreiben, obwohl der Schaft gesprungen ist. Ich werde ihn wechseln müssen, dabei hasse ich das. Ein guter Stift ist ebenso schwer zu finden wie ein wahrer Freund.

»Los jetzt, Jenna.« Scarlett wartet ungeduldig an der Mauer auf mich. Sie besteht darauf, dass wir das Grundstück der Villa umrunden, um uns Derek von der anderen Seite zu nähern. Sie schämt sich ihrer Herkunft, was offenbart, dass sie im Innern nicht so abgebrüht ist, wie sie tut. Sorgsam verstaue ich mein Buch in der veilchenblauen Handtasche. Es ist eine winzige Version des Koffers, samt dem Mutter verschwand – wie Scarlett sofort bemerkt.

»Woher hast du die?«

Ich könnte ehrlich sein und gestehen, dass ich sie an dem Tag, als Anna von Mutters Abreise erzählte, aus ihrem hastig geleerten Schrank stahl, sie mit all dem, was mein damals siebenjähriges Ich für überlebensnotwendig hielt, vollstopfte und stundenlang auf den gesprungenen Stufen vor dem Haus saß, in der sicheren Annahme, sie würde mich holen.

Stattdessen sage ich: »Ein Geschenk.«

Scarlett wittert die Lüge, das erkenne ich an der Art, wie sie vor mir im Licht ihres Smartphones durchs kniehohe Gras stapft. Ob sie mir zürnt, weil ich dieselben Worte wie sie nutze? Oder glaubt sie, Mutter habe mir ihre Lieblingstasche vermacht? Ich tippe auf Letzteres, nicht grundlos habe ich sie ein Jahrzehnt unter dem Bett versteckt, obwohl Scarlett nicht zum Schnüffeln neigt. In einem alten Krimi las ich, wie Geheimagenten die Türen mithilfe eines Klebestreifens präparierten, sodass sie erkennen konnten, ob jemand während ihrer Abwesenheit die Räumlichkeiten betreten hatte. Ich tat es ihnen gleich und erlangte Gewissheit darüber, dass sich niemand – wirklich niemand – für mich oder mein Reich interessiert. So viel zu unsichtbar. Ich bin es selbst daheim.

Scarlett bleibt mit ihrer Tasche am Gestrüpp hängen. Sie flucht und zerrt. »Steh nicht bloß rum! Hilf mir lieber.«

Der Lichtstrahl des Smartphones zuckt unkontrolliert, sie trägt es an einem Band um den Hals, mit den Händen reißt sie an den Trägern der Tasche.

»Nicht mit Gewalt«, warne ich, da erklingt bereits ein vertrautes Ratschen, gefolgt von einer Stille, die der vor einem Wolkenbruch gefährlich gleicht. Ich taste mich durch die Dunkelheit und befreie die Tasche aus den Brombeerranken. Der blutrote Stoff ist gefurcht, als hätte ein Wolf sie gerissen.

»So ein Jammer«, sagt Scarlett und streckt die Hand aus, »nun brauche ich deine Tasche.«

»Wie bitte?«

»Es ist offensichtlich, dass ich mehr dabeihabe als du, daher ist es nur vernünftig.«

Ich stehe da wie angewurzelt. »Es ist meine Tasche.«

»Gewiss«, sagt sie und klingt dabei schrecklich unbeteiligt, »ich trage sie ja nur heute.«

»Nein.« Ich trete einen Schritt zurück.

Mittlerweile ist die Sonne bloß noch eine violette Ahnung am Horizont, die Luft merklich kühler und die Mauer neben uns nachtschwarz. Ich kann Scarletts Gesichtsausdruck weder erkennen noch deuten. Ich weiß nicht, wie nah ich dem Abgrund bin.

»Nein?«, fragt sie leise. »Du hast da was missverstanden, Jenna. Das war keine Frage, ja, nicht einmal eine Bitte. Ich brauche deine Tasche, denn meine ist kaputt. Du wirst sie mir also geben, betrachte es als Gegenleistung dafür, dass du mein Kleid tragen darfst.«

»Ich habe nicht darum gebeten«, weise ich sie zurück.

»Du trägst es aber, daher ist es nur recht und billig, wenn ich auch etwas von dir habe.«

»Nicht die Tasche.« Was ich eigentlich meine: nicht *diese* Tasche. Jede andere, alles andere, nur nicht das.

Scarlett nähert sich mir, die Andeutung eines Lächelns im Gesicht. »Wenn es um das Buch geht, so versichere ich, gut darauf zu achten; du kannst es beruhigt in der Tasche belassen. Ich hüte es für dich.«

Damit sagt sie genau das Falsche. Mir entschlüpft ein erstickter Laut, ich will zurückweichen, verheddere mich aber in den Brombeerranken. Sie verhaken sich im Stoff des Kleides. Ich halte die Luft an, versuche mich aus ihrer Umarmung zu winden, da greift Scarlett nach mir. Erst zucke ich zurück, was die Dornen lechzend begrüßen, dann glaube ich, dass sie meine Not erkannt hat, ehe ich begreife, dass sie die Tasche will. Sie packt zu.

»Nein«, zische ich und klammere mich an den Riemen.

»Sei nicht albern. Es ist bloß ein Abend.«

Es ist viel mehr als das, war es von Anfang an.

»Das ist kindisch«, schimpft Scarlett, lässt jedoch ebenso wenig locker wie ich. Wir zerren an der Tasche, sie am Beutel, ich am Träger.

»Lass los, Jenna.«

»Niemals!«

Nicht heute. Nicht dabei.

Abgesehen von unserem Keuchen und dem Flüstern des Grases, das unter unseren Tritten ächzt, durchdringt der dumpfe Bass eines Radios die Nacht, als wäre sie ein lebendiges Wesen und das Wummern ihr Herzschlag. Dabei ist es gewiss Derek, der die Lautstärke voll aufgedreht hat, um die Wartezeit zu überbrücken – oder um besonders lässig zu wirken. Ob er ahnt, dass Scarlett seiner bereits überdrüssig ist? Sie wird ihn ersetzen. Wie die Tasche.

»Das hat keinen Zweck«, sagt Scarlett und gibt scheinbar nach. Ich schwanke, dann ist die Tasche mein. Erleichtert presse ich sie an die Brust, nur um entsetzt festzustellen, dass sie leer ist.

»Was haben wir denn da.« Scarlett dreht es in den Händen. Mein Buch. Ich fluche, Scarlett schlägt es auf und liest: »*Das Tagebuch der Jenna Blue* – wer soll das sein, du etwa? Was ist das? Der Versuch, dir eine Farbe anzueignen?«

Ich will ihr das Buch entreißen, strauchele jedoch über die Ranken und falle. Die Dornen sind überall: in meinen Handflächen, den Waden, den Knien, den Oberschenkeln – und in mir drin.

»Scarlett«, flehe ich, als sie die nächste Seite aufschlägt.

»Ja, so heiße ich, und im Gegensatz zu dir trage ich Rot tatsächlich im Namen. Beschwer dich bei Mutter, wenn's dir nicht passt.«

»Gib es zurück!«

»*Es war einmal eine Zauberin*«, liest Scarlett außerhalb meiner Reichweite, »*die nicht nur über beträchtliche Schönheit, sondern auch über immenses Heilwissen verfügte, sodass Menschen von nah und fern anreisten, um ihre Leiden zu lindern. Für jede Verletzung kannte sie das* richtige Kraut, für jeden Fluch eine Erlösung. Was ist das, Jenna, ein Märchen?«

Ich beiße mir auf die Zunge, schmecke Blut, meine Schultern beben, dennoch schaffe ich es nicht, mich zu erheben, geschweige denn überhaupt zu bewegen. Ich bin wie erstarrt, gefangen von den Dornen und Scarletts Worten.

»*Diese Dienste ließ sie sich teuer vergüten, sodass sie schon bald die prächtigste Villa und einen Garten so üppig besaß, wie es nie zuvor einen gab. Eines Tages klopfte ein schwer verwundeter Mann an und bat um Hilfe, er sei vergiftet worden und dem Tode nahe.* (Nicht doch, kommentiert Scarlett spöttisch, wie theatralisch!) *Da er nicht zahlen konnte, wies sie ihn ab. Er behauptete daraufhin, in Wahrheit vermögend zu sein und ihren Dienst dreifach zu entlohnen, wenn sie ihm nur helfen wolle; doch da er so schmutzig und ärmlich aussah, glaubte sie ihm kein Wort und schloss die Tür. Dort, wo sie ihn zurückließ, wuchs tags darauf eine Rose, die Ranken lang und spinnengleich.*« Scarlett lässt das Buch sinken. »Spinnengleich? Spinnwebenartig ginge oder Ranken wie Spinnenbeine – dann wären es aber nur acht.«

»Hör auf«, flehe ich, doch Scarlett ist nicht zu bremsen.

»*So hart sich die Diener der Zauberin auch abmühten, die verfluchte Rose ließ sich weder bändigen noch vernichten. Selbst als sie einen Teil des Erdreichs aushoben, verblieb sie an ihrem Platz. Trotzig befahl die Zauberin, ein Gewächshaus zu errichten, später folgte eine Mauer, die den Garten samt Villa umschloss.* Woran erinnert mich das bloß?«

Ich weiß nicht, was mehr wehtut: Dass sie in mein Innerstes blickt oder dass sie darüber lacht.

»Jetzt wird es interessant.« Scarlett geht in die Hocke. »*Als Jahre später ein Kind in der Zauberin heranwuchs, träumte sie von dem einst abgewiesenen Mann; er prophezeite die Geburt zweier Töchter: die eine ihr wunderschönes Ebenbild, die andere ein Abbild ihrer von Gier zerfressenen Seele.*«

»Ich flehe dich an, lies nicht weiter!«

»Oder was?«

Ich kriege die Worte kaum raus: »Oder du bist tot.«

Scarlett lächelt. »Du vergisst, dass ich nie im Garten der Spukvilla war. Oder sollte ich sagen: in dem der Zauberin?«

»Hör auf!« Diesmal schreie ich, krächzend zwar und nach wie vor am Boden kauernd, doch es ist ein Aufbegehren, ein Aufflackern des Zorns, der mich zu versengen droht.

Scarlett bleibt unbeeindruckt.

»*Die Zauberin ersann einen Plan, um dem Fluch zu entkommen. Eine verstorbene Gutsherrin hatte Mann und Kind hinterlassen. (Wie praktisch!) Diesen nahm sie zum Gemahl und sein Kind als das ihre an. So wähnte sie sich in Sicherheit. Das falsche Kind sollte das Pech erben, das rechte hingegen alles Glück der Welt.*«

»Ich erzähle Anna, dass du rauchst!« Die Worte brechen aus mir hervor, ehe ich mich bremsen kann. Scarlett zu drohen war noch nie eine gute Idee. Ich weiß mir nur nicht anders zu helfen.

»Böses Mädchen«, tadelt Scarlett leichthin und blättert weiter. »*Die Zauberin gebar eine Tochter, die sie hegte und pflegte, während die Stieftochter sämtliche Aufgaben im Haus übernehmen musste und mehr einer Magd denn einem Kinde glich. Man munkelte, hätte die Zauberin das Stiefkind wie ein eigenes behandelt, wäre sie ihrem Schicksal entronnen. So jedoch erfüllte sich der Fluch des Todgeweihten durch die Geburt einer dritten Tochter. Kaum hielt sie das*«, Scarlett stockt merklich, »*das ungewollte Kind in den Armen, da erkannte die Zauberin, dass dieses Glück, Schönheit und Freude im Überfluss besaß, während die Erstgeborene daneben verblasste.*« Scarlett sieht zu mir, die nächste Zeile rezitiert sie frei: »*So besaß die Zauberin fortan drei Töchter: eine Glücksmarie, eine Pechmarie und ein Aschenputtel.*«

Ich bete, dass sie nicht weiterblättert. Dass sie denkt, auf den folgenden Seiten würde das Märchen weitergehen. Noch tiefer kann ich sie nicht blicken lassen.

»Lass uns tauschen«, schlägt Scarlett da vor und das Buch zu; ihre Lust am Vorlesen ist vergangen. Ob die Worte ihren ureigenen Ängsten zu nahe gekommen sind? Wir mögen unterschiedliche Rollen einnehmen, doch wir spielen im selben Stück. »Gib mir die Tasche, dann bekommst du es zurück.« Fordernd streckt sie die Hand aus.

Die Tasche gegen das Buch.

Verblassende Erinnerungen gegen meine intimsten Gedanken.

Welcher Verlust schmerzt mehr? Ich kralle die Finger um den veilchenblauen Riemen. Der Stoff duftet längst nicht mehr nach Mutter, zu oft habe ich die Tasche des Abends aus der Kiste unter dem Bett befreit, sie an mein Gesicht gedrückt und mich in ihre Umarmung geflüchtet. Doch ihr Duft ist verflogen wie das Gefühl ihrer Arme. Jetzt weiß ich weder, wie sie sich anfühlte, noch wie sie einst roch. Alles, was von ihr bleibt, ist diese Tasche. Meine Finger ertasten die Stickerei blind. Vergissmeinnichtblüten nebst hellgrünen Blättern. Das Futter im Innern trägt denselben Ton, der an taubedeckte Frühlingswiesen erinnert, an die leuchtende Unterseite von Birkenblättern, die sich in der Sonne räkeln. Ich kann sie nicht hergeben – und doch bleibt mir keine Wahl, wenn ich mein Tagebuch zurück möchte.

Mich überkommt eine so große Mattigkeit, dass ich die Augen schließe. Der Zorn zerfließt, ich kann ihn nicht halten. Ich stelle mir vor, was Anna sagen würde, wäre sie hier. Gewiss bäte sie darum, Scarlett die Tasche auszuhändigen. Um des Friedens willen. Sie hat niemals meine Partei ergriffen, in keinem der endlosen Streite, die auf Mutters Verschwinden folgten. Sie hat bloß warnend meine Hand gedrückt und mir zugeflüstert: *Die Stärkere gibt nach.*

Nur fühle ich mich nicht stark.

Ich fühle mich unendlich schwach.

»Also? Was meinst du?« Scarlett schafft es sogar, zu lächeln. Und wie sie so vor mir hockt und das Licht ihres Smartphones in meinen Augen sticht, weiß ich, dass ich ihr unterlegen bin. Ich kann nicht gewinnen. Nicht wenn ich mich so klein fühle, mich bewusst kleinmache. Unsichtbar. Wie des Nachts, wenn ich ihr folge …

Ich hebe den Blick und die Worte springen hervor, dass ich sie des Nachts beobachtet habe. Einem Sturzbach gleich zerstören sie die zart keimende Nähe, die wir auf dem Dach zueinander fanden. Bruchstücke aus geteilten Erinnerungen, getauschte Worte und der gemeinsame Schmerz, all das löst sich unwiederbringlich auf, es zerfällt ins Nichts. Bis nur noch wir zwei da sind.

Fremde bis aufs Blut.

Scarlett rollt zurück auf die Fersen. »Beobachtet?«

Ich nicke kaum merklich, mein Mund ist staubtrocken.

»Wie ausgesprochen unartig von dir.« Sie erhebt sich und steht einen Moment über mir wie ein Racheengel. »Zu schade. Das hätte ein schöner Abend werden können. Wir zwei, wiedervereint.« Der Bass des Autoradios ebbt ab, das Lied endet, ein neues erklingt. »Nun, da ich nicht bekomme, was ich will, kriegst du es ebenso wenig.«

Ehe ich sie aufhalten kann, holt sie aus – und die Dunkelheit schluckt mein Buch. Ich höre es flattern, als die Seiten aufreißen, doch ich sehe nicht, wohin es fliegt. Wohin sie es wirft. Sie reibt sich die Handflächen am Rock ab, als müsste sie sich von meinen Worten befreien.

»Traust du dich hinüber?«, ist alles, was sie sagt, ehe sie im fahlen Licht des Displays entgleitet und ich entsetzt begreife, dass sie es hinübergeworfen hat. Über die Mauer. In den Garten der Spukvilla. Dorthin, wo sich niemand hintraut – und wer es tat, ist heute tot.

Die Musik schwingt klarer durch die Nacht, als Scarlett das Auto von Derek erreicht und die Tür öffnet. Ich höre sie zuschlagen, die Klänge abstumpfen, den Motor starten. Der Kies knirscht, als er wendet. Dann brausen sie davon.

DIE VILLA DER TOTEN

Das also ist er, der Moment der Wahrheit, an dem sich die Heldin entscheiden muss, dem Ruf des Abenteuers zu folgen, alles zu wagen und dabei alles zu verlieren. Sonst wäre es keine Geschichte, die zu lesen sich lohnt.

Wer ist nun die Heldin?

Bist du es? Oder bin ich es?

Da ich diese Zeilen schreibe, liegt es an mir, die Rollen zu verteilen und die Wahrheit zu offenbaren.

Meine Wahrheit. Nicht deine.

Sei mutig, wage den Sprung hinein in den unheilvollen und toxischen Garten der Zauberin, in dem die Ursprünge dieser Geschichte lange vor unserer Zeit gesät wurden. Es liegt an uns, die Früchte zu ernten. Die guten wie die faulen.

Unser Kräutergarten liegt brach. Anna hat ihn vernachlässigt. Der Borretsch wuchert in den Wegen und sein typisches Gurkenaroma streift meine Nase, kaum dass die Stängel unter meinen Sohlen knicken, ebenso der Duft der Melisse, die ich auf der Suche nach dem Klinker der Werkstatt streife. Ich folge mit den Fingerspitzen den Rillen im Gemäuer bis zur Tür. Es riecht vertraut, kaum dass ich sie aufstoße, nach altem Holz und Leim und längst vergangenen Tagen, bittersüß, fast schon faulig. Der Kompost für die Gartenabfälle liegt direkt unter dem Fenster, das sich als einziges öffnen lässt. Ich taste die Wand neben der Tür ab, suche den Lichtschalter, finde und drehe ihn.

Die Glühbirne flammt knisternd auf. Ihr Glas ist so verstaubt wie die grau gepuderten Gerätschaften über der Werkbank, die nur der Form halber erinnern, wozu sie einst taugten. Ich stoße gegen einen Tontopf, er kippt von der Bank, schlägt auf und zerschellt in tausend Teile. Ich lausche atemlos in die Hütte hinein, doch nichts regt sich. Kein Laut, kein Geräusch, kein Rascheln, kein Wispern. Dennoch wirkt die Stille weniger tief; als wäre etwas in ihr erwacht und ich nicht länger mutterseelenallein.

Nervös halte ich nach der Leiter Ausschau, deshalb bin ich hier. Ich brauche sie, um auf die Mauer und in den Garten zu klettern. Dort hinten, halb verdeckt von Kisten und Säcken, ragen die Sprossen auf. Ich schiebe mich zwischen den Türmen aus Tontöpfen hindurch, sorgsam darauf bedacht, keinen weiteren zu zerbrechen. Jeder Laut, so fürchte ich, könnte die Toten auferstehen lassen aus ihren modrigen Gräbern.

Modrig riecht es auch hier.

Ich greife nach dem Hebel des Fensters; er lässt nur widerwillig zu, dass ich die Scheibe aufdrücke und die Nacht hineinlasse. Die Hütte ächzt im Windzug, als würde sie frösteln. Ich schlinge die Arme um mich, den Blick fest auf die Leiter gerichtet. Sie war einst blau, im Dämmerlicht wirkt sie vergilbt wie eine Sepiafotografie, ebenso die von der Decke baumelnden Gießkannen. Ich ziehe den Kopf ein, um mich nicht zu stoßen, und entdecke dabei ein Weinfass unter einer steifen Plastikplane. Es ist, als würde ich nicht nur das Fass, sondern auch die Erinnerung daran freilegen.

Wir kauften es an einem warmen Frühlingstag, hievten es in den Kofferraum und klappten die Rückbank um, damit es hineinpasste; ich durfte vorn neben Papa sitzen, das Fenster bis zum Anschlag hinabgekurbelt und das Radio voll aufgedreht, während der Wind an meinen Haaren zog und die Sonne mit uns um die Wette strahlte.

Ich strecke die Hand aus und berühre das Holz – da flackert das Licht. Es ist nur ein kurzer Moment, den die Dunkelheit nach mir greift, doch mein Herz explodiert.

Ich bin nicht allein.

Wie gelähmt stehe ich da, überwältigt von dem Gefühl, dass da jemand ist. Bei mir. Dabei ist es unmöglich. Die Hütte ist winzig und Menschen sind groß. Vorsichtshalber spähe ich unter die Werkbank und die Plane, doch dort liegen nur weitere Kisten und ein bis zur Unkenntlichkeit verstaubter Koffer nebst Säcken voll Blumenerde.

Kein Mensch.

Kein Landstreicher.

Kein Einbrecher.

Kein Mörder.

Kein Psychopath.

Wer sollte sich auch in einem alten, muffigen Werkzeugschuppen verstecken?

Niemand, flüstere ich mir in Gedanken zu.

Es ist albern. Ich bin albern. Meine Angst ist irrational. Ich bin allein. Trotzdem schaudere ich, als der Windzug sich verstärkt und flüsternd um meine Schultern streicht. Die Tür im Blick schiebe ich mich rückwärts durch den Raum. Scarlett hätte ihre reinste Freude daran, mich so zu sehen. Paradoxerweise stärkt mich der Gedanke an sie. Er entflammt etwas in mir, das die Anspannung übertüncht.

Guter alter Zorn, mächtiger als Furcht.

Erneut flackert das Licht – und der Zorn erlischt wie das sepiagelbe Leuchten. *Ich bin allein, da ist niemand*, beruhige ich mich. Da rieche ich die Melisse. Kein Laut kommt über meine Lippen, als sich aus der Ahnung das Geräusch von Schritten schält. Ich halte die Luft an, als sich die Tür der Werkstatt verdunkelt – schwarz auf schwarz; ich sehe nichts, doch ich spüre die Anwesenheit des anderen mit jeder Faser meines Körpers. Ich weiß, er ist da.

Er oder sie oder Schlimmeres.

Es klickt, als der Lichtschalter betätigt wird; doch es bleibt dunkel. Die Zeit hat über den Draht gesiegt, wie sie auch mich zu besiegen droht. Ich stehe mucksmäuschenstill, die Tonscherben knirschen, die Folie knistert. Wer auch immer da ist, kommt auf mich zu; der Melissenduft verrät seine Nähe, er verrät – auch mich?

Meine Hände zittern so stark, dass ich sie balle.

Hört er das Knacken? Spürt er das Zucken?

Ein dumpfer Aufprall, ein tonloses Ächzen, die Gießkannen klirren. Er hat sich den Kopf gestoßen. Erneut die Folie, gefolgt von den Tonscherben, diesmal so laut, als spielte es keine Rolle, ob andere es hörten. Dann ist er fort, entweicht in die Nacht gleich einem lautlosen Seufzen. In Gedanken folge ich ihm durch den Borretsch und die Minze, vorbei an dem Steinhügel und durch die Pforte zwischen den Holundersträuchern, raus auf die sumpfige Wiese.

Fünf Schritte, sieben, dann zehn.

Ich ringe um Atem, verschlucke mich just am Staub und stürze auf die Knie. Wer zur Hölle war das?

Papa hat in den letzten Jahren kaum den Hof betreten und Anna fürchtet die Dunkelheit, weshalb sie stets eine Taschenlampe bei sich trägt. Doch wenn es weder Papa noch Anna war, wer dann? Scarlett ist fort, niemand sonst hat Zutritt zu unserem Grundstück.

Ein Landstreicher? Gibt es die hier überhaupt?

Ich kauere am Boden und lausche mit weit aufgerissenen Augen in die Nacht hinaus, auf Schritte im Kies oder das verräterische Quietschen der Pforte. Doch es bleibt still – für Minuten oder gar Stunden. Dunkelheit besitzt eine eigenwillige Zeit, Furcht hingegen kennt gar keine. Ich bin hellwach, aber unfähig zu fliehen. Ich spüre den Raum, die Töpfe und Kisten, die Nähe der Wände und Decke über mir. Ich schmecke den Staub und die aufgewühlte Erde. Ich glaube sogar, den Duft des Weines zu riechen. Bloß meinen Körper spüre ich nicht, als hätte er mich abgestoßen.

Als ich es endlich schaffe, die Fäuste zu lösen, kribbelt meine Haut vor Hochspannung. Ich stütze mich am Weinfass ab und stemme mich hoch. Ich brauche die Leiter. Ohne sie war alles vergebens. Der erste Stab, den ich ertaste, gehört zu einem Rechen, der zweite einem Spaten; dann finde ich Sprossen. Die Leiter misst keine zwei Meter, trotzdem streift sie die Gießkannen. Ich bleibe in der Plastikfolie hängen und stürze. Die Tontöpfe ergießen sich lawinenartig über mich. Überall sind Splitter, die Luft ist staubdick. Doch ich gebe nicht auf, kämpfe mich vorwärts.

Am Ende stehe ich schweißgebadet in der Melisse; meine Haut brennt, als wäre ich durch Berge aus Kämmen und Bürsten und Spiegelscherben gewatet. Die Leiter presse ich an mich wie einen teuer errungenen Schatz. Bis zur Mauer ist es nicht weit. Viel zu schnell steht die Leiter fest im Gestrüpp und ich auf der obersten Sprosse.

Der Moment der Wahrheit naht.

Traue ich mich hinüber?

Vertraue ich darauf, dass es keinen Fluch gibt?

Dass ich es überlebe?

Ich kralle mich in den Efeu und überwinde den letzten Abstand. Schon sitze ich auf der Krone, ein Bein auf jeder Seite. Bin ich bereit? Der Wind streicht durch die Holunderbüsche, ich kann sie nicht sehen, nur hören. Alles ist schwarz, der Garten der Villa genauso wie mein Zuhause. Einzig in der Küche brennt Licht. Anna sitzt mit einer Tasse Tee am Tisch und liest. Wie leicht es ist, in hell erleuchtete Fenster zu blicken, sicher verborgen im Mantel der Nacht. Ich frage mich, wie viele Menschen es mir gerade gleichtun und dieses Ziehen ganz tief in der Brust spüren, diese Sehnsucht nach etwas, das zum Greifen nah und doch in unerreichbarer Ferne liegt. Eine Scheibe und tausend Welten liegen dazwischen.

Anna trinkt einen Schluck.

Ich wende mich ab und ziehe das zweite Bein hinüber. Unter mir liegt der verbotene toxische Garten der Spukvilla. Nur einen Sprung entfernt. Kein Grund, kein Strauch ist zu erkennen. Ich greife mir ein Bündel Efeuranken und schiebe mich über den Rand. Der Efeu ächzt, meine Füße finden keinen Halt. Statt zu springen, wollte ich hinabklettern, jetzt hänge ich da wie ein nasser Sack. Zu allem Überfluss höre ich Stimmen. Innerhalb des Gartens. Sie nähern sich rasch.

»Du hast *was* gehört?«

»Alter! Verarschst du mich?«

»Zwei Mädchen, die über Selbstbefriedigung reden? Come on! Das ist so hart an den Haaren herbeigezogen, wie kann ich das glauben?«

»Wenn ich es doch sage! Ich bin die verkackte Mauer abgelaufen, um den Weg zu finden, da hab ich sie ganz deutlich gehört.«

»Wohl eher halluziniert.«

Ein Schlag erklingt, als würde einer dem anderen eine verpassen. Es sind männliche Stimmen, die genau unter mir zum Stillstand kommen. Ich erstarre zur Salzsäule – darin habe ich Übung – und lausche ihnen mit pochendem Herzen.

»Es war irgendwo hier.«

»Ich hör nix.«

»War es doch weiter hinten?«

»Oder eine Wahnvorstellung«, beharrt der eine, den ich in Gedanken den Zweifler nenne.

Der andere – der Lauscher – schnaubt: »Das hab ich dann auch halluziniert, hm?«

»Ein Buch?«

Mein Herz setzt aus.

»Es kam über die Mauer geflogen.«

Scheiße, scheiße, scheiße!

»Ohne Witz?«

»Alter!«

»Schon gut, schon gut. Was steht drin?«

Ich sterbe!

»Keine Ahnung. Ich hab nicht nachgesehen.«

Fieberhaft suche ich einen Ausweg. Ich schaffe es niemals zurück auf die Mauer, ich kann mich ja kaum noch halten. Lasse ich mich fallen, verrate ich meine Anwesenheit. Die Lage ist aussichtslos, bis –

»Da kommt wer«, warnt der Lauscher. Ich höre es auch. Jemand nähert sich. So viel Pech kann ein Mensch unmöglich haben. Ich verfluche Scarlett und mobilisiere meine letzten Kraftreserven. Nur noch ein wenig länger ...

Da spüre ich eine Bewegung. Einer der beiden presst sich an die Mauer. Sein Arm streift mich, der Efeu gibt unter ihm nach. Er ist viel zu nah, wenn er sich nur ein wenig in meine Richtung dreht, stößt er wortwörtlich auf mich. Jetzt hält er den Atem an.

Das schwache Licht einer Laterne nähert sich, mit ihm schälen sich Umrisse aus dem Dunkel. Büsche, Blätter und das Gesicht des Mannes neben mir. Ich erkenne zweierlei. Erstens ist er etwa in meinem Alter und zweitens auf einer Höhe mit mir, was bedeutet, dass ich mich wenige Zentimeter über dem Boden an die Mauer klammere. Der Grund auf dieser Seite muss höher liegen, was prima wäre, wäre ich allein. So bleibt mir nichts anderes übrig, als weiter den Affen zu mimen, während der Laternenschein vorüberzieht.

Da dreht er den Kopf und erblickt mich; er zuckt nicht einmal zurück, wohingegen ich vor Schreck beinahe loslasse. Ein flüchtiges Blinzeln ist die einzige Reaktion auf mein panisches Zucken, als wäre es für ihn vollkommen normal, fremde Mädchen an Mauern hängen zu sehen.

»Du kannst loslassen«, lässt er mich wissen, kaum dass der Laternenschein verblasst. Es ist der Zweifler.

»Loslassen? Wovon redest du?« Der andere pirscht durchs Unterholz. »Alter, das war knapp! Nichts wie ab über die Mauer, bevor er zurückkommt.«

»Ich hab dein Mädchen gefunden.«

»Mein was?« Da entdeckt mich auch der Lauscher. Im Gegensatz zu seinem Freund springt er drei Schritte zurück. »Holy Shit! Kannst du mich nicht vorwarnen?«

»Hab ich doch.«

»Was macht sie da? Kann sie sprechen?«

»Wir sollten ihr von der Mauer helfen –«

Da lasse ich los und plumpse mitten hinein in üppig wuchernde Brennnesseln. Einer hilft mir hinaus, der andere hält mein Buch in den Händen. Ich will danach greifen, da hebt er es aus meiner Reichweite. Es ist der Lauscher.

»Das gehört mir«, lasse ich ihn wissen.

»Offensichtlich wolltest du es nicht mehr.«

»Es gehört mir!«, beharre ich.

»Da könnte ja jede kommen.«

»Still!«, warnt der Zweifler. »Er kommt zurück.«

Anna hat Scarlett ein Tagebuch gekauft. Jetzt haben wir beide eines. Nur dass ich meines sicher verwahre, während sie ihres offen liegen lässt. Ich warf einen Blick hinein, als sie unter der Dusche war. Sie nutzt es weniger zum Schreiben, sondern vielmehr zum Zeichnen. Die flüchtig skizzierten Gestalten verraten mindestens so viel über ihr Innerstes wie die Worte in meinem über mich.

In uns beiden ist etwas zerbrochen.

Wir sind beschädigt.

Vielleicht sind wir das alle.

Ich habe mir Landstreicher stets alt und verwahrlost vorgestellt, doch vielleicht sind sie eher wie diese beiden. Höchst arrogant von mir, zu denken, es gäbe nur eine Art Mensch, die auf der Straße lebt. Ich selbst habe darüber nachgedacht abzuhauen und würde, käme es je dazu, von heute auf morgen auf der Straße leben. Sind sie genauso?

Vor uns öffnet sich die Rasenfläche mit dem Schachbrett. Geisterhaft ragen die Statuen auf. Der Mond steht tief. Er ist eine Sichel, sein Licht fahl und kalt, doch es reicht, die Umrisse zu skizzieren. Ich höre Schritte. Wer auch immer mit der Laterne durch den Garten streift, ist uns auf den Fersen.

»Wohin?«, flüstert der Lauscher.

Sie wollen weiter durchs Unterholz, doch ich erinnere mich, dass hier Bärenklau wuchert; ich sah es vom Dach aus.

Ich zerre sie in die entgegengesetzte Richtung.

»Er wird uns sehen«, beschwört mich der Zweifler, da erreichen wir das Schachfeld. Rasch presse ich mich gegen eine der Figuren; die beiden tun es mir gleich. So stehen wir da, unterdrückt schnaufend und lauschend. Der Laternenschein naht. Es ist der Gärtner, der aus dem Gebüsch tritt. Die Furchen in seinem Gesicht wirken tiefer, die Augen dunkler, sie spiegeln den Widerschein der Kerze, die in der Laterne brennt. Unser Glück, dass er keine Taschenlampe nutzt. Sein Weg führt ihn an uns vorbei, ich höre ihn husten und etwas von Strolchen fluchen. Ob er die beiden meint? Dann verschwindet er zwischen den Bäumen auf der anderen Seite. Der Lauscher atmet hörbar aus.

Der andere spottet: »Der ist schlimmer als deine Ma.«

»Ihr kennt ihn?«

»Den Alten?« Der Lauscher schnaubt. »Klar doch. Ist besessen davon, dass wir seine Pflanzen zertrampeln. Wenn es nach ihm ginge, dürften wir keinen Schritt tun.«

»Wer seid ihr?«, frage ich.

Die zwei werfen sich einen Blick zu. »Die Frage ist eher: Wer bist du? Nicht wir sind hier eingebrochen.«

»Ich will mein Buch zurück.«

»Beweis, dass es deins ist, und es gehört ganz dir.«

»Es gehört bereits mir.«

»Mag sein, doch so macht das keinen Spaß.«

In Gedanken jage ich ihn ums Schachfeld, in Wirklichkeit stehe ich bloß da und starre ihn finster an, was er in der Dunkelheit natürlich nicht erkennen kann.

Feige, feige Jenna.

»Lasst uns woanders reden«, schlägt der Zweifler vor und wartet gar nicht erst auf Zustimmung. Schon dirigiert er uns durch den nächtlichen Garten. Scarlett würde das nie mit sich machen lassen. Sie würde ihr Haar zurückwerfen und das Buch verlangen, das man ihr sofort gäbe. Scarlett ist Furcht einflößend in ihrer Schönheit und ihrem Zorn.

»Ist das der richtige Weg?«, höre ich den Lauscher fragen. »Das Tor war eben noch nicht da.«

Das *Tor* sind zwei Silberregen, deren Äste einen natürlichen Bogen bilden. Ich erkenne sie an den herabhängenden Zweigen und Dornen.

»Autsch«, flucht da der Lauscher. »Das pikst!«

Stufen führen zu einem Grund, der so schwarz ist, als würde er Licht trinken, dabei sind es gewiss die Bäume, die den Mondschein für sich selbst beanspruchen.

»Daran erinnere ich mich auch nicht«, sagt der Zweifler. War ich eben noch genervt von seiner bestimmenden Art, taste ich jetzt nach seinem Arm. Er lässt es zu.

»Ich dachte, ihr kennt euch aus.«

»Dieser Garten ist ein wahres Labyrinth.«

»Er ist toxisch«, stimme ich zu, in Gedanken bei der Geschichte, die Scarlett vorlas. Es ist nicht die meine, ich habe sie bloß niedergeschrieben, Wort für Wort aus meinen Erinnerungen. Es war unser Gutenachtritual: die Geschichte der Zauberin und ihrer drei Töchter, danach ein Kuss, gefolgt vom Feststecken der Decke. Mutter ging, bevor ich schlief – und ich lag da, starrte zum nachtblinden Fenster und dachte über die verfluchten Kinder nach. Schon damals wusste ich, dass sie uns meinte.

Anna, Jenna und Scarlett.

Drei Kinder. Ein Fluch.

»Scheiße, was ist …«

Da platscht es. Der Lauscher verschwindet so plötzlich vor uns und ich bin zu tief in Gedanken, als dass ich noch bremsen könnte. Ich folge ihm auf dem Fuß und reiße den Zweifler mit hinein ins nasskalte Reich.

»Ein Teich«, prustet der Lauscher.

»Mein Buch!«, kreische ich und schlucke Wasser, huste und schlucke noch mehr. »Es darf nicht ... nass werden!«

Etwas berührt mich an der Wade, ich schreie auf, meine Muskeln verkrampfen. Ich drohe schon wieder zu erstarren. Jemand schiebt mich gen Ufer. Der Teich ist nicht tief, aber sumpfig. Ich glitsche ab.

»Zieh dich hoch!«

»Mein Buch«, protestiere ich.

»Erst raus«, befiehlt der Zweifler und zwingt mich vorwärts. Mit zitternden Fingern finde ich Halt im Röhricht, dann knie ich da, auf allen vieren im flachen Ufer. Er greift mir unter die Arme und hievt mich hoch. Erst als ich auf dem Rücken im Gras liege, gewinne ich die Kontrolle über meine Glieder zurück. Ich zittere erbärmlich.

»Yakup?«, ruft der Zweifler.

»Scheiße, wo seid ihr?«, erklingt es von jenseits des Teiches. »Du hast uns in einen verdammten Tümpel geführt! Hörst du, Lee? Von wegen bester Orientierungssinn, du bist aufgeschmissen ohne dein Navi! Mist, er kommt zurück.«

Und weg ist er.

Lee – der Zweifler – greift nach meiner Hand. »Jetzt nicht erstarren, Mauermädchen, wir müssen weiter.«

Ich stolpere ihm blind hinterher. Wüsste Anna davon, würde sie einen Herzschlag erleiden. Ich bin die vernünftige Schwester, diejenige, die niemals Schwierigkeiten hat, auf Partys geht oder fremden Männern in dunkle Gefilde folgt.

Lee, der Name passt zu ihm.

Er lotst mich zur Rückwand eines Schuppens und an schwach erleuchteten Sprossenfenstern vorbei. Ich spähe hinein. Es ist eine Werkstatt, in der ein abgedecktes Auto steht. Lee schiebt mich hinter ein Regenfass und zwängt sich hintendrein. Dort harren wir aus, Brust an Brust und klatschnass. Dass er noch meine Hand hält, scheint er vergessen zu haben – mir gefällt es überraschend.

Die Dunkelheit ist eine seltsam eigenwillige Sache. In ihr fühle ich mich normalerweise allein und verloren – Anna und Scarlett stets eine Wandbreit entfernt –, doch hier und jetzt schafft sie eine Nähe, die neu und aufregend ist. Sie spinnt ihre Fäden, lässt mich sein, wer immer ich sein möchte. Dieses wagemutige Ich kann nur hier und jetzt existieren, da Lee nicht um meine Makel weiß und ich nichts von ihm. Vielleicht ist genau das der Grund, warum es Menschen nachts auf die Straßen und in überfüllte Clubs zieht. Sie können sein, wer immer sie sein wollen.

Wagemutig, kühn, lustig, frei.

»Bist du in Ordnung?«, fragt Lee und ich nicke.

Wie schnell ich mein Herz verliere.

»Hast du dich verletzt? Du atmest flach.«

»Ich bin nervös«, gestehe ich.

Sein Gesicht liegt im Schatten. Zu gern würde ich den Ausdruck sehen, denn seine Stimme lässt sich schlecht deuten. Ist er neugierig? Bloß höflich?

»Warum?«, fragt er.

»Der Garten«, sage ich, verliere jedoch den Faden, als es ganz in der Nähe knackt. Lichtschein dringt durchs Geäst, trifft auf das Fass und streift über unsere Köpfe hinweg. Lee duckt sich, doch das Licht berührt seine Haarspitzen; ich greife in seinen Nacken und ziehe ihn zu mir. Sein Haar ist feucht, das Shirt klebt an ihm, es klebt auch an mir.

Sein Herz rast. Oder ist es meines?

»Er ist weg«, sagt Lee Sekunden – oder Minuten? – später. »Du kannst mich loslassen.« Ich tue es sofort. »Danke«, er klingt, als würde er lächeln, »für die heldenhafte Rettung.«

»Stets zu Diensten«, murmele ich.

Jetzt lächelt er definitiv. »Ich nehm dich beim Wort.«

Es ist der Fluch der Nacht, dass alles, was in ihr erblüht, mit dem ersten Sonnenstrahl vergeht und wir zu unserem wahren Ich schrumpfen. Ich weiß das und er auch.

»Die Luft ist rein.«

Lee führt mich zu einem Seitentrakt der Villa und öffnet dort eine schwere Eichentür. Schlagartig wird mir bewusst, dass ich nicht nur den verbotenen Garten betreten habe, sondern kurz davor bin, das Allerheiligste zu entweihen. Es kommt mir so ungeheuerlich, ja geradezu gefährlich absurd vor, dass ich auf der Stelle umdrehen und fliehen möchte. Lee hat feine Antennen, denn der Druck seiner Hand schwindet. *Nur keine Angst*, versichert er wortlos. Er lässt mir die Wahl. Ich kann gehen, zurück über die Mauer und in den Schatten von Scarlett, oder ich folge ihm.

»Spukt es hier?«

Lee lächelt. »Vielleicht.«

»Ich meine es ernst!«

»Ich auch.«

Eine zweite Tür öffnet sich. Warmes Licht fällt in den schmalen Gang. Er wirkt im Vergleich zum äußeren Erscheinungsbild der Villa beinahe vulgär schlicht. Der Glanz ist mit den Jahren verblasst, vernachlässigt oder verkauft worden.

»Da seid ihr ja.« Yakup winkt uns eilig rein. Er wirkt nervös. »Hat er euch gesehen?«

Lee verneint. Jetzt, da ich sein Gesicht betrachten kann, fühle ich mich bestätigt. Alles an ihm stimmt. Dabei ist er nicht im klassischen Sinne hübsch, ich fürchte gar, die meisten würden ihn übersehen, aber mir gefällt er gerade deswegen. Weil ich wie er bin.

Yakup räuspert sich. »Ich schlage vor, ihr schließt die Tür und fallt dann übereinander her.«

Prompt lässt Lee meine Hand los. »Das Buch?«, fragt er und tritt zu Yakup in den Raum jenseits des Ganges.

Vorsichtig folge ich, der Boden knarrt, die Tür ächzt, als ich sie mit sanfter Gewalt schließe. Der Rahmen hat sich verzogen, er ist alt und reich verziert. Ein Relikt längst vergangener Zeiten, ein Überbleibsel, das womöglich zu schwer zu entfernen war. Ob es im restlichen Haus ebenso karg ist? Yakup und Lee stehen am Fenster und unterhalten sich murmelnd. Eine Stehlampe brennt, zwei Sessel, zwei Betten und zwei Stühle stehen da, als wären sie kürzlich verwaist. Die Decken sind zerwühlt, das Geschirr ist benutzt, daneben liegen Spielkarten und ein aufgeschlagenes Buch. Die Dielen verraten meine Neugier, Yakup dreht sich um. Im Gegensatz zu Lee ist er jemand, der gewiss sämtliche Blicke auf sich zieht. Ob er Scarlett gefallen würde? Sie mag große, sportliche Typen und Yakup wirkt, als würde er niemals still sitzen.

Er grinst. »Soll ich mich ausziehen?«

Ich nicke, schließlich ist er klatschnass. Er lacht, Lee hebt eine Braue. »Du auch«, lasse ich ihn wissen und sehe mich um. »Habt ihr ein Handtuch für mich?«

»Ein Mädchen nach meinem Geschmack!«

»Ein Handtuch«, wiederhole ich. Lee reicht mir eines, das sie bereits benutzt haben. Das ganze Zimmer sieht aus, als wären sie vor Wochen eingezogen. Offensichtlich bemerken sie meine Irritation, denn Yakup schiebt rasch die Wäsche zusammen, ehe er sich das nasse Shirt über den Kopf zerrt. Wahrhaftig, er ist Sportler. Oder Dauergast im Fitnessstudio. Daneben fühle ich mich geradezu peinlich unfit. *Ich fahre Rad*, möchte ich sagen, *jeden Tag zur Schule und zurück*. Stattdessen ziehe ich, mir meiner erbärmlichen Gestalt plötzlich allzu bewusst, das Handtuch enger um die Schultern. Mein Haar hängt herab, das Kleid offenbart jede Delle und jeden Makel. Ich tropfe auch noch.

»Mit wem hast du gestritten?« Auf meinen fragenden Blick hin führt Yakup näher aus: »Ihr wart verflucht laut. Erst ging es um irgendein Märchen, dann darum, dass ihr einander beim Masturbieren beobachtet.«

»Nicht einander«, korrigiere ich.

Er neigt sich interessiert vor. »Watcher oder Player?«

Lee wirft ihm ein Shirt zu. »Zieh dich an.«

Während sie sich abtrocknen, trete ich zum Tisch; das Buch, das dort liegt, ist ein Bildband Australiens. Ich blättere wahllos ein paar Seiten vor, verliere das Interesse und suche nach meinem eigenen Buch. Ich finde es auf der Heizung liegend. Ein Entsetzenslaut entschlüpft mir. Der Einband trieft, die Seiten sind wachsweich, aber die Tinte, die Tinte ist stur. Ich hebe es vorsichtig an meine Brust.

»Habt ihr ein Eisfach?«

»Wozu?«

»Habt ihr oder nicht?«

»In der Küche«, sagt Lee und tritt in trockenen Shorts neben mich. »Funktioniert das wirklich?«

»Ich hoffe es.«

Yakup ist verwirrt. »Wovon zum Henker sprecht ihr?«

»Folge mir.« Lee tritt zur Tür.

»Alter, du willst da rein?«

»Er wird uns schon nicht köpfen.«

Yakup blickt von Lee zu mir. »Hör mal, Miss Ich-will-mein-Buch-Zurück, wohnst du in der Nähe? Gibt es keine Eisfächer da, wo du herkommst? Wir helfen dir zurück über die Mauer, das Buch hast du ja jetzt.«

Ich könnte zurückkehren. Doch was würde Anna sagen, wenn ich triefend und ohne Scarlett in der Tür stünde? Wäre sie enttäuscht? Sauer? Ihr Ton war seltsam, als sie mit Vater sprach, ebenso ihr Blick, als wir uns verabschiedeten.

Alles ist seltsam heute. Anna, Scarlett, sogar ich.

»Sie wird mich umbringen«, höre ich mich sagen, was eine glatte Lüge ist. Ich will nur nicht heim.

»Besser, als wenn der Alte seinen Frust an mir auslässt«, sagt Yakup im Brustton der Überzeugung, legt aber zugleich eine Hand auf meine Schulter, es ist eine seltsam süße und ambivalente Geste. »Wer ist *sie*?«, fügt er hinzu, als müsste er abwägen, wer von uns in größerer Gefahr schwebt.

»Meine große Schwester. Ich habe ihr versprochen, Scarlett zu begleiten.«

»Und das ist …?«

»Meine kleine Schwester.«

»Klein im Sinne von wie klein?«, fragt Lee.

Ich ziehe eine Grimasse.

»Mit ihr hast du dich gestritten«, schlussfolgert er.

Ich nicke. Yakup flucht, er tut das oft. »Alles klar, ich geb auf, ab in Teufels Küche. Nach dir, heldenhafter Lee!«

Wenn ich darüber nachdenke, kommt mir diese Begegnung geradezu schicksalhaft vor. Ein Prinz, ein Jäger und eine flüchtige Schwester, die in tiefster Nacht zueinanderfinden. Wie anders die Geschichte hätte verlaufen können, wäre das Buch in die falschen Hände geraten. Doch wie im Märchen geschieht alles zur rechten Zeit und am rechten Ort.

Willkommen, willkommen in der Villa der Toten.

Im Heim der Geister und Verfluchten.

Willkommen am Anfang - vom Ende.

Papier ist widerstandsfähig. Es übersteht Hitze und Kälte, selbst Stürze aus größter Höhe. Wasser hingegen ist sein natürlicher Feind, wenngleich verträglicher als Feuer. Ich sollte dankbar sein, dass es kein glühender Hexenofen war, in den wir gestolpert sind, sondern ein sumpfiger, muffiger, froschgrüner Teich. Wasserlinsen krönen mein Haupt, Lee hat eine hervorgezupft und grinsend verkündet, ich würde einer Nixe beim Bade gleichen. Ich bin unentschlossen, ob das als Kompliment gemeint war, zumal Yakup prustend zustimmte.

Jetzt schleichen sie vor mir im Lichtkegel ihrer Smartphones durch den Flur, der den Gästetrakt, in dem sie wohnen, mit dem Haupthaus verbindet. Ich frage mich, ob sich die Anschaffung eines Handys allein aus diesem Grund lohnt: um Licht ins Dunkel zu bringen.

»Diese Tür?«, zischt Yakup.

Er fragt nach jeder Abzweigung, die wir nehmen, nach jedem Bogen, den wir passieren. Ein gespenstisches Antlitz, das sich mondbleich aus der Schwärze schält. Zwei Geister wandeln durch die Flure, gefolgt von einem dritten, der die Nacht im Herzen trägt und in seinen Armen ein tropfendes Buch. Es hinterlässt eine Spur aus silbrig glänzenden Perlen, brotkrumengleich.

»Diese Tür?«, fragt Yakup, doch Lee führt uns tiefer hinein in das Haus und seine Geschichte. Die Toten an den Wänden lassen sich nur erahnen. Unzählige Glaskästen, die den fremden Schein blinzelnd reflektieren, dahinter die Umrisse papierner Falter. Ich stelle mir vor, wie das Licht sie aufschreckt, aufweckt aus ihrem ewigen Schlaf, und sie sich von den Wänden ergießen, sturzflutartig wie Monarchfalter auf ihrer Reise gen Süden.

»Diese Tür?«

Sie führt zur Küche. Wir huschen diebesgleich hinein, meine Finger finden die polierten Stahlflächen, ich berühre die sorgsam aufgereihten Gewürzgläser und die von der Decke baumelnden Pfannen; sie klingen zart trotz ihres Gewichts.

»Nichts anfassen!«, warnt Yakup.

Lee hat bereits die Truhe und einen Gefrierbeutel gefunden. Er nimmt mir das Buch ab; ich mag es kaum hergeben, noch weniger zusehen, wie es im Plastik verschwindet und schließlich in der dampfenden Kälte. Als sich der Deckel schließt, stoße ich den angehaltenen

Atem aus. Meine Finger zittern, als ich die rot leuchtende Anzeige berühre. -17 Grad Celsius. Tiefster Winter.

Papier ist widerstandsfähig.
Es übersteht Hitze und Kälte.
Selbst Stürze aus größter Höhe.

Lee greift nach meiner Hand, seine Finger verflechten sich mit meinen. Er zerrt mich fort. Licht, wärmer als das der Geister, greift nach uns, als wir aus der Küche fliehen. Ich fühle mich betäubt. Als läge ich zusammen mit meinen intimsten Gedanken in der Eiseskälte. Ich sehe mich die Hand ausstrecken und den Buchrücken nachfahren. Ich bin dort und zugleich hier. Ein Teil von mir bleibt zurück, während der andere Lees Wärme folgt.

»Hier lang.«

Statt durch die Flure entkommen wir über eine Hintertür auf die Veranda. Schon stehen wir im Freien, ich frierend, Lee und Yakup lachend. Für sie ist das alles ein großartiges Abenteuer, für mich geht es tiefer. Nicht nur der Beinaheverlust des Buches, auch Scarlett und unser Streit. Sie scherzen darüber und werden über Jahre hinaus in geselligen Runden von den seltsamen Mädchen erzählen, die einander spinnefeind waren. Für sie wird es nicht mehr als eine verblassende, überaus skurrile Erinnerung sein.

Für mich ist es mein Leben.

»Und jetzt?«, fragt Yakup und schlägt mir freundschaftlich auf die Schulter – wie schnell sie sich öffnen. »Auf zur Party? Wo findet die statt? Im Bootshaus?«

»Woher wisst ihr davon?«

»Ein Vögelchen hat's gezwitschert«, sagt er leichthin, doch das Lachen fällt von seinen Augen. Das Leben in der ersten Reihe von Scarletts legendärer Bühnenshow hat mich für Masken sensibilisiert. Ich erkenne sie – und die seine sitzt schief, als koste es ihn größte Mühe, die Ungezwungenheit künstlich aufrechtzuerhalten.

»Wohin wolltet ihr, bevor ihr mich getroffen habt?«

»Zur Party«, lügt Yakup keck. »Zeig uns den Weg.«

»Ich bin nass«, protestiere ich.

»Kein Problem«, verkündet Lee und sprintet los.

»Ich will nicht zur Party!«, rufe ich hinterher.

»Still«, warnt Yakup und greift seinerseits nach meinem Handgelenk. Innerlich kriege ich das Kotzen. Wie selbstverständlich sie mich anfassen und durch die Gegend bugsieren. Wie selbstvergessen ich es zulasse. Ich hasse meinen Körper. Er sollte mein Schild sein, mich schützen und verteidigen, stattdessen wird er wachsweich und nachgiebig, als würde er das Aufbegehren fürchten. Scarlett sagt, es sei meine Art der Angstbewältigung. Manche würden kämpfen, andere fliehen, ich hingegen täte es wie die Opossums, die sich bei Gefahr tot stellen. Deshalb nennt sie mich *Ellie* – nach dem Mammut aus irgendeinem Kinderfilm, das fälschlicherweise annimmt, ein Opossum zu sein. Scarlett flüstert es im Vorbeigehen, lacht darüber mit ihren Freunden. Sie sagt es ständig.

Sei keine Ellie.
Sei keine Ellie.
Sei keine Ellie.

Auch ihre Freunde nutzen den Spruch, ahnungslos, dass es mit mir begann. Dass ich Ellie bin. Sogar Maria. *Sei keine Ellie*, beschwor sie sich, als sie dringend zur Toilette musste, bis zum Schulschluss aber noch eine Stunde verblieb. Als ich beklommen fragte, was sie damit meine, klärte sie mich unter höchster Not auf, dass Ellie es nie rechtzeitig schaffe und generell der dümmste Mensch der Welt sei.

Vielleicht hat Scarlett ja recht.
Vielleicht bin ich so, wie sie sagt.

»Soll ich dir was Abgefahrenes zeigen?« Yakup schiebt die Auswüchse eines Blauregens beiseite. Die gefiederten Blätter sind flaumig weich. Yakup öffnet eine rostige Glastür, die hinter dem Geäst liegt. Es ist das blinde Gewächshaus, das Mutter so oft zum Zentrum ihrer Gemälde erkor.

Es hütet Geheimnisse, hat sie stets gesagt, während sie es in den prächtigsten Farben kleidete. Ich liebte die Art, wie sich ihre Hand dabei bog, so sacht, als würde sie das Papier liebkosen. Schicht um Schicht und Umarmung für Umarmung. Wie sie ihr Haar dabei zurückstrich, sollte es über ihre Stirn gefallen sein. Wie Farbspuren in den Strähnen zurückblieben, die noch Stunden später davon zeugten, was wir gemeinsam taten. Damals, bevor sie ging.

»Willst du nicht eintreten?«

Meine Augen sind blind wie die des Glashauses.

Es hütet Geheimnisse, manche schön wie Rosen, andere schmerzhaft wie Dornen. Deshalb sind seine Scheiben trüb, damit die Welt nicht sieht, was sich in seinem Innern verbirgt. Vor aller Augen und doch unsichtbar.

Ich streiche die Tränen fort und trete ein. Bis zur Kuppel winden sich Dornenranken um eine verblichene Bank nebst Tisch. Ein schwach dampfendes Glas Tee verrät, dass eben noch jemand dort saß und las, inmitten des erstarrten Tornados aus gefährlich spitzen Trieben. Ich strecke die Hand aus, wage jedoch nicht, die Ranken zu berühren. Etwas hält mich zurück. Vielleicht die Tatsache, dass so vieles in diesem Garten den Tod zu bringen vermag.

»Der Alte sitzt hier jeden Abend und liest. Sagt zumindest die Köchin.« Yakup lehnt in der Tür, als wage er sich nicht hinein. Erneut zwingt er sich die Maske des unbeschwerten jungen Mannes auf. Dabei lacht er viel; das verraten die Fältchen rund um seine Augen und die Art, wie er dabei klingt. Lachen ist etwas, das ihm leichtfällt, das zu ihm gehört wie die Stille zu mir.

»Sie sind zu dritt«, klärt er mich unnötigerweise auf. »Den Gärtner beschäftigt der Alte seit Urzeiten. Die Köchin ist neu. Na ja, wenn zwei Jahrzehnte als *neu* gelten.«

Sowohl die Köchin als auch der Gärtner sind im Dorf wohlbekannt. Sie kaufen im kleinen Laden ein. Der Gärtner ist jener Typ alternder Mann, dem die Kinder verschreckt ausweichen, während die Jugendlichen ihn verspotten. Sie äffen ihn nach, die Beine krumm, die Gesichter verzerrt. Wenn er an ihnen vorbeihumpelt, fühle ich etwas in mir schwer werden. Wie gern wäre ich jemand, der seine Stimme erhebt, auf ein Unrecht hinweist, laut und unbequem ist. Doch ich bin stumm wie der Gärtner. Wenn unsere Blicke sich treffen, ist es ein stilles Erkennen: Er weiß um meinen Zwist, denn er ist wie ich.

»Die Köchin ist wirklich nett.« Yakup zieht mit der Spitze seines Schuhes Kreise auf den Ornamentfliesen. »Sie bringt uns abends warmen Kakao. Ihretwegen sind wir überhaupt noch hier. Er wollte uns rausschmeißen, kaum dass er es erfuhr ... aber sie hat ihn überredet. Sie ist gut.«

Ich weiß nicht, was ihn mit dem Alten verbindet, ich frage nicht nach. Es ist zu privat – obendrein bin ich wenig geübt im zwanglosen Gespräch.

Beiläufig, um nicht befangen herumzustehen, trete ich zum Tischchen und berühre das stockende Wachs des Kerzenstummels. Ich mag, wie es sich der Form meines Fingers anpasst. Auf der Bank liegt ein Buch. Es ist von Virgina Woolf. Klassiker liegen mir nicht. Dem Alten offensichtlich genauso wenig. Er ist nur wenig weiter, als ich je kam. Ich zwinge die Hand vom Wachs fort, finde das Lesezeichen und schlage das Buch auf.

Manch Geheimnis gehört begraben für alle Zeit.

»Achtung, Bücherdiebin, da kommt wer.«

Meine Hand zittert wie die Flamme im Windzug, Yakup flucht. »Das bin ich«, sage ich und zeige auf die Fotografie, die dem Alten als Lesezeichen dient. Auch wenn ich Scarletts Hasen in den rundlichen Armen halte, muss ich es sein. Es steht in gestickten Lettern auf dem honiggelben Strampler. *Jenna.* Das bin ich.

»Du bist es bloß! Mein armes Herz.«

Lee lacht. »Geht der Gärtner wieder um?«

Ich blicke nicht auf. *Das bin ich.* Je öfter ich es in Gedanken wiederhole, desto weniger ergibt es Sinn.

»Wer, sagtest du, liest hier?«

»Der Alte«, antwortet Yakup von der Tür. »Zieh dich rasch an. Hier geht's zu wie im Taubenschlag.«

»Das sollte passen.« Lee reicht mir ein Sweatshirt und Shorts. »Boyfriendstyle«, sagt er und wirkt dabei so hilflos, wie ich mich fühle. »Alles okay?«

Mehr als ein Nicken bringe ich nicht zustande, Lee runzelt die Stirn, zieht sich aber zurück. Während ich mich aus dem Kleid schäle, kreisen meine Gedanken unaufhörlich um die Fotografie. Bin das wirklich ich? Oder ist es Scarlett? Es ist ihr Kuscheltier, aber mein Name. Trägt sie meinen Strampler? Halte ich ihren Hasen? Wie kommt der Alte in den Besitz des Fotos? Wieso nutzt er es als Lesezeichen?

Ich selbst bin nicht wählerisch. Alles, was mir in die Finger gerät, wird als Markierung zwischen die Seiten gesteckt: abgerissene Klopapierfetzen, glatt gestrichenes Bonbonpapier, Kassenbons und Geldscheine. Andere wie Anna nutzen stets ein und dasselbe Lesezeichen. Ihres hat Scarlett vor Ewigkeiten gebastelt, es ist schon ganz verblichen und an den Rändern verknickt.

Wie die Fotografie.

Als hätte er sie zu oft in den Händen gehalten und betrachtet. Scarlett? Oder mich?

Ich schlüpfe in die Shorts und streife das Sweatshirt über. Das Kleid wringe ich aus und verstaue es in Mutters Tasche. Die Fotografie stopfe ich in die Hosentasche. Dieses Rätsel gilt es später zu lösen, erst muss ich mich um zwei Jungs kümmern.

AUF WEN DIE FLASCHE ZEIGT

Warum lässt sie es offen liegen? Ich frage mich das so oft. Wieso lässt sie ihre Gedanken so unbeobachtet zurück? Ihre Gefühle und ihren Zorn? Sie zeichnet ihn nieder, mal mehr, mal weniger gut. Sie schreibt auch, reißt die Seiten jedoch heraus und knüllt sie zusammen, als wären ihre Worte ungenügend. Ich nehme sie an mich, glätte und klebe sie in mein Buch. Hier einen Satz, dort eine Zeile.

Die anderen schreibe ich ab.

Wenn ich dann später durch mein Buch blättere, weiß ich manchmal nicht, ob es wirklich ihre Gedanken - oder doch die meinen sind, die dort schwarz auf weiß stehen.

Hasse ich sie?

Oder hasst sie mich?

»Ich kann nicht!«

»Zu spät«, lässt Yakup mich wissen, hakt sich bei mir unter und zieht mich den Deich hinauf. »Du wirst sehen, das wird ein Heidenspaß. Lee und ich sind Partykönige. Halt sie fest, Mann, sie haut sonst ab!«

Lee hakt sich auf der anderen Seite ein.

»Folgt einfach der Musik.« Ich versuche, mich rauszuwinden. »Ihr könnt das Bootshaus unmöglich verfehlen. Achtet auf das Hafenbecken, da ist erst wer reingestürzt.«

»Du entkommst uns nicht«, prophezeit Yakup.

»Ertrunken?«, fragt Lee.

»Gerettet«, würge ich hervor. Der Bass der Party lotst uns seit einer Weile, jetzt gesellen sich Stimmen und die Melodie eines Liedes dazu. »Ich will nicht!«

»Keine Sorge, Bücherdiebin, wir passen auf dich auf. Betrachte uns als deine Brüder. Einverstanden?«

Bin ich nicht, interessiert Yakup nur einen Dreck. Er lacht und wuschelt mir durch die Haare. Allein dafür möchte ich ihm gegens Schienbein treten. Wie ich auf die Idee kommen konnte, ihnen anzubieten, sie hierherzuführen, ist mir unbegreiflich. War ich kurz unzurechnungsfähig? Ich hätte ihnen den Weg beschreiben sollen und fertig.

Jetzt habe ich den Schlamassel.

»Du hast versprochen, uns bis zur Tür zu bringen«, behauptet Yakup, was glatt gelogen ist. Karma halt.

»Ich gehöre nicht hierher!«

»Du hast bloß Schiss, weil du noch nie auf einer Party warst«, sagt er und liegt damit goldrichtig. »Außerdem ist deine Schwester hier. Vertragt euch, habt Spaß. Das Leben ist zu kurz, um einander an die Gurgel zu gehen.«

Ich hasse derlei Floskeln. Sie helfen nie. Das will ich gerade altklug erwidern, da erreichen wir das Bootshaus. Kerzen in Weckgläsern säumen den Weg, eine Feuertonne spendet Wärme. Das Haus selbst ist hell erleuchtet, das Tor steht sperrangelweit offen. Unerbittlich schieben sie mich hinein. Yakup grüßt freiheraus in die Runde, schlägt hier in eine erhobene Hand und lässt sich dort in ein Gespräch verwickeln. Ich weiß nicht, ob ich fasziniert oder neidisch sein soll. Diese

Leute, unter die er sich so nahtlos fügt, als würde er sie seit Jahren kennen, sind mir so fremd wie den Fröschen der Weltraum.

»Woran denkst du?«, fragt Lee.

An Frösche, die zu den Sternen singen?

Lee lächelt. »Keine Sorge, er kommt zurecht.«

»Das ist es nicht.«

»Was bereitet dir dann Sorgen?«

Dass *sie* uns bereits erblickt hat und auf uns zukommt, das Kleid reflektierend, das Haupt goldschimmernd, als würde die Lightshow einzig für diesen Moment existieren: um ihr einen Heiligenschein ins Haar zu zaubern.

»Jenna«, sagt sie und bleibt vor uns stehen, fixiert erst mich und mein Outfit, dann Lee. Das Lächeln lässt ihre Züge erweichen. »Und du bist?«

Lees Griff wird fester, als er sich Scarlett vorstellt.

»In der Spukvilla?«, fragt sie überrascht. »Ihr wohnt tatsächlich dort? Für wie lange?«

»Das wird sich zeigen«, bleibt Lee vage.

Scarlett hebt die Brauen, das Gesicht so freundlich, dass es mich innerlich würgt.

Ich hasse sie.

Ich hasse sie.

Ich hasse sie.

»Möchtet ihr was trinken?«, fragt sie und zeigt hinein ins Bootshaus. »Wir haben reichlich Auswahl.«

Lee sieht mich an, er will tatsächlich den großen Bruder mimen. Kein Zweifel, ohne mich wäre er längst Yakup gefolgt. Ich überlege fiebrig, wie ich ihm klarmachen kann, dass ich unter gar keinen Umständen etwas mit Scarlett trinken werde – er aber ruhig gehen kann, wenn er will.

Da entdeckt mich Maria.

»Jenna«, kreischt sie, die Hände klebrig und heiß, als sie mich an sich zieht. »Du bist hier! Scarlett sagte, du kommst nicht, weil du deine Tage hast. Geht's wieder?«

»M-meine Tage?«, krächze ich.

»PMS ist wirklich kacke!«, ruft Maria in einer Lautstärke, bei der mir das Trommelfell zu platzen droht. Hastig befreie ich mich von Lee, dessen Stirn schon wieder umwölkt ist, und schleife Maria fort.

Mir entgeht weder der leidvolle Blick über die Schulter, noch dass ihre Laune mit jedem Schritt sinkt. Natürlich, sie wollte zu Scarlett.

»Brauchst du einen Tampon?«, fragt sie und zeigt zum Toilettenwagen, zu dem ich uns versehentlich führte. »Hast du das Tässchen immer noch nicht probiert? Das ist wirklich ganz leicht!« Ich stöhne innerlich – und offenbar auch laut, denn Maria kramt eine Tablette hervor und reicht sie mir. »Es braucht eine Weile, bis sie wirkt.«

Ich will ihr sagen, dass ich weder meine Tage noch Schmerzen habe; doch dann müsste ich erklären, wieso Scarlett gelogen hat, und dazu bin ich nicht in der Lage. Klaglos nehme ich also das Alupäckchen entgegen und will es in der Tasche verstauen, da ...

»Ist das ...?«

Karma, flüstert es in mir. *Alles Karma.*

Zwischen meinen Fingern blitzt der scharlachrote Stoff hervor. Scarletts Kleid, das Maria sofort erkennt.

»Sie hat es erlaubt?« Mit fiebrigen Augen greift sie danach. »Aber das ist ja klitschnass! Wieso ist es nass?« Sie errät die Antwort sofort. »Ist das Entengrütze in deinem Haar? Hast du etwa ...?«

»Es war Scarletts Idee«, verteidige ich mich lahm.

Marias Augen glänzen. »Wie oft hast du gesagt, ich solle es mir aus dem Kopf schlagen, denn sie würde es niemals verleihen – und jetzt hat sie es dir aufgezwungen?«

Was soll ich darauf erwidern?

Maria wischt sich übers Gesicht, ihre Wangen sind fleckig. »Sie ist deine Schwester. Schon klar, dass sie es dir gibt. Trotzdem! Du wusstest es.«

Da sehe ich, dass sie die Chucks trägt. Es ist der passende Ton. Sie hätten hervorragend zueinander gepasst. Ich möchte ihr sagen, wie wunderschön sie sind, doch Maria ist mir längst entglitten.

»Ich dachte, wir sind Freunde!«

Sind wir das?, denke ich erschöpft, bringe aber nur »Es ist bloß ein Kleid« hervor.

Maria weicht zurück, als hätte ich sie geschlagen.

»Für dich vielleicht«, flüstert sie und stürmt davon.

Ich hasse Partys. Ich wusste es, bevor ich auf einer war, und spüre es bis in die Zehen, jetzt, da ich mich inmitten einer befinde. Verloren stehe ich am Rand der Tanzfläche und halte mich an einem Glas fest. Die Cola ist längst lauwarm.

Maria dreht mir, wann immer sie vorbeiflattert, demonstrativ den Rücken zu. Sie unterhält sich mit überraschend vielen Gästen, tanzt und lacht; in der Schule ist sie weniger kontaktfreudig. Ob das an den Drinks liegt, die sie fortwährend von der Theke holt?

Lee und Yakup sind verschwunden. Vorhin sah ich sie noch auf der Tanzfläche zwischen den Mädchen, die ich aus Scarletts Dunstkreis kenne. Ich bin nicht die Einzige, die sie beobachtet. Sie sind die Sensation des Abends, zwei Fremde, denen Scarlett zu viel Aufmerksamkeit schenkt.

Als sie an Yakups Hand um ihre eigene Achse wirbelt, sehe ich Lee nach draußen gehen. Ich verberge mich hinter einem der Boote und stoße dabei auf Derek. Seinem Gesichtsausdruck nach ist er bereits abserviert worden.

Er trinkt zu viel.

»Du!« Er sticht mit dem Finger nach mir. »Du hast sie hergebracht. Du bist schuld!«

Maria dreht sich zu uns und für einen kurzen Moment glaube ich, dass sie mir beistehen wird, doch sie zuckt bloß die Schultern. Niemand greift ein, als Derek gegen mich vorstößt. Warum sollten sie auch? Sie kennen mich nicht.

»Deinetwegen ist sie so.« Dereks Fingerspitze bohrt sich in meine Wange. Die Cola schwappt über. »Warum konntest du nicht einfach zu Hause bleiben? Du und dein Chinese und dieser beschissene Türke.«

»Welcher Türke?« Yakup legt einen Arm um meine Schultern. »Klingt wie die Einleitung zu einem schlechten Witz. Ein Türke, ein Chinese und ein Arschloch treffen sich in 'ner Bar. Rate mal, wer wer ist.«

»Verpiss dich dahin, wo du herkommst«, spuckt Derek ihm entgegen, das Gesicht zornrot. Der Finger schwebt jetzt vor Yakups Brust. Derek überschreitet eine Grenze, jeder hier weiß es, jeder kann es sehen und hören, denn die Musik spielt leiser als zuvor. Neben der Anlage steht Scarlett.

Sie prostet mir still zu.

»VERPISS DICH!«

Speicheltropfen fliegen, Yakup dreht mich weg.

»Lass uns gehen«, sagt er. »Spaß haben.«

»Du gehst nirgendwohin!«

Yakup lacht trocken. »Alter, entscheid dich mal.«

Derek explodiert. »Findest das witzig, ja? Spannst mir die Freundin aus und lachst auch noch!«

»Freundin?« Yakup zieht die Brauen hoch und zeigt fragend auf mich. »Wenn ihr euch nahesteht, bin ich der Chinese.«

Dereks Verwirrung hätte was Komisches, wäre die Situation weniger ernst. Rundum herrscht Schweigen, während Derek für jedermann sichtbar um Verständnis ringt.

»Falls dir einfällt, was du sagen wolltest: Wir sind auf der Tanzfläche.« Yakup lotst mich fort. Hinter uns klirrt es, ein Hieb trifft mich am Rücken. Hätte Yakup mich nicht gehalten, wäre ich kopfüber in eines der alten Holzboote gestürzt. Scarlett ragt dahinter auf, sie wirkt seltsam fasziniert, beinahe schon erheitert.

»Jungs«, sagt sie und tritt beschwichtigend vor Yakup, der sich gerade aufrichtet. Ich spüre seinen Zorn durch die Haut sickern. Ich kann ihn förmlich riechen. »Kein Streit. Ich bitte euch. Es sind Ferien.«

»Sie gehören nicht hierher.«

»Sie sind zu Gast«, tadelt Scarlett sanft. »Die Freunde meiner Schwester sind stets willkommen.«

Unwillkürlich suche ich Maria, ihr Gesichtsausdruck ist undeutbar. Wie sie da zwischen den anderen steht, kommt sie mir so verloren vor wie ich selbst. Vielleicht muss man nicht allein sein, um Einsamkeit zu kennen.

»Dreht die Musik auf«, ruft Scarlett und legt, kaum dass der Bass loswummert, eine Hand auf Dereks Schulter. »Und wir spielen eine Runde mit unseren neuen Freunden.«

Lass uns über die Wahrheit sprechen.
Oder bist du noch nicht so weit?

Zur zweiten Etage des Bootshauses hat nicht jeder Zutritt, wie Scarlett verdeutlicht. Ich folge ihr die Holzstufen hinauf, dirigiert von Yakup, der sich weigert, von meiner Seite zu weichen. Scarletts Erklärung zufolge blieb der ehemalige Besitzer oft über Nacht, weshalb er im Giebel eine Wohnung und sogar ein winziges Bad eingerichtet hat, das sie kurz zeigt, ehe sie uns durch einen schmalen Flur zum *Herzen* des Bootshauses führt. Ich bin ein bisschen enttäuscht. Das ist, was Maria sehen will? Worum sich all die Legenden und Gerüchte ranken? Zwei ranzige Sofas, eine Dartscheibe, Sitzkissen und Kerzen.

Die Luft ist unerträglich.

»Fenster auf!«, ruft Scarlett und bittet uns mit einem entschuldigenden Lächeln (das Yakup gebührt) einzutreten. Hinter Yakup folgt Derek. Ich lasse ihn nicht aus den Augen.

»Setzt euch«, verlangt Scarlett.

Yakup duckt sich unter den Traumfängern, von denen etliche unter den Holzbalken baumeln, zu einem der Sofas durch. Erst da bemerke ich Lee. Er will für Scarlett aufstehen, doch sie besteht darauf, dass er bleibt, und zwängt sich neben ihn. Auf den Kissen rund um den Tisch fläzen die Mädchen von Scarletts engstem Kreis sowie ein paar Freunde von Derek. Bis auf Selena kenne ich niemanden persönlich – und auch das ist lange her.

»Wir beißen nicht«, lässt sie uns mit blitzenden Zähnen wissen. Sie klopft neben sich aufs pflaumenfarbene Polster. »Selena«, stellt sie sich Yakup vor.

Die Musik der Feier dringt gedämpft durch die Dielen. Sie vibrieren im Bass. Das Sofa gibt nach, als Derek neben mir auf die Lehne sinkt. Yakup legt einen Arm um meine Schulter.

»Was spielen wir?«, fragt er, als wüsste er genau, wie das hier funktioniert. »Scharade? Pingpong?«

»Langweilig«, ruft Selena.

»Was bevorzugt ihr Landkids dann?«

»Alles, was tiefer blicken lässt«, sagt einer der Jungs, von dem ich glaube, dass er in Dereks Band singt und Hannes heißt. »Strip-Poker!«

»Schon wieder?« Selena verdreht sie Augen. »Hast du deine Niederlage etwa schon verkraftet?«

»Die war den Anblick wert!«, sagt er und will mit Derek abklatschen, doch der winkt ab.

»Nicht heute. Wir haben *Gäste*.« Die Art, wie er Scarlett nachäfft, lässt mich zusammenzucken. Doch Scarlett lächelt still vor sich hin; ob nur ich die Zähne sehe?

»Wir spielen *Ich habe noch nie ...*«, entscheidet Selena. »So können wir unsere Gäste besser kennenlernen.«

Scarlett nickt zustimmend. Derek brummt missmutig. Schnapsgläser werden herbeigezaubert, eine Flasche Korn folgt. Selena schenkt allen ein und erklärt das Spiel.

»Wann immer die Aussage auf euch zutrifft, müsst ihr trinken, verstanden? Ihr könnt sowohl ›Ich war noch nie‹ als auch ›Ich hab schon mal‹ als Formulierung nutzen. Klingt komplizierter, als es ist. Wichtig ist nur: Stimmt die Aussage, trinkt ihr. Alles klar?« Als alle nicken, beginnt das Spiel: »Ich war noch nie nackt schwimmen!«

Nur dass jeder, inklusive mir (als Kleinkind), bereits Nacktbaden war. Schulterzuckend lehnt sie sich zurück.

Hannes ist dran. »Ich habe noch nie masturbiert.«

Alle lachen. Keiner trinkt.

»Als ob«, ätzt Derek. Alle starren mich an. Sogar Lee.

Meine Wangen brennen. Scarlett lächelt.

»Nächster«, sagt sie. Und das Spiel geht weiter.

Ich weiß nicht, was sie sagen, ich höre bloß meinen eigenen Herzschlag. Yakup trinkt. Auch Derek greift zum Glas. Erneut starren sie mich an. Mehrere Gläser sind leer.

»Hast du oder nicht?«

»Die fasst doch keiner an«, sagt Derek.

»Ich hab noch nie mit einem Jungen geschlafen«, wiederholt Selena unerbittlich. Deshalb haben die Jungs getrunken – bis auf Hannes – und keines der Mädchen. Auch Scarletts Glas ist randvoll. Sie hatte schon Sex. »Also?«

»N-nein.«

Kühl reicht sie mir das Glas. »Auf ex.«

Ich verschütte die Hälfte und schmecke nichts.

»Wie alt bist du noch mal?«

»Ist sie nicht deine große Schwester, Scar?«

»Ist sie«, sagt Scarlett und nickt zu Lee. »Du bist dran. Überleg dir was Aufregendes.«

Lee zögert. »Ich war noch nie verliebt.«

Selena schnaubt. »Ihr Stadtjungs seid seltsam.«

Lee greift als Einziger zum Glas und trinkt. Als er es zurückstellt, begegne ich seinem Blick. Yakup nimmt den Arm von meiner Schulter und bittet um Eiswürfel. Derek reicht sie ihm so ungeschickt, dass zwei auf mich purzeln.

»Du hast aber auch Pech, Bücherdiebin.«

Derek beäugt mich. »Was trägste denn da? Haste das im Altkleidercontainer gefunden?«

Ich blinzle zu Lee, der runzelt die Stirn.

»Alter, das ist meine Hose«, ruft Yakup.

»Und mein Sweatshirt«, sagt Lee.

»Wieso trägt sie eure Sachen?«

Scarlett fragt. Natürlich.

»Tja, Schönste, so viel zum Nacktbaden.«

Ob es am Kosenamen liegt oder an Yakups Lächeln, Scarlett ist für einen Moment sprachlos. Derek hingegen reißt es vom Sofa. »Du machst dich schon wieder an sie ran!«

»Beruhig dich. Sie gehört ganz dir, wenn sie das will.«

»*Wenn sie das will?*«, echot Derek schrill. »Was – verfickt – soll das heißen?«

»Wenn du das nicht weißt, Mann, hast du echt ein Problem. Ihr Kids vom Land braucht da ganz offensichtlich ein bisschen Nachhilfe. Das Mittelalter ist vorbei. Klar?«

»Ist das so?«, fragt Selena.

Yakup dreht sich zu ihr. »Stört dich was?«

»Schon von Ehrenmorden gehört? *Das* ist Mittelalter.«

»Abgesehen davon, dass du offensichtlich eine grundfalsche und sehr problematische Vorstellung davon hast – hat das *was* genau mit mir zu tun?«

Selena zwinkert ihm zu. »Beschissenes Gefühl, mit anderen in einen Topf geworfen zu werden, hm? Wir *Landkinder* mögen das ganz und gar nicht.«

Zu meiner Überraschung prostet Yakup ihr zu. »Der Vergleich hinkt zwar, aber ich hab verstanden. Keine Landkinderwitze.«
»Nicht nur schön, sondern auch klug.« Selena schenkt ihm ein Lächeln und sich selbst nach. »Los, Scar, frag was Heißes, wir brauchen Schwung.«
Vielleicht liegt es am Alkohol, doch das Gespräch dringt verzögert zu Derek durch. »Sie hat ganz recht. Ihr bringt eure Schwestern um ... Dreckspack!«
Yakup stöhnt, Lee kommt gar nicht mehr aus dem Stirnrunzeln raus; er wirkt zu alt für die Runde.
Selena verdreht die Augen. »Scar, mach was.«
»Nein«, brüllt Derek. »Wir klären das jetzt!«
Scarlett lächelt und sagt: »Ich habe schon mal daran gedacht, meine Schwester umzubringen.«
Prompt greife ich zum Glas und leere es in einem Zug.
Alle starren mich an – Scarlett prustet los, Selena stimmt schallend ein. Selbst Yakup gluckst.
»Scheiße, Bücherdiebin! Das war schräg.«
Nur Lee ist verdächtig still. Ich wette, nichts und niemand bringt ihn je ins Wanken. Unwillkürlich muss ich an Maria denken. Ob sie noch auf und ab taumelt, das Glas in den schwitzigen Händen? So viel, wie sie kleckert, ist sie bei Tagesanbruch stocknüchtern.
»Jetzt wird's lustig«, prophezeit Derek und rutscht von der Lehne zu mir aufs Polster. »Wir spielen Wahrheit oder Pflicht.« Er scheint vergessen zu haben, dass er eben noch vor Eifersucht kochte. »Los geht's.«
Das ist der Grund, weshalb ich nie getrunken habe. Ich würde vergessen, wer der Feind ist – und das wäre in meinem Fall unverzeihlich. Scarlett gibt sich betont locker, doch ich bin todsicher, dass sie bereits blutige Rache plant. Ein Wunder, dass wir nicht unisono getrunken haben.
Yakup kringelt sich noch. Eine Geschichte mehr, die er auf zukünftigen Partys zum Besten geben kann.
»Wahrheit oder Pflicht?«, ruft Selena und gibt der mittlerweile leeren Flasche einen Stoß. Sie dreht sich so schnell, dass sie vor meinen Augen verschwimmt.

Ist das der Alkohol?
Die Flasche zeigt – auf mich.
»Was wählst du?«, fragt Selena.
»Wahrheit?«
Sie betrachtet mich aufmerksam. »Kein Sex, aber geküsst worden bist du, oder? Ich mein, wie alt bist du? Siebzehn?«
Ich nicke.
»Und der Kuss?«, hakt sie nach.
»N-nein.«
»Kein Kuss? Kein einziger? Wie kann das sein? Scar! Seid ihr sicher verwandt?«
»Sind wir«, bestätigt Scarlett und zeigt auf die Flasche. »Du bist dran, *Schwesterherz*.«
Das letzte Wort klingt so scharf, dass selbst Yakup das Glucksen vergeht. Ich brauche zwei Versuche, ehe ich einen vernünftigen Schwung zustande bringe.
Der Flaschenhals zeigt auf Lee.
»Wahrheit«, sagt er, obwohl alle »Pflicht« brüllen.
»Warum warst du nie verliebt?«
Das *muss* der Alkohol sein. Ich kann es mir nicht anders erklären. Warum sonst sollte ich neben Derek sitzen, mit Scarlett spielen und Lee eine so direkte Frage stellen?
»Warst du es je?«, fragt er.
»Ich? Nein.«
»Dann kennst du die Antwort.«
»Moment«, hakt Yakup ein. »Du warst ernsthaft nie verliebt, Mann? Nie wie niemals? Was war mit der Rothaarigen letzten Sommer?«
»Rothaarige sind heiß«, pflichtet Derek bei.
Lee verneint.
»Kein Herzflattern? Nix?«
»Was wird das, ein Verhör?«
»Beantworte einfach die Frage!«
Lee blickt zu mir. »Willst du mehr hören, Jenna?«
»Ja«, sage ich und dann: »Nein!«
Ein Lächeln zupft an seinen Mundwinkeln. »Jein?«
»Ich bin zufrieden«, korrigiere ich.

»Wie kannst du das sagen? Der Junge war noch nie verliebt.«
Yakup gibt sich tief getroffen. »Komm, dreh die Flasche, das hält mein
Herz nicht aus.«

Lee gelingt die Drehung auf Anhieb.

»Pflicht«, sagt Scarlett, kaum dass die Flasche vor ihr stockt. Die
Spannung steigt spürbar. Derek stößt den Ellenbogen in meine Seite,
als er sich vorbeugt, um Lee zu überzeugen, dass sie sich ausziehen
muss. Oder tanzen. Hannes stimmt zu; dabei ruht sein Blick auf
Derek allein.

»Ich will nicht in Lees Haut stecken«, sagt Yakup.

Scarlett räkelt sich beinahe. »Was soll ich tun?«

»Entschuldige dich«, fordert Lee.

»Wie bitte?« Scarlett kaschiert ihre Überraschung hinter Belustigung. Sie so zu sehen, so verletzlich, berührt etwas in mir, von dem
ich dachte, es sei längst verdorrt, abgestorben in zehn Jahren unerbittlicher Kälte. Doch davor, das weiß ich – auch wenn ich es nicht mehr
spüre –, waren wir Schwestern. Wir teilten ein Zimmer, bis Papa den
Dachboden ausbaute, wir schliefen sogar im selben Bett. Uns trennt
kein Jahr – doch es liegen mehr als zehn dazwischen.

»Entschuldige dich für das, was du heute Abend getan hast.«
Kein Vorwurf liegt in Lees Worten, nur eine Ruhe, gegen die Scarlett
machtlos ist. Ihr Blick trifft mich wie ein Peitschenhieb und ich weiß,
so gut Lee es auch meint, dass es der falsche Weg ist. Sie vorzuführen
wird sie niemals verzeihen. Er ahnt ja nicht um die Tiefe ihres Zorns.

Aber ich – und mir bricht der Schweiß aus.

»Eine Entschuldigung?«, fragt sie beinahe sanft. »Nun, wenn es dir
am Herzen liegt …«

»Nicht bei mir«, sagt Lee.

Mit wie viel Fassung sie die Niederlage erträgt. Sie schafft es sogar
zu lächeln – und streckt die Hand aus.

»Jenna?«, fragt sie leise.

Meine Finger sind eiskalt. Ich spüre sie kaum.

»Los, Bücherdiebin«, muntert mich Yakup auf.

Ich sehe zur Hand, die zwischen uns schwebt, betrachte Scarletts
Arm, ihre Schulter, den Hals, unfähig, ihr ins Gesicht zu blicken. Ich
fürchte den Zorn in ihren Augen, das Versprechen der Rache. Ich

weiß es mit jeder Faser meines Körpers. Niemals wird sie es ungestraft lassen.

»Nur Mut«, sagt Scarlett, »das gehört zum Spiel.«

Ein Spiel?

Da berühren sich unsere Finger. Sie drückt zu, nicht schmerzhaft, aber fest genug, damit ich die Botschaft verstehe. Flüchtig betrachte ich ihr Gesicht. Sie lächelt, die Entschuldigung kommt flüssig über ihre Lippen. Die anderen applaudieren. Da fange ich Selenas Blick auf.

Sie weiß es, erkenne ich. Sie kennt Scarlett.

»Dieses Spiel«, sagt Scarlett da, »spielen wir seit wie vielen Jahren? Seit einem Jahrzehnt, oder, Selena?«

»Jepp.«

Die Flasche kreist unter ihren Fingern auf dem Holz, ein flirrendes, glitzerndes Ding. »Ich habe während all dieser Jahre eine Fähigkeit perfektioniert, die es mir erlaubt, jeden, der mich herausfordert, ebenfalls zu fordern.«

»O ja, das kann sie«, bestätigt Selena.

»Nur zu«, sagt Lee. »Ich habe keine Geheimnisse.«

Da lässt Scarlett die Flasche los, mit angehaltenem Atem beobachte ich, wie sie auf der Stelle kreist, an Schwung verliert – und an Lee vorbeizieht.

»Jenna«, sagt Scarlett so sanft wie ein Löwe vorm Sprung. »Wahrheit oder Pflicht?«

Bist du jetzt bereit?

Ich starre die Flasche an und die Flasche starrt zurück. Es ist mein Spiegelbild. Es ist Scarletts. Es ist das aller im Raum. Sie starren zur Flasche und zu mir.

»Das wird spannend.« Selena beugt sich vor.

Ich sollte aufstehen. Jetzt sofort. Das Spiel beenden, Bauchweh vortäuschen. Sagte sie nicht, ich hätte meine Tage? Wobei ich ihnen keine Rechenschaft schulde. Was könnten sie schon tun? Mich festhalten? Ins Hafenbecken schmeißen?

Ich bin so nervös, dass ich zittere.

»Kalt?« Yakup steht auf, um das Fenster zu schließen. Doch es ist nicht die Nacht, die mich frösteln lässt. Es ist die Frage, die unausgesprochen im Raum steht.

Wahrheit oder Pflicht?

Ich sollte aufstehen und gehen. Doch ich kann nicht. Weil ich immer verliere und Scarlett immer gewinnt. Wenn ich jetzt fliehe, werde ich es ein Leben lang tun. Sie fragte, ob ich an Zeichen glaube; ist das hier eines?

Muss ich jetzt mutig sein?

Wahrheit oder Pflicht?

Was, wenn sie nach Mutter fragt?

»Pflicht.«

Scarletts Lippen öffnen sich, als hätte sie damit gerechnet. Sie schnurrt beinahe. »Gut.«

»Was soll ich tun?«, stoße ich vor, ehe der Mut schwinden kann. Selbst wenn sie mich bäte, hier und jetzt niederzuknien und ihr die Füße zu küssen, würde ich es tun. Es ist nur ein Spiel. Ein dummes, dummes Spiel. Es hat keinerlei Bedeutung. Es ist nichts. Gar nichts.

Scarlett lächelt. »Nun, es ist furchtbar simpel. Du sagtest vorhin, du wärst noch nie geküsst worden …«

Ich erbleiche, Derek johlt.

»Du musst jemanden küssen, und zwar für drei Minuten. Drei Minuten, Jenna, sind furchtbar lang, vergehen beim Küssen aber wie im Flug. Versprochen.«

»Wen?«, krächze ich.

Ihr Lächeln verheißt Böses.

Nur nicht Derek. Alle, außer Derek.

»Wer würde sich besser dafür eignen als dein edler Ritter? Er war noch nie verliebt, du wurdest noch nie geküsst. Das hier ist die perfekte Gelegenheit. Zwei Fliegen – du kennst das Sprichwort.«

»Timer steht.« Selena hebt ihr Handy. »Auf geht's.«

Nur ein Spiel?

Ich dumme, dumme Gans. Wie konnte ich annehmen, ihr einen Schritt voraus zu sein? Nur ein Spiel – dass ich nicht lache. Sie hat zielgenau das einzig Echte an diesem Abend herausgepickt. Das, womit sie mich treffen kann. Ob es an den Blicken lag? Oder daran, dass er für mich eintrat?

Lee?, flehe ich in Gedanken.

Da steht er schon vor mir und hilft mir hoch. Meine Knie sind so weich, dass er mich stützen muss; seine Hände sind warm. »Du zitterst ja«, sagt er.

Wir müssen das nicht tun, will ich sagen – und noch so viel mehr. Doch als er mein Kinn hebt, sind da keine Gedanken mehr, die ich fassen oder aussprechen könnte.

Er ist so nervös wie ich.

»Darf ich dich küssen?«, fragt er.

»Die Zeit läuft, sobald ihr anfangt«, lässt Selena uns von fern wissen. Ich habe sie vergessen. Selbst Scarlett ist nur noch ein leuchtend roter Punkt am Horizont.

Täuscht sie sich?

Verliert sie dieses Spiel?

Oder verliere ich?

Lee beobachtet mich aufmerksam, als könnte er jeden Gedanken in meinen Augen aufleuchten sehen, jeden Funken Panik, der in mir glimmt und sich in meiner Magengegend verdichtet. Yakup sprach von Herzflattern; er muss sich geirrt haben, denn mein Herz schlägt so heftig gegen meine Rippen, dass ich glaube, daran sterben zu müssen.

Kann man vom Küssen sterben?

»Nein«, sagt Lee – habe ich laut gefragt?

»Legt los.«

»Darf ich?«, fragt er leise.

Ich bringe nur ein Nicken zustande. Er beugt sich vor, langsam und bedacht, sodass ich zurückweichen kann. Sein Gesicht ist so ernst, als stünde sein Leben auf dem Spiel.

Hat er gelogen? Fürchtet auch er zu sterben?

Da berühren mich seine Lippen. Es ist nur ein flüchtiges Streifen, so zart, dass ich es mir eingebildet haben könnte. Ich spüre seinen Atem, er ist mir ganz nah, nur küsst er mich nicht – und da verstehe ich.

Er wartet. Darauf, dass ich ihm entgegenkomme. Er überlässt es mir, den letzten Abstand zu überbrücken und ihn wahrhaftig zu küssen – und erst da er mir die Wahl lässt, bin ich bereit. Meine Hand findet seinen Nacken und meine Lippen die seinen. Um uns bricht ein Sturm los, doch er gleicht mehr dem konturlosen Brausen hinter verschlossenen Fenstern; er dringt nicht zu uns durch.

Ich bin noch nie geküsst worden, doch wenn es immer so ist wie hier und jetzt, dann will ich es fortan jeden Tag tun. Ich will nie wieder damit aufhören. Obwohl er nur meine Lippen berührt – und die Zunge –, spüre ich ihn unter der Haut. In meiner Brust. Im Magen. Als würden wir ineinander versinken. Dabei steht er felsenfest und unerschütterlich und hält mich, wie es wohl niemand sonst auf der Welt kann. Es ist überraschend einfach, ihn zu küssen, so einfach wie atmen, nur intensiver.

Lees Hand wandert über das Sweatshirt, sein Daumen streicht über meinen Hals. Allein dafür hat es sich gelohnt, für dieses hauchzarte Kribbeln, das unter seiner Berührung erwacht und durch meine Haut rieselt. Ich fühle es bis in die Zehenspitzen. Ob es für ihn genauso ist? Berauschend und empfindsam zugleich? Meine Finger folgen seinem Beispiel; ich umfasse seine Wange, zeichne die Kontur seines Kinns nach, er zieht mich an sich ...

»Okay, Leute, das reicht.«

Jemand legt mir eine Hand auf die Schulter, ich erstarre, registriere, wie die Wärme aus mir fließt und Lee sich zurückzieht. Kurz stehen wir Stirn an Stirn, sein Atem, der wie meiner zu schnell und zu schwer geht, ein Echo der Liebkosung, dann ist er fort. Seltsam, dass bereits eine so winzige Distanz so schmerzen kann.

»Acht Minuten und dreizehn Sekunden.«

Selena hält uns das Smartphone entgegen. Die Zahl blinkt neongelb. Scarlett sitzt furchtbar zufrieden auf dem Sofa, die Arme weit auf den Lehnen ausgestreckt. Yakup steht neben Lee, er hat uns getrennt. Ich kann seinen Gesichtsausdruck nicht deuten. Ich bin wie betäubt.

»Ich will nach Hause.«

Lee braucht keine Erklärung, er schiebt mich zur Tür und den Flur entlang. Ich fürchte, die Treppe nicht zu packen, doch mit Lee vor mir und Yakup in meinem Rücken bezwinge ich sie. Ist es der Alkohol, der mich schwanken lässt? Oder ist es die Nachwirkung des Kusses?

Bist du je erwacht, ohne dich an die vergangenen Stunden zu erinnern? Hast du je die Gewissheit verspürt, dass etwas geschah, etwas Wichtiges, das mit aller Macht zurück in dein Bewusstsein drängt, jedoch keine klare Form annimmt?

Falls nein, weißt du nicht, wie ich mich fühlte. Du weißt nicht, wie ich in meinen Körper hineinhorchte, spürte, dass da etwas war, und die Ratlosigkeit mich zu ersticken drohte. Du weißt nicht, wie es ist, an seinem Verstand zu verzweifeln. Denn nicht du bist gestürzt.

Der Albtraum ist echter als sonst. Das Wasser gurgelt und schmatzt, es steigt rasch, schon läuft die Wanne über, ergießt sich schwallartig auf die Fliesen. Die Tür klemmt, die Scheibe beschlägt. Es gibt keinen Fluchtweg. Zu oft bin ich ertrunken. Hier zu Hause. In meinem Bad. Schon steht mir der Pegel bis zum Bauch. Ich finde mein entsetztes Spiegelbild – oder ist es Scarlett? Da greift das Wasser nach meinen Schultern; ich schnappe nach Luft, obwohl ich weiß, dass es niemals reicht, noch nie hat. Unter Wasser klingt alles anders. Dumpfer. Leiser. Der Fisch schlängelt sich vorbei, meine Lunge brennt. Ich warte darauf, mich zu lösen und in die Sicherheit des Spiegels zu flüchten. Doch der Druck wächst, ohne die erlösende Distanz. Hektisch stoße ich mich vom Boden ab, suche die Oberfläche, doch da ist keine – ein Reigen aus Luftblasen zerstäubt das trübe Grün.

Der Tod kommt rasch und vollkommen still.

Keuchend fahre ich aus den Kissen, um Luft ringend und die Decke von mir strampelnd. Jemand hilft mir aus den schweißnassen Laken, befreit mich. Als ich Anna erkenne, an meinem Bett sitzend und das Haar zerzaust, brechen die Tränen aus mir hervor. Sie zieht mich in die Arme.

»Du bist daheim«, flüstert sie.

Ihre Worte durchdringen das bleischwere Entsetzen. Ich bin daheim. Keine Stille. Keine steigende Flut.

»Du hast geträumt«, sagt Anna sanft.

»Ich bin ertrunken …«

Sie haucht mir einen Kuss auf die Haare. »Ingwertee?«

Obwohl mir allein beim Gedanken die Kehle eng wird, nicke ich. Anna greift nach meiner Hand und zieht mich hoch. Ich folge ihr auf den Flur, die Tür von Scarletts Zimmer steht offen. Sie ist nicht da.

»Sie hat dich hergebracht«, antwortet Anna auf meine unausgesprochene Frage. »Mit zwei jungen Männern.«

»Lee?«, würge ich hervor. Meine Kehle brennt, als wäre ich tatsächlich ertrunken. Ich erinnere mich an den Teich, an das Gewächshaus, die Rose und schließlich an die Party und den Kuss. »Hat sie was gesagt?«

»Dass du gestürzt bist.«

Anna bugsiert mich mithilfe ihrer Taschenlampe die dunkle Treppe hinab und schließt die Küchentür sorgsam. Im Schein der tief hängenden Lampe, die noch aus Mutters Zeiten stammt, fühle ich mich wie das kleine Mädchen, das einst neben Scarlett auf der Küchenbank saß, während Papa erklärte, dass wir von nun an nur noch zu viert sein würden. Die Erinnerung ist so lebendig, dass ich glaube, ihn schluchzen zu hören und Annas gesenkten Kopf vor mir sehe. Als sie ihn hob, glomm ein Feuer in ihren Augen, das mich frösteln ließ. Jetzt blickt sie sanft, während sie den Wasserkocher füllt und zwei Becher bereitstellt.

»Willst du erzählen, was passiert ist?«

»Wir waren beim Bootshaus.«

»Warst du betrunken?«

Mein Kopf ruckt hoch. »Hat sie das behauptet?«

»Angedeutet.« Sie betrachtet mich. »Hattet ihr Streit?«

»N-nein.« Was soll ich auch sagen? Dass Scarlett mein Buch weggeschmissen hat und ohne mich gefahren ist? Dass ich nur durch Zufall gefolgt bin? Ihr Freund mich gestoßen und angeschrien hat? Ich einen Fremden küsste, weil sie es verlangte? Ich ziehe die Knie an die Brust.

»Streich das auf die Wunden.«

Sie reicht mir eine Salbe und zeigt auf meine Beine. Sie sind zerkratzt, auch meine Finger sind wund.

»Du warst klatschnass.« Anna setzt sich mir gegenüber, die dampfenden Becher zwischen uns. »Ich habe dich umgezogen. Die Sachen hängen im Bad.«

Ich berühre zaghaft die Spuren der vergangenen Nacht. Ich war im Garten des Spukhauses. Mit Yakup und Lee. Wie seltsam. Meine Wangen glühen. Ich wage nicht, den Blick zu heben, aus Furcht, Anna könnte die Wahrheit sofort erkennen. Ich habe einen Jungen geküsst. Acht Minuten und dreizehn Sekunden lang. Mein Herz schlägt zu rasch.

»Ich hätte dich nicht bitten sollen, sie zu begleiten.« Anna rührt in ihrem Tee. Das Klirren ist zu laut für die Stille des Hauses.

»Schläft Papa?«

Sie zuckt mit den Schultern.

»Hat er gesehen …?«
»Wie dich die Jungs hochgetragen haben? Nein.«
Mir fällt alles aus dem Gesicht. »Sie waren im Haus?«
Ihr Lächeln wird bitter. »Sogar in deinem Zimmer, Jenna.«
»O Gott«, entfährt es mir. »Sie hat das zugelassen?«
»Sie hat ihnen den Weg gezeigt.«
Ich kann es kaum glauben. »Niemals!«
»Was dachtest du denn? Dass sie dich draußen liegen lassen würde? Du bist ihre Schwester, Jenna, für dich würde sie so einiges tun, auch ihre Freunde in das Haus bitten, für das sie sich so unglaublich schämt.«

Annas Stimme ist spröde und ich begreife, dass sie verletzt ist. Weil sie den Haushalt organisiert, für uns kocht und uns umsorgt – und wir danken es ihr, indem wir so tun, als wäre sie inexistent. Dabei ist es nicht Anna, die wir verstecken. Es ist die Tatsache, dass wir verlassen worden sind. Zurückgelassen von dem Menschen, der uns mehr als jeder andere hätte lieben sollen – es aber nicht tat. Nicht genug zumindest.

»Anna …«
»Lass gut sein, Jenna.«
Während sie sich zurücklehnt und die Arme vor der Brust kreuzt, das Gesicht ausdruckslos, erkenne ich, wie sehr sie unserem Vater ähnelt. Sie ist wie er leicht untersetzt, das Haar farblos, die Augen ein Gemisch aus Grau und Braun – doch mehr als das Äußere ist es ihr Wesen, das seinem gleicht. Sie versucht nicht, etwas zu ändern. Sie nimmt die Situation hin, wie sie ist, erträgt sie untätig, unfähig, ihrem vermeintlichen Schicksal zu entkommen.

»Wohin fahrt ihr?«
»Du hast gelauscht«, stellt sie fest. »Ich fahre über die Ferien zu meiner Großmutter. Vielleicht auch für länger.«
Der Becher entgleitet meinen Fingern, heißer Tee schwappt auf die Tischdecke. Routiniert wischt Anna die Überschwemmung auf.
»Sie hat sich ein Bein gebrochen. Ich werde sie pflegen.«
»Deine … Oma?« Die Eltern unseres Vaters sind lange tot, sie kann nur ihre Großmutter mütterlicherseits meinen, doch die wohnt weit weg, irgendwo im Süden, ich weiß nicht einmal wo. »Was ist mit uns?«

»Du bist fast erwachsen«, sagt sie schroff, erneut dieser Tonfall, der so gar nicht zu ihr passen will. »Scarlett wird mich begleiten. Wir bleiben den Sommer. Wie es danach weitergeht, sehen wir, wenn es so weit ist.«

Mein Hals brennt. »Weiß Scarlett davon?«

»Papa wird es ihr morgen sagen.«

Warum sie es ihm überlässt, erschließt sich mir nicht.

Sie ist diejenige, die gehen will.

Ich kann die Tränen kaum halten.

Anna greift nach meiner Hand. »Es ist dein letztes Schuljahr, danach steht es dir frei zu gehen, wohin auch immer du möchtest. Betrachte es als Probe.«

»Es ist auch Scarletts letztes Jahr!« Wir sind in einer Klassenstufe, weil es ihr, im Gegensatz zu mir, nie den Schnitt versaut hat, in einer kaputten Familie zu leben.

Resilienz – dass ich nicht schreie!

»Die Entscheidung ist getroffen«, sagt Anna.

So viel zu ihrer Untätigkeit und dem Schicksal, an diesen Ort gebunden zu sein. Sie geht und nimmt Scarlett mit. Welch Ironie, dass ich sie eben noch bemitleidet habe und jetzt dafür hasse, dass sie mich zurücklässt.

»Wie Mutter«, entfährt es mir.

Anna lässt meine Hand los. Ihr Gesicht ist aschfahl.

»Das ist nicht fair, Jenna.«

Aus dem Flur erklingen tapsende Schritte, die Küchentür schwingt auf und Scarlett tritt ein. Obwohl ihr Lippenstift verschmiert ist, strahlt sie auf entrückte Art, als sie sich neben mich auf die Bank fallen lässt.

»Dass du so übertreiben musst, Jenna. Eine Ohnmacht, wie theatralisch. Du warst kaum wach zu kriegen.«

Ich will etwas erwidern, irgendetwas.

Doch kein Ton will hinaus.

Scarlett bittet um Tee, Anna holt einen dritten Becher. Sie unterhalten sich, die Löffel klirren sacht – selbst die haben mehr zu sagen als ich. Anna lächelt mit müden Augen und verabschiedet sich ins Wohnzimmer, sie will noch eine Seite lesen … *Sie weiß es*, erkenne

ich, als sie mit krummem Rücken an uns vorbeigeht und den Blickkontakt meidet. Sie schultert unsere Last. Meine und Scarletts.
Was gäbe ich für ihre Härte.
Was gäbe ich dafür, nichts zu fühlen.
»Er hat dir gefallen«, sagt Scarlett, kaum dass Anna zur Tür hinaus ist. Aus stumpfen Augen sehe ich hoch. »Ich war unentschlossen, welcher es ist. Erst dachte ich, es wäre der Vorlaute, konnte er doch kaum die Finger von dir lassen. Aber es heißt, der Blick folge dem Herzen – und der deine hing unaufhörlich an Lee. Warst du überrascht, als er zustimmte? Ich war es. Er wirkte so selbstbewusst, wie er zu dir trat und dich hielt – da wurde mir ganz anders.«
»Was willst du?«, krächze ich.
»Er hat dir gefallen. Schon vor dem Kuss. Deshalb fällt es mir schwer, dir zu sagen, was geschah, nachdem du gegangen bist. Bräche es dir das Herz, zu wissen, was er tat?« Sie beugt sich vor, ich rieche den süßen Schnaps in ihrem Atem, den Schweiß der Party auf ihrer Haut – Echos der vergangenen Nacht. »Sei versichert, es ist nur ein Spiel. Es bedeutet nichts. Weder für ihn noch für mich – oder dich.«
»Du lügst«, flüstere ich.
»Wieso sollte ich?«
»Sie sind mit mir gegangen. Sie haben mich heimgebracht.«
Scarlett nickt. »Gewiss. So wie ich.«
»Was willst du?«
Es kommt mir vor, als würde ich immer dasselbe sagen, als könnte meine Zunge den Strom unablässiger Gedanken nicht anders in Worte fassen. Als ließe sie nur hinaus, was sie erprobt und als ungefährlich eingestuft hat. Ist es mein Hirn oder ein niederer Instinkt, der mich lenkt, mich hütet und zu schützen versucht? Vor Scarlett und ihren wohlformulierten Sätzen, die alles und nichts zugleich bedeuten. *Haben sie sich geküsst? Hat er sie gehalten?* Ich will ihr nicht folgen und sitze doch längst neben ihr in der Zwischenwelt, umgeben von zweideutigen Grautönen und Worten, die mich verleiten, das Falsche zu denken.
»O Jenna, man sieht förmlich, wie es hinter deiner Stirn rattert und qualmt. Sag, erinnerst du dich nicht, wie du sie fortgeschickt hast? Du wolltest allein sein, dich um dieses Mädchen kümmern, das

so hemmungslos getrunken hat. Ein erbärmlicher Anblick, da halfen selbst die Schuhe nichts. Schöne Schuhe, das muss ich ihr lassen, aber geschmacklos kombiniert – und Fischfutter.«

»Fischfu-futter?«

»Du solltest wirklich etwas gegen dieses Stottern tun. Das ist so unschön anzuhören.« Sie streift sich die Haare über die Schulter und flechtet sie zu einem Zopf. Ihre Finger sind flink, sie tut es, ohne angestrengt zu wirken. In ihrem Kopf rattert es nie – zumindest nicht sichtbar. Alles fällt ihr leicht. Haare flechten, Fallen auslegen, Lügen spinnen. »Irgendjemand hat ihre Mutter angerufen, doch keiner hatte die Muße, mit ihr zu warten. Also hast du dich zu ihr an den Rand des Hafenbeckens gesetzt und die Beine baumeln lassen. Das Unglück war vorprogrammiert.«

»Scar–«

»Der Name gefällt mir«, würgt sie mein Stammeln ab und lächelt ihr Raubtierlächeln. »Scar – wie der Löwe.«

»Was ist mit Maria?«

»Du erinnerst dich nicht? Wie überaus praktisch.« Ihr Zopf ist fertig. Sie schält sich aus dem Paillettenkleid und lehnt sich aufseufzend zurück. »Du solltest zum Arzt. So ein Gedächtnisverlust ist kein Spaß. Nach dem Sturz …«

»Was ist passiert?«

»Oh, nun, das weiß keiner so genau. Es heißt, ihr hättet euch in die Haare gekriegt. Ein Wort hätte das andere ergeben, ein Stoß den folgenden – und zack, hat euch das Meer entzweit.«

Ich kann kaum glauben, was sie sagt, und fürchte doch mit jeder Faser, dass es die Wahrheit ist. Anna sagte, meine Kleidung sei klatschnass gewesen – wie kann das sein, wenn ich doch die von Lee trug? Erst der Teich, dann das Meer.

»Wie geht es Maria?«

Scarlett hebt die Brauen. »So besorgt? Dabei dachte ich, ihr könntet einander nicht ausstehen. Es heißt, sie laufe dir einzig des Kleides wegen hinterher.«

»Du wusstest davon?«

»Warum sonst sollte ich es dir geben?« Sie lächelt, doch dieses Mal kann es nicht verbergen, dass sie mich hasst.

Die Erkenntnis überrascht mich. »Du hasst mich?«

Ihr Lächeln wankt. »Sei nicht albern.«

Das Kleid, der Kuss, die Party. Einfach so?

»Hör zu«, sagt sie und beugt sich vor. »Es mag dir vorkommen, als würde sich alles um dich drehen – so geht es jedem –, aber dem ist nicht so. Nach dem Unfall auf der letzten Party verbot Anna jede weitere. Ich konnte sie überzeugen, uns gemeinsam gehen zu lassen. Es ist zwar unbegreiflich, warum sie ausgerechnet dir mehr traut, aber sei's drum. Das ist der Grund, warum du dabei warst. Du siehst, es ging weniger um dich, sondern vielmehr um mich.«

»Du hättest allein nicht gedurft?«

»Unfassbar, ich weiß.« Scarlett nippt am Tee. »Du verdienst die Wahrheit, sonst kommst du noch auf falsche Gedanken. Ich und dich hassen«, sie lacht leise, »ehrlich, Jenna. Du interpretierst zu viel hinein.«

»Und das Kleid?« Ich kann nicht lockerlassen.

»Ach das.« Sie macht eine wegwerfende Handbewegung. »Sie hatte eine Lektion verdient. Dieses Mädchen ist so anhänglich. Ich meine, sie ist sogar *mit dir befreundet* – das sagt schon einiges, oder?«

Ich weiß, möchte ich sagen.

Scarlett lächelt. »Mach dir nichts draus.«

Ich bin zu erschöpft, um mir etwas daraus zu machen.

»Bevor du nach dem Kuss fragst ...« Sie greift nach meiner Hand, ihre Finger sind eiskalt. »Betrachte ihn als Geschenk. Wer weiß, wie lange du sonst noch auf diese Erfahrung hättest verzichten müssen. Jetzt wirst du unweigerlich deinen ersten Kuss mit mir verbinden.«

»Fantastisch.«

»Allein wie er dich gehalten hat – Himmel, das war heiß. Es hat nicht viel gefehlt und er hätte dich ausgezogen.« Sie umschließt meine Hand fester. »Beim nächsten Mal lasse ich ihn weitergehen, du wirst sehen. Das ist ein großer Spaß.«

Beim nächsten Mal?

»Für die Zwischenzeit habe ich ihn gebeten, dir den Hof zu machen. Damit es dir leichterfällt.«

»D-du hast was?«

»Na, du weißt schon ...«

»Nein, Scarlett, weiß ich nicht.«

»Er soll dich umgarnen, dich küssen, darauf vorbereiten.« Ich will ihr die Hand entziehen, doch sie hält eisern fest – und ich begreife, dass ihre Strafe beginnt. »Nachdem du mir offenbart hast, dass du mich beobachtest«, ich will ihr ins Wort fallen, doch sie fährt seelenruhig fort, »habe ich erkannt, dass du dich selbst danach verzehrst, dir aber der Mut dazu fehlt. Nun, Lee wird dir helfen. Wie aufregend, dass ich dir sowohl deinen ersten Kuss als auch alles Weitere verschaffen werde.«

»Nein«, flüstere ich.

»Zu spät«, sagt sie und streicht mir eine Strähne hinters Ohr. »Empfinde keine Scham, Jenna. Es wird wundervoll. Ich wäre so gern dabei. Du wirst an mich denken, nicht wahr? Bei jedem Kuss, den er dir gibt, bei jeder Berührung, wenn er dich auszieht, wenn er in dich ...«

»Hör auf!«

»Vielleicht wirst du sogar meinen Namen flüstern.«

Da springe ich auf und entreiße ihr meine Hand.

Ihr Lächeln ist katzenhaft, sie räkelt sich, die Pupillen so stark geweitet, als ob sie unter Drogen steht. »Wenn ich nicht gewinnen kann, finde ich einen Weg, der den Sieg unerträglich macht.«

Es kostet mich extreme Überwindung, nicht hinauszustürmen und die Tür zu knallen. Wieder und wieder, bis auch das letzte von Mutters Gemälden am Boden zerschellt. Wie ich sie hasse! Mutter und Scarlett. Sogar Anna, die sich davonstiehlt und niemals meine Partei ergreift. Weil Scarlett die Kleine ist, die Unschuldige – *unschuldig?*

»Warum?«, frage ich und meine damit so viel mehr.

Warum tust du mir das an?

Warum hasst du mich so sehr?

Warum liebt Anna dich mehr?

»Ist nicht meine Schuld, dass du schrecklich verklemmt bist«, sagt Scarlett kühl. »Ich habe dir einen Gefallen getan. Lee ist heiß, deine nervige Freundin würde sich ein Bein ausreißen, um –«

Da bin ich raus aus der Küche – ohne die Tür zu knallen.

Das ist es nicht wert.

Scarlett ist es nicht wert.

Lee ist es nicht wert.

Was für ein Mann macht sich an ein Mädchen ran, nur weil er darum gebeten wird? Die Tür zu meinem Zimmer verriegle ich fest. Selbst eine Sturmflut könnte mich nicht hervorlocken – was mich an den Traum erinnert. Alle Wut fällt von mir. Ich krieche ins Bett, die Decke ist klamm, ich schlinge sie um meine Schultern und fühle mich so unfassbar klein und unbedeutend, dass es überall schmerzt.

Jeder Atemzug. Jedes Herzklopfen.

Ich bin niemand. Ich bin weniger als niemand.

Schritte knarren auf der Treppe. Scarlett tapst in ihr Zimmer. Anna folgt wenig später. Die Treppe klingt anders unter ihr, misstönender. Kurz bin ich versucht, sie zu rufen – doch der Moment verstreicht und sie geht vorüber. Ihre Stimme dringt dumpf durch die Wand. Dann erlischt das Licht und das Dach vor meinem Fenster versinkt in Dunkelheit. Anna bleibt bei Scarlett. Ich hingegen verbleibe allein in meinem Zimmer, gehüllt in eine Decke, die nach Albträumen schmeckt, mit einem Herz, das aus dem Takt geraten ist.

Morgen, denke ich, *morgen werden sie gehen.*

Lautlos weine ich mich in den Schlaf.

Jetzt weißt du, wie es ist, ich zu sein.
Gefällt es dir?

Die Nacht schmeckt anders an diesem Morgen.

Ich ziehe die Decke über den Kopf und ignoriere das geschäftige Treiben auf der anderen Seite der Tür. Anna packt. Ich höre sie in der Küche hantieren und unten im Hof, die Türen ihres alten VW, die quietschenden Rollen ihres Koffers im Kies. Und ich höre Scarlett, das Gluckern der Rohre, als sie die Dusche voll aufdreht – da singt sie noch. Später schreit sie, als Papa ihr von Annas Plänen berichtet. Sie poltert die Treppe hinauf, etwas zerbricht in ihrem Zimmer. Anna folgt, sie streiten. Ihre Stimmen schneiden durch die Wand. Ich vergrabe den Kopf unterm Kissen.

Ich will sie nicht hören.

Ich will bloß, dass sie verschwinden.

Irgendwann schluchzt Scarlett nur noch, während Anna den Flur auf und ab läuft. Sie packt und Scarlett weint. Papa verbleibt irgendwo im Haus, still und schweigsam wie ich. Die Luft unter der Decke ist stickig, ich wünschte, ich würde daran zugrunde gehen.

In meinem Bett.

In diesem abgeschlossenen Zimmer.

Während Anna und Scarlett das Haus verlassen. Mich verlassen. Sie würden es nicht einmal merken.

Als ich es nicht länger aushalte, zerre ich den Stoff von meinem verschwitzten Gesicht und starre zu den Sternzeichen empor, die ich in stundenlanger Feinarbeit auf die Decke übertragen habe. Die Abstände stimmen exakt. Die Milchstraße zieht sich als bleiches Band über das Samtschwarz der Nord- und Südhemisphäre. Ich weiß noch, wie ich Himmelskörper für Himmelskörper einzuzeichnen versuchte, fluchend darüber, dass ich niemals einen jeden würde erfassen können. Wie Anna lachte, weil ich so versessen darauf war, ein exaktes Abbild zu schaffen; wie sie mit mir auf der Matratze lag, wir das Licht löschten und hinaufsahen zu den fluoreszierenden Pünktchen.

»Wunderschön«, hat sie geflüstert und meine Hand gedrückt, während ich über Orion sprach, über Kassiopeia und den Skorpion. Über all die Legenden unserer Erde, die am Himmel und in meinem Zimmer verewigt sind. Winzige und weit entfernte Erinnerungen. Vielleicht werde ich eines Tages nicht mehr sagen können, mit wem ich dort auf dem Bett lag und zur Decke emporsah. Das menschliche

Gedächtnis ist seltsam, es vergisst so leicht. Sortiert aus, was nicht gebraucht wird. Gedanken, Gefühle, Momente, Erinnerungen.

Sogar Menschen.

Als Anna an die Tür klopft und mich bittet aufzumachen, tue ich, als würde ich schlafen. Sie belässt es dabei. Scarlett geht ohne ein Wort. Ich wette, sie verabschiedet sich nicht einmal von Papa. Täte ich auch nicht, wäre ich sie. Die Türen des VW knallen zu, eine lauter als die andere. Täte ich auch, wäre ich sie.

Ich verstehe ihren Zorn und bin zugleich zornig, weil nicht sie zurückbleibt. Weil nicht sie allein in ihrem Bett liegt, die Augen verquollen und das Kissen klamm.

Erst das Husten des Motors, der draußen im Hof zum Leben erwacht, treibt mich aus dem Bett und zurück in die Realität. Mit klopfendem Herz haste ich ans Fenster, stoße dabei eine Wasserflasche um, die klirrend unter dem Schreibtisch verschwindet, strauchele über Scarletts verfluchtes rotes Kleid, das mitten im Zimmer liegt; der unwiederbringliche Beweis dafür, dass nichts hiervon einem Traum entstammt, sondern Teil der Katastrophe ist, die sich mein Leben nennt; und fange mich gerade noch ab, ehe ich gegen das Fenster klatschen kann. Sie sollen nicht merken, dass ich ihnen hinterhersehe. Sie sollen nicht wissen, wie tief mich ihre Abfahrt trifft.

Mit zitternden Fingern schiebe ich die Gardine einen Spaltbreit auf und sehe gerade noch, wie der rostige VW vom Hof biegt und hinter der Mauer des Spukhauses verschwindet. Die Scheibe beschlägt, während ich auf die Straße starre, auf der sie eben noch waren und es jetzt nicht mehr sind.

MUTTERSEELENALLEIN

Kaum waren Anna und Scarlett auf und davon, spürte ich den Schreibdrang erstarken. Ich griff ersatzweise zum Block, versuchte ein paar Zeilen, doch es fühlte sich falsch an.

Keinen Satz habe ich zustande gebracht.

Also habe ich ihr Tagebuch gestohlen.

Sie hat es zurückgelassen. Mal wieder.

Es lag auf dem Bett. Als hätte sie überlegt, es einzustecken, sich aber dagegen entschieden. Ich rede mir ein, dass sie es nicht verdient. Dass es bei mir besser aufgehoben ist, ich seiner eher bedarf. Es fühlt sich falsch und richtig zugleich an. Es ist die gleiche Größe, dieselbe Marke. Es ist wie mein Buch und gehört doch Scarlett. Ihr wird nicht auffallen, dass eine oder zwei Seiten fehlen. Ich werde sie ausreißen, sobald ich zur Ruhe komme. Wie paradox, dass ich mich einst weigerte, mit dem Tagebuchschreiben zu beginnen, und nun nicht mehr ohne kann.

Es ist eine Sucht, ein Zwang, ein Sehnen.

Es ist zu einem Teil von mir geworden.

Es ist Fluch und Segen in einem. Lust und Schmerz.

Ich bedaure Scarlett beinahe, dass sie keinen Zugang dazu findet. Ihr ist das Hochgefühl fremd, wenn aus Gedanken Worte werden, aus etwas Ungreifbarem ein Satz, eine Seite -

Schon ist die erste gefüllt.

Es ist Scarletts Buch, doch es sind meine Gedanken.

Sie handeln von ihr, doch sie gehören mir.

Meine frühesten Erinnerungen handeln von Friedhöfen. Ich dachte damals, tot sein hieße, die Wolken im Blick zu haben und Mutters Hand zu halten. Warum sie sich den Toten näher fühlte als den Lebenden, ist mir bis heute schleierhaft. Ich habe unsere Ausflüge nie infrage gestellt. Der Friedhof war unser Reich. Wir kletterten in die Weiden, bauten uns Nester in ihrem Geäst, spielten Verstecken zwischen den Steinen und flochten Blumenkränze aus wilden Margeriten.

Das war meine Kindheit, mein größtes Glück.

Seltsamerweise fehlt in all diesen Erinnerungen Anna. Dabei war sie es, die über Jahre auf dem Friedhof aushalf, wie ich es jetzt tue. Zielsicher finden meine Finger die Löwenzahnrosette und ich drehe sie aus der Erde. Selbst am Ende aller Tage ist Ordnung erwünscht. Zwischen fein säuberlich aufgereihten Gräbern und sorgsam polierten Steinen bleibt kein Platz für die Wildheit der Natur, für ihre unbezwingbare Schönheit und ihren Drang, alles Grau dieser Welt in Grüntöne zu kleiden. Trotzig erobert sie die geharkten Flächen zurück, lässt sich weder von mir noch dem alten Friedhofswärter entmutigen.

Annas Onkel mütterlicherseits ist örtlicher Bestatter und Gärtner in einem, so wie es sein Vater und Großvater vor ihm waren. Da er kinderlos ist, hieß es lange, Anna würde ihm folgen. Bis sie im letzten Herbst überraschend beschloss, es sei von nun an meine Aufgabe, die Wege zu harken und im ewigen Kampf gegen Mutter Natur zu verteidigen. Klaglos stimmte ich zu.

»Jenna? Bist du das?«

Hinter mir steht eine Frau, in der Hand einen Strauß weißer Rosen. Das Gesicht kann ich gegen die gleißende Sonne nicht erkennen, ich kneife die Lider zusammen.

»Du solltest Handschuhe tragen«, sagt sie. »In der Erde sind so viele Keime.« Ihre Fingernägel sind passend zum Kleid lackiert; alles an ihr ist aufeinander abgestimmt, pastellfarben und weich und zu fein für diesen Ort. Sie ist nicht hier, um Unkraut zu zupfen.

»Kann ich Ihnen helfen?«, frage ich, weil sie nicht von der Stelle weicht und offenbar eine Antwort erwartet.

»Du erkennst mich nicht«, stellt sie fest.

Ich blinzele gegen die Sonne. Die Frau zeigt auf eine Bank, sie möchte, dass ich ihr folge. Verlegen klopfe ich die Erde von den Knien

und lasse mich auf der äußersten Kante nieder. Die Frau betrachtet mich, das Lächeln so zart, als sei es gemalt. »Du bist groß geworden.«
Ich räuspere mich.
»Alice wäre etwa in deinem Alter.«
Alice. Scarletts Freundin. Ihre Mutter.
»Oh«, sage ich, weil mir nichts Besseres einfällt. Was sagt man einer Frau, die man seit Jahren nicht gesehen hat und deren Tochter in etwa genauso lange tot ist? Wünscht man noch herzliches Beileid? Schweigt man dazu?
»Sie war so gern bei euch«, fährt Alice' Mutter fort, »sie sagte, euer Haus sei ein magischer Ort voll verrückter Dinge. Ich weiß noch, wie sie eines Tages heimkam und darauf bestand, unser Bad in ein Aquarium zu verwandeln. Kannst du dir das vorstellen? Sie wollte einen Fisch in die Wanne setzen! Endlos haben wir diskutiert, ehe sie abließ.«
Ich schweige dazu. Schweigen fällt mir leicht.
»Jedes Mal hatte sie Flausen im Kopf, wenn sie von euch kam. Es war fast anstrengend. Deine Mutter kannte keine Grenzen – wie geht es ihr? Steht ihr noch in Kontakt?«
»N-nein.«
Diesmal ist sie es, die »Oh« sagt, gefolgt von: »Wie bedauerlich. Sie muss euch fehlen. Ihre Abreise kam so überstürzt. Wie lange ist es her? Acht, neun Jahre?«
»Zehn«, sage ich.
»Ah, ja. Es fiel in etwa in die Zeit, als auch Alice … ich wäre gern für euch da gewesen, aber die ständigen Fahrten ins Krankenhaus …«
Sie verstummt, ihre sorgsam gepflegte Erscheinung bekommt erste Risse. Wie glatte Erde, durch die der Löwenzahn bricht. Ganz gleich, wie hart wir es auch zu vermeiden versuchen, sie sind immer da, unter der Oberfläche. Die Natur und der Schmerz.
»Wie geht es Scarlett?«, fragt sie betont munter in die Stille hinein. »Sie und Alice waren unzertrennlich. Wann immer ich sie sehe, stelle ich mir vor, dass Alice an ihrer Seite ist. Sie wären gewiss noch Freunde.«
»Gewiss«, murmle ich.
»Ihr habt so schön gespielt, während wir Tee getrunken haben, deine Mutter und ich. Sie war eine einsame Frau, trotzdem hätte ich nie gedacht, dass sie …« Sie zögert, zeigt dann auf die Wiese hinter

uns. »Dort hat sie immer gelegen. Erinnerst du dich? Im Gras unter der Weide. Stundenlang. Manchmal weckte sie erst der Regen.«
»Hat sie …«
Alice' Mutter lächelt aufmunternd.
»Hat sie je gesagt, wieso sie gehen wollte?«
»Nein«, sagt sie sanft und dreht die Rosen in ihren Händen. »Es kam für alle überraschend. Ich frage mich oft, ob ich etwas hätte ahnen müssen – wenn ich nur mehr Zeit gehabt hätte, aber die Diagnose … Sie wollte mich gewiss nicht belasten.« Ein Blütenblatt löst sich, es landet in ihrem Schoß. Sie greift danach und streicht es glatt. »Abgesehen von mir hatte sie keine Freundinnen.«
Wie ich, denke ich.
Alice' Mutter schnippt das Blütenblatt fort. Ich erinnere mich, dass sie manchmal bei uns auf der Terrasse saß und imaginäre Flusen vom Tischtuch zupfte. Es ist eine Geste, die mir vertraut ist. Auch damals, da bin ich sicher, trug sie pastellfarbene Kleider passend zur Farbe ihrer Nägel. Sie ist eine schöne und achtsame Frau.
Allein ihr Name ist mir entfallen.
»Dein Blick«, sagt sie, »genau wie ihrer.«
Ich schlucke. »Wie war sie so?«
Nie zuvor habe ich jemanden getroffen, den ich hätte fragen können. Anna schweigt stoisch und Vater kämpft stets mit den Tränen, kaum dass ihr Name fällt. Sonst gibt es niemanden. Keine Großeltern oder Verwandten, erst recht keine Freunde. Wie einsam mein Leben ist – so einsam, wie ihres war.
»Sie war aufregend. Voller Tatendrang und verrückter Ideen – wie diese schrecklich gewagten Tänze auf eurem Dach. Was habe ich um euch gefürchtet! Aber sie wollte nichts hören. Sie wollte das Leben spüren, ihren Körper, Angst und Freude, alles auf einmal. Selbst nach dem Unfall – er muss kurz vor ihrem Verschwinden passiert sein … Wir hatten kaum noch Kontakt. Wenn ich nur daran denke, dass auch Alice hätte fallen können.«
Ich spüre den Sog der Tiefe und Mutters Hand an meinem Arm. Bin ich gefallen? Hat sie mich gehalten?
»Sie war leichtsinnig und übermutig«, fährt Alice' Mutter fort. »Doch in ihrer Nähe war die Welt bunter, ich war gern bei ihr. Bis

sie sich eines Tages von euch verleugnen ließ. Anfangs dachte ich noch, ich hätte etwas gesagt oder getan – zu der Zeit begannen die Gerüchte –, und auch Alice ging es schlechter. Erst viel später erfuhr ich, dass sie nicht mehr aufstand, das Bett wochenlang nicht verließ. Im Dorf hieß es, ihr würdet auf Zehenspitzen durchs Haus schleichen, um sie nicht zu wecken.«

Sie greift nach meiner Hand – ich will nicht, dass sie mich anfasst; es sind die Hände einer Mutter, deren Kind tot ist, sie erinnern mich daran, dass auch ich für meine Mutter tot bin. Verlassen oder unter der Erde. Was macht das für einen Unterschied?

Keinen, denke ich. *Absolut keinen.*

»Sie ist tot«, sage ich jäh.

Alice' Mutter blinzelt. »Mihaela ist tot?«

Mihaela. Mutters Name. Er klingt so fremd, als hätte ich ihn nie zuvor gehört. Dabei flüstere ich ihn jede Nacht, wenn die Albträume nach mir greifen und ich mich fürchte zu schlafen, Anna jedoch in ungreifbare Ferne rückt.

Mihaela. Ihr Name. Ich sage ihn, um mich daran zu erinnern, wie die Frau hieß, die mich zurückließ. Die sich für ein Leben ohne mich entschied. Die nicht kam, als ich auf den Stufen fror und Anna vergeblich versuchte, mich mit Kakao ins Haus zu locken. Vater war es, der mich packte, meine Gegenwehr erstickte und ins Zimmer sperrte.

Ich weinte die ganze Nacht. Ich weine auch jetzt.

»Ist ja gut«, sagt Alice' Mutter und streicht mir über die Schulter. »Ist ja gut.«

Dabei ist nichts gut. War es nie und wird es nie wieder.

Weil nicht nur Mutter ging.

Auch Anna ist fort.

Sogar Scarlett.

Obwohl ich sie hasse, ist die Vorstellung unerträglich, heimzukehren und das Haus verwaist vorzufinden, die Küche kalt und leer, keine gluckernden Rohre, kein Fahrrad im Hof, kein Streit, kein Tee. Nur Stille.

»Himmel, Kind«, sagt sie und rutscht zu mir. Ich will nicht von ihr getröstet werden, doch kaum zieht sie mich in die Arme, versiegt mein Protest. So fühlt es sich an, von einer Mutter gehalten zu werden.

Später, als meine Tränen versiegt sind und die weißen Rosen in der Vase auf Alice' Grab stehen, frage ich sie nach ihrem Namen.

»Tamara«, sagt sie und drückt meine Hand. Sie lädt mich zu sich nach Hause ein. Auf eine Tasse Tee und ein paar Kekse. Doch als sie geht, wissen wir beide, dass ich nicht kommen werde. Wir erinnern uns gegenseitig zu sehr an das, was wir unwiederbringlich verloren haben.

Ist es wirklich deine Geschichte?

Derek muss herausgefunden haben, dass Lee und Yakup in der alten Villa wohnen. Scarletts Hoffnung, er würde unser Dorf nicht finden, ist angesichts des rassistischen Schriftzugs auf der Mauer vergebens. Die Beleidigung kann nur von ihm stammen, wer sonst würde einen so dämlichen Rechtschreibfehler übersehen? Die Farbe ist noch feucht; ich wische die Finger an der Hose ab und spähe die Straße hinunter. Kein Derek weit und breit.

Dafür stapft der Gärtner durchs Tor, in der Hand einen Eimer, in dem es bedrohlich schwappt. Er murrt, als er mich an der Mauer sieht, das Gesicht so finster wie eh und je; es würde den Teufel höchstpersönlich in die Flucht schlagen.

»Ich war das nicht«, sage ich eilig.

Er würdigt mich keines Blickes, greift nach einem Schwamm und starrt die Buchstaben mit einer Inbrunst an, als wäre es ein Affront gegen ihn selbst. Eine Weile stehe ich unentschlossen daneben, ehe ich zum Putzlappen greife, den er ersatzweise mitgebracht hat, und ihm helfe. Ich fürchte, dass er mich anblaffen wird, davonjagt oder gar für die Übeltäterin hält, doch er schweigt.

So arbeiten wir einhellig schweigend Buchstabe für Buchstabe vom Gestein. Zu unseren Füßen sammelt sich blassrosa Schaum, die Sonne brennt, die Vögel singen. Viel zu schnell sind wir fertig. Er bedankt sich nicht, doch er nickt kurz, als er das Tor hinter sich schließt.

»Halt dich vom Garten fern«, brummt er durch die Stäbe.

Ich will alles abstreiten, doch die Worte bleiben mir im Hals stecken. Der Alte sieht mich an, als wüsste er bestens Bescheid über die Lüge, die mir auf der Zunge liegt.

Daher nicke ich bloß.

»Besser so. Gibt nur böses Blut.«

Ich bleibe nachdenklich und erschöpft zwischen den rosa Rinnsalen zurück und beobachte, wie sie sich einen Weg über den Asphalt bahnen. Er ist erschreckend willkürlich. *Wie das Leben*, denke ich. Keiner weiß, was als Nächstes kommt.

So wie Papa. Er muss, kaum dass er die Haustür gehört hat, aus seinem Sessel katapultiert und mir entgegengeflogen sein. Ich fürchte, dass er über die Abreise reden will, zu meiner Überraschung ist es jedoch etwas anderes.

»Zwei Jungs warten oben auf dich.«

Ich bin sicher, mich verhört zu haben.

»Nein, wirklich. Sie wollten zu dir. Hätte ich gewusst, dass du Überstunden machst, hätte ich sie nicht hineingelassen.« Er wirkt verunsichert, als hätte er einen Fehler begangen; er blinzelt zu oft.

»Wo sind sie?«

Ich nehme drei Stufen auf einmal die Treppe hinauf. Vor meiner Tür atme ich aus – und lausche. Tatsächlich. Sie sind in meinem Zimmer. Mein Herz überschlägt sich vor Nervosität, meine Hände sind schweißnass. Ich sehe furchtbar aus. Die Hose ist befleckt, das Gesicht gerötet vom Weinen.

Egal. Schlimmer geht nimmer.

Geht doch, erkenne ich, als ich die Tür aufstoße und Yakup vor Schreck beinahe vom Fensterbrett fällt. Hinaus, versteht sich. Denn das Fenster steht sperrangelweit offen.

»Scheiße«, brüllt er. »Musst du so reinplatzen?«

Ich stammele eine Entschuldigung und blicke mich hektisch um. Scarletts Kleid liegt wie eine Blutlache am Boden, Mutters Tasche hängt unberührt über dem Stuhl, auf dem Lee sitzt. Das Bett ist zerwühlt, alles andere ist – dem Himmel sei Dank – beherrschtes Chaos. Keine schmutzige Unterwäsche, keine Peinlichkeiten oder schimmeligen Essensreste. Nicht dass so etwas für gewöhnlich hier rumfliegen würde – aber man weiß ja nie. Nur das Tagebuch – Scarletts Tagebuch! – liegt aufgeschlagen auf dem Schreibtisch. Es muss an ihr liegen, an ihrem Einfluss. Wie sonst hätte ich es vergessen können? Rasch trete ich heran und klappe es zu. Meine Seiten sind längst herausgetrennt, trotzdem ist es zu privat.

»Krasse Zeichnung«, sagt Yakup und nickt zum Buch.

»Was wollt ihr?«, frage ich unwillig.

Er hebt sein Smartphone. »Es heißt, auf eurem Dach gäbe es Empfang.«

»Auf dem Dach, nicht am Fenster.«

Verständnislos blickt er auf die Schindeln. »Und wie komme ich dahin?«

»Klettern«, schlage ich vor und schnappe mir das Kleid vom Boden. »Scarlett ist nicht da«, füge ich hilflos hinzu.

Yakup hebt die Brauen, zu Lee wage ich nicht zu sehen.

»Schon gehört«, sagt Yakup. »Uns aber völlig schnuppe. Wir wollten zu dir.«

Verlegen stehe ich da, das Kleid in der Hand.

»Wie geht es dir?«, fragt Lee.

»Gut«, zwinge ich hervor.

»Ich soll da ernsthaft raus? Hält das überhaupt?« Yakup inspiziert den Fensterrahmen und das Dach.

»Er hat Höhenangst«, klärt mich Lee auf. »Dass er sich überhaupt ans Fenster traut, ist eine Leistung.«

»Es hält«, versichere ich.

Yakup misstraut meiner Einschätzung, denn er steckt das Handy ein, kreuzt die Arme und lehnt sich an den Tisch. »Wo warst du? Dein Vater sagte, du würdest jeden Moment kommen. Wir sind fast verdurstet.«

»Oh ... ähm.«

»Kleiner Scherz. Wir haben eine Wasserflasche unterm Schreibtisch gefunden, die hat uns gerettet.«

»Die war alt!«

»Hat man geschmeckt. Also. Wo warst du?«

»Arbeiten«, antwortet Lee an meiner Stelle. »Hat ihr alter Herr doch gesagt.«

»Er hat auch gesagt, sie würde jeden Moment kommen.«

»Was wollt ihr?«, rufe ich fast schon verzweifelt. »Scarlett ist nicht da!« Ich weiß selbst nicht, warum ich es wiederhole. Vielleicht, weil es so absurd ist. Wenn wir schon Besuch haben, dann niemals meinetwegen.

Yakup blickt mich auf eine Art an, die irgendwo zwischen Mitleid und der stummen Frage liegt, ob ich mir den Kopf gestoßen habe. Was sogar stimmt.

»Habe ich euch etwa eingeladen?«, frage ich zweifelnd.

Lee horcht auf. »Du erinnerst dich nicht?«

Ich beiße mir auf die Zunge und schüttele den Kopf.

»Aber du erkennst uns noch, oder?« Yakup tritt zu mir und packt mich an den Schultern. »Zwei so tolle Kerle darf man einfach nicht vergessen, selbst wenn man sich spontan betrinkt und beschließt, Nacktbaden zu gehen.«

»Ich war nicht betrunken.«

»An die Party erinnert sie sich offenbar«, sagt Lee.

Klingt er nur in meinen Ohren erleichtert?

»An den Kuss auch, sonst würde sie den Blickkontakt mit dir nicht kategorisch meiden«, stellt Yakup fest, wofür ich ihn am liebsten treten würde. Ich kenne niemanden, bei dem ich das derart dringende Bedürfnis verspüre, ihn zu verletzen. »Eindeutig, sie erinnert sich.«

»Danach«, presse ich hervor. »Was geschah danach?«

»Nach dem achtminütigen Kuss?«

Diesmal trete ich zu. Fluchend springt er aufs Bett. »Scheiße, Bücherdiebin! Ist das der Dank dafür, dass wir dich heimgeschleppt haben?«

»Davon weiß ich nichts.«

Yakup stöhnt, als würde er sterben.

»Frag sie einfach«, sagt Lee. »Mehr als ablehnen kann sie nicht – wobei ich bezweifle, dass sie das tut. Hab ich deinen Vater vorhin richtig verstanden, dass deine Schwestern ohne dich in den Urlaub gefahren sind?«

»Es ist kein Urlaub.«

»Aber sie sind ohne dich weg?«, hakt Lee nach und diesmal blicke ich zu ihm – ein Fehler, wie mir sofort klar ist. Ich mag vergessen haben, wie ich nach Hause kam, aber der Kuss ist omnipräsent. Ich spüre ihn noch. Er mich offensichtlich auch, denn sein Blick zuckt zu meinen Lippen.

Ein Kissen trifft mich. Mein Kissen.

Yakup grollt. »Nehmt euch ein Zimmer.«

»Das hier *ist* mein Zimmer«, stelle ich klar. »Wenn dich was stört, steht es dir frei zu gehen.«

Er pfeift durch die Zähne. »Ich wusste, du brennst innerlich – aber bitte lass es nicht an mir aus. Reicht schon, für Lee den Boxsack zu spielen.«

Ich wüsste zu gern, was er damit meint, finde mich stattdessen in einer ausgewachsenen Kissenschlacht wieder. Habe wirklich ich zurückgeworfen, nach dem nächsten Kissen gegriffen und es Lee um die Ohren geschmettert? Bin ich denn verrückt geworden? Es muss so sein. Vielleicht ist es auch schlicht besser, als zugeben zu müssen, dass ich Närrin mich verliebe, meine Schwestern mich zurücklassen und ich die letzte Stunde damit zugebracht habe, in den Armen einer Fremden auf dem Friedhof zu heulen.

Lee erwischt mich unvorbereitet im Gesicht, ich verliere für einen Moment den Überblick, da packt mich Yakup an den Schultern und zerrt mich aufs Bett. Dass mein Kissen haarscharf eine wichtige Stelle verfehlt und Lee ihn frontal attackiert, lässt ihn eiskalt. Bald sind wir ein Knäuel aus Kissen, verrenkten Gliedmaßen und der Decke, die kaum noch nach Albträumen riecht. Wie leicht sich schlechte Gedanken durch Lachen vertreiben lassen. Ich lache viel und noch mehr, als sie die kitzelige Stelle hinterm Ohr entdecken. Ich bin so außer Atem, dass mir Papas Rufen entgeht.

»Dein Vater«, keucht Lee unter mir.

»Still«, befehle ich und stemme mich hoch. Yakup ächzt, als ich mich auf seinem Magen abstütze. Lee lässt mich los, er legt die Hände neben seinen Kopf, als würde er sich ergeben. Wie sie da beide auf meinem Bett fläzen, außer Atem und mit glänzenden Augen, komme ich mir schrecklich verwegen vor. Was Anna dazu sagen würde?

»Alles in Ordnung?«, höre ich Papas Stimme durch das Haus dringen. Er steht unten an der Treppe.

»Alles bestens«, rufe ich zurück.

»Es war sehr laut.«

»Entschuldige! Wir sind ab jetzt leise.«

»Kannst du leise lachen?«, fragt Yakup höchst interessiert. Ich werfe ihm einen mahnenden Blick zu, der seine Wirkung verfehlt, denn er streckt bereits eine Hand aus, um die Behauptung zu überprüfen.

»Was macht ihr da oben?«

Dass er ausgerechnet jetzt den sorgenvollen Vater mimt, kommt mir beinahe heuchlerisch vor. Dieses Gespräch, das wir durch die geschlossene Zimmertür und über zwei Etagen hinweg führen, ist bereits mehr als alles, was wir die vergangenen Wochen an Worten gewechselt haben. Ich kann mich obendrein nicht entsinnen, dass er je gefragt hat, ob alles okay sei. Tut er für gewöhnlich nicht, weil ihm die Antwort missfällt.

»Jenna?«

»Wir räumen um«, improvisiere ich, ehe Papa auf die absurde Idee kommen könnte, ich würde mit zwei fremden Jungen im Bett raufen.

Lee hebt die Brauen: *Umräumen? Ernsthaft?*

Ich zucke mit den Schultern.

»Braucht ihr Hilfe?« Papa klingt nicht überzeugt, glücklicherweise aber noch weniger motiviert, den Aufstieg zu wagen. So oft er fragt, ob es mir gut geht, so oft steigt er die Treppen hinauf. Also nie.

»Wir sind fast fertig!«

»Wir haben erst angefangen«, ruft Yakup.

»Wir brauchen keine Hilfe«, falle ich ihm ins Wort und verschließe seinen Mund mit der Hand, ehe er mehr dazwischenrufen kann. »Die beiden wollen gleich gehen!«

»Wollen wir nicht«, protestiert diesmal Lee.

Zack, liegt die zweite Hand auf seinem Mund.

Während ich mit ihnen ringe, kommt Papa zu dem Entschluss, dass es die Mühe nicht lohnt.

»Falls was ist, ich bin unten.«

Wo auch sonst, denke ich und dann gar nichts mehr, als Lee meine Handgelenke packt und Yakup zum Angriff übergeht.

»Vergiss nicht«, raunt er mir zu. »Leise lachen.«

Ich habe Scarlett zeitlebens darum beneidet, dass sie Freunde hat. Nicht so sehr um die Personen, sondern vielmehr um die Möglichkeiten. Gemeinsame Pyjamapartys, geteilte Geheimnisse und stundenlange Telefongespräche. All diese Dinge habe ich nie erlebt. Ich wurde weder eingeladen noch angerufen noch habe ich es selbst getan. Ich hätte nicht gewusst wie oder wen. Die einzige Freundin, die ich vor Maria hatte, weicht nicht mehr von Scarletts Seite.

Selena war meine erste Freundin.

So wie Alice die von Scarlett.

Anna sagte, Selena täte Scarlett nach Alice' Tod gut. Also ließ ich sie gehen - so wie man Freunde eben gehen lässt. Sie gehören einem nicht. Sie sind freiwillig da, weil sie da sein wollen - oder auch nicht.

Selena wollte zu Scarlett.

Oder Scarlett wollte sie.

Wer kann das nach all den Jahren noch sagen?

Ich bin albern, ich weiß das. Trotzdem habe ich nie wieder eine Freundschaft zugelassen. Nie wieder.

»Und was ist das?«

Yakup zeigt auf eine Formation über dem Schreibtisch. Wir liegen Seite an Seite auf meinem Bett und blicken zur Sternendecke empor. Lee liegt links von mir, Yakup rechts. Während der eine nach den Sternbildern fragt, hat der andere nach meiner Hand gegriffen. Erst haben sich unsere Handrücken berührt, dann die Fingerspitzen, jetzt liegen wir Händchen haltend da. Seltsam, dass ich die Berührung in meinem Magen spüre. Es ist ein aufgeregtes Kribbeln, ein nervöses Flattern, es ist Kälte und Wärme in einem, als wüsste mein Körper die neuen Empfindungen nicht richtig einzuordnen.

Ist es Schmerz? Ist es Glück?

»Bittersüß«, sage ich.

»Noch nie gehört.« Yakup zeigt auf die nächste Konstellation. »Und das da?«

»Der Gürtel des Orion.«

»Den kenn ich: Jäger, Vergewaltiger, Sternbild«, fasst Yakup zusammen. »Wo ist der Skorpion?«

Ich zeige auf die gegenüberliegende Seite des Raumes. Am Himmel würden sie einander niemals begegnen, doch hier in meinem Zimmer ist alles möglich.

»Die Aborigines haben eine eigene Sage dazu.« Lee zeigt zum Gürtel des Orion.

»Seine Eltern sind gerade in Australien«, klärt Yakup mich auf und verdreht die Augen. »Wenn seine Mom ihn anruft, erzählt sie immer allen möglichen Quatsch.«

Lee lässt sich davon nicht abhalten. »Sie handelt von drei himmlischen Schwestern, die zur Erde hinabstiegen. Eine von ihnen verliebte sich dabei, wodurch sie die Fähigkeit verlor, in den Himmel zurückzukehren. Deshalb sind es nur noch zwei Sterne.«

»Was geschah mit der, die zurückblieb?«, frage ich.

»Sie wurde zu einem Emu.«

Yakup prustet los. »Alter, das hast du dir doch ausgedacht! Sie wurde zu einem Superhuhn? Ernsthaft?«

Ein Kissen fliegt über mich hinweg. Yakup kräht und gluckst herum, während Lee irgendwas von Schlangen und Traumzeit und Menschwerdung erklärt; ich hingegen blicke zum Gürtel von Orion und frage mich, ob es bei uns ähnlich ist. Ob ich irgendwann die Fähigkeit verlor, mit meinen Schwestern zu reden. Über das, was zählt. Über sie und mich und uns. Wie oft fühle ich mich ihnen fern, als wären sie wahrhaftig zwei Sterne am Firmament.

Eine Wand und das All dazwischen.

»Jenna!« Yakup fordert meine ungeteilte Aufmerksamkeit. »Verspürst du manchmal das dringende Bedürfnis, ein Ei zu legen? Wir erwägen die steile These, dass die gesamte Menschheit vom Suppenhuhn abstammt.«

»Ähm. Nein?«

Yakup schnaubt. »Spielverderberin.«

»Legen Emus überhaupt Eier?«, frage ich und die zwei prusten los. Sie sind albern und kindisch und eine Wohltat für meine Seele. Wenn *Freude haben* bedeutet, über Dinge zu lachen, die nicht witzig sind, so möchte ich mehr davon. Viel mehr. Ich möchte diesen Moment einfangen, pressen und trocken und zwischen die Seiten eines Buches stecken wie andere Fotos und Scarlett Blumen. Ich will mich daran erinnern, wie es sich anfühlt. Lees Hand und Yakups Wärme. Das Kribbeln im Bauch und die Hitze in den Wangen.

»Apropos Ei«, sagt Yakup. »Wo ist das Bad?«

Einen Lachanfall und viele Wortgefechte später hat Yakup den Weg verstanden und die Tür hinter sich geschlossen. Lee und ich sind allein. Eben verbarg er unsere Hände vor Yakup unter der Decke, jetzt zieht er sie hervor und mich näher ran. Er hat sich aufgestützt und blickt zu mir nieder. Schlagartig ist mir klar, dass er sich nur vorbeugen bräuchte, um mich zu küssen. Die Möglichkeit brennt zwischen uns. Sein Blick verrät, dass auch er daran denkt.

»Erinnerst du dich?«, fragt er.

Wie auf der Party nicke ich. Es ist mehr als eine Antwort auf seine Frage, es ist ein Bejahen auf das Unausgesprochene zwischen uns. Am helllichten Tag fühlt es sich bedeutsamer an. Gestern war es nur ein Spiel. Es war eine Wette. Ein Einsatz. Heute ist es – was? Eine logische Fortsetzung? Ein nächster Schritt? Etwas anderes?

Will er mich überhaupt küssen?

Er sieht mich bloß an, fragend und – ich kann es nicht besser beschreiben – seltsam verhalten. Seine Stirn schlägt Falten. Ich glätte sie mit den Fingerspitzen und fahre den Schwung der Brauen nach, streife sein Ohr und zupfe am Haar.

Doch er neigt sich weder näher noch bittet er, ich möge aufhören. Wenn er nicht will, so hat Scarlett gewonnen, denn ich habe mein Herz an ihn verloren. Ein Augenblick hat gereicht. Ein Augenblick von acht Minuten und dreizehn Sekunden.

Sie kann gar nicht verlieren, erkenne ich da. Gebe ich Lee nach, wird stets der Zweifel bleiben, dass er es ihretwegen tut. Weise ich ihn ab, gewinnt sie ebenso, denn ich täte es wegen ihr. Sie kann nur gewinnen. Die Frage ist, mit welcher Option ich besser klarkomme.

»Wo warst du?«, fragt er.

»Auf dem Friedhof.«

»Nicht heute«, sagt er. »Gestern Abend.«

Mein Herz macht einen Hüpfer, als seine Finger über meine Taille streichen. Mein Shirt ist vom Rumalbern verrutscht, seine Fingerspitzen berühren nackte Haut. Ich kann kaum atmen.

»Bei euch«, sage ich.

»Danach.« *Nach dem Kuss.* »Bevor wir dich heimgebracht haben.«

»Waren wir nicht zusammen?«

Er schüttelt den Kopf.

»Maria hat mich ins Meer gestoßen.«

Die Falten auf Lees Stirn sind zurück, sie lassen sich nicht mehr glätten. »Sagt wer?«

»Scarlett.«

»Woher will sie das wissen? Sie war bei mir.«

Bei mir.

Die Worte hallen in mir nach.

Bei mir kann alles und nichts bedeuten.

Es ist nur ein Spiel, hat sie gesagt, *es bedeutet nichts.*

Trotzdem zögert er, mich zu küssen.

Etwas hat sich zwischen uns verändert.

Etwas, das Scarlett sorgsam organisiert hat.

Ich rolle mich herum und von ihm fort, komme auf die Knie und raus aus dem Bett. Polternde Schritte kündigen Yakup an, als würde er uns zurufen, wir sollten uns lösen. Als er eintritt, stehe ich längst am Fenster und Lee sitzt auf der Matratze, die Ellenbogen auf die Knie gestützt und den Kopf gesenkt: die personifizierte Schuld.

Yakups Lachen erlischt. »Du hast es ihr gesagt? Bist du denn dämlich? Das war nur ein Kuss, Mann! Ein Spiel.«

»Danke«, sagt Lee.

Yakup blinzelt zu mir. »Er hat nichts gesagt?«

Ich weiche seinem Blick aus. »Du wolltest etwas von mir, deshalb seid ihr gekommen, oder? Ich schlage vor, du fragst, was auch immer du fragen wolltest – und dann geht ihr.«

»Fünf Minuten«, ruft er, »so lange habe ich euch allein gelassen – und ihr macht alles zunichte!«

»Jake«, warnt Lee. »Frag einfach.«

»Fünf Minuten!«

Ich kehre ihnen den Rücken zu und starre aufs Dach. Sowohl von meinem als auch von Scarletts Fenster ist der Giebel zu erreichen. Wie gern würde ich ein Bein über den Sims schwingen und ihnen entkommen – wie Aschenputtel in den Taubenschlag. Doch Aschenputtel, da bin ich sicher, hat nie unter der Vorstellung gelitten, als Kind gefallen zu sein. Sie hat sich gewiss nicht gefragt, ob Teile von ihr beim Sturz verloren gingen und ihr Geist in weiser Voraussicht entschied, sie vor den Erinnerungen zu bewahren.

Bin ich gestürzt? Vom Dach und ins Meer?

»Ich brauche deine Hilfe«, sagt Yakup.

»Inwiefern?« Ich frage, ohne mich umzudrehen.

»Es gibt einen Grund, warum wir hier sind. Nicht hier bei dir – wobei auch dafür –, aber ich meine diesen Ort. Die Villa. Warum wir dort wohnen.« Er stockt, legt sich die Worte sorgsam zurecht. »Mein Vater hat vor langer Zeit sein Zuhause verlassen und ich will wissen warum.«

»Er ist hier aufgewachsen?«

»Erzähl ihr alles«, fordert Lee. Er klingt erschöpft.

»Erst wenn sie zustimmt.«

»Spar dir die Mühe. Ich lehne ab.«

»Was? Nein!« Yakup tritt zu mir. »Ich brauche dich. Dieser Ort ist mir ein Rätsel. Weder weiß ich, wo es Empfang gibt, noch wo ich nach Antworten suchen soll.«

Ich muss an das Gewächshaus und die Fotografie denken. Es gibt Dinge, denen ich auf den Grund gehen muss, die Flucht eines Mannes, den ich nicht kenne und niemals kennenlernen werde, gehört nicht dazu.

»Eure Kleidung, ich hole sie eben.«

Kaum schließe ich die Tür, höre ich Yakup über Lee herfallen. Er macht ihn zur Schnecke.

Ich eile ins Bad. Es riecht frisch, obwohl das Fenster geschlossen ist. Ob Yakup wirklich musste? Das Fischfutter steht anders und der Spiegelschrank einen Spalt offen. Er hat sich bloß zurückgezogen, um Lee und mir einen Moment der Zweisamkeit zu gönnen. Ich sehe ihn praktisch vor mir auf dem Rand der Wanne sitzen und Oskar, dem Goldfisch, mit stolzgeschwellter Brust von seinem Plan berichten.

»Lügner und Betrüger«, warne ich Oskar, schließe den Spiegelschrank und zucke zusammen. Ich bin scharlachrot gesprenkelt von der Sauerei an der Mauer – und niemand hielt es für nötig, mich darauf hinzuweisen. Ich greife zum Waschlappen und seife mich ein, bis auch der letzte Rotstich im Abfluss ertrunken ist. Dann stehe ich da, mit triefendem Gesicht und klatschnassen Strähnen, und will nicht zurück.

Hinter mir hängen das Sweatshirt und die Hose. Sie sind klamm und die Taschen leer. Obwohl ich den Boden absuche, die Bambusmatte anhebe und sogar die zahllosen Blumentöpfe verrücke, bleibt die Fotografie unauffindbar. Ich muss an das Buch denken, aus dem ich das Foto stahl. Virginia Woolf beschreibt darin die Spur eines Paddelboots, das die spiegelglatte Oberfläche eines Sees zerfurcht; kaum ist es fort, findet alles zurück in den Ausgangszustand, als hätte nie etwas die Ruhe des Weihers gestört.

Doch das Foto war da. Es hat etwas in mir bewegt, und selbst jetzt, da es fort ist, spüre ich die Wogen seiner Existenz in mir schwappen.

Die Kleidung im Arm und das Kinn erhoben, fühle ich mich der Konfrontation gewachsen. Ich werde sie freundlich hinauskomplimentieren, Yakups wiederholtem Flehen trotzen und Lee keines Blickes würdigen. Danach wird es sein, als wären sie – wie das Boot – nie da gewesen. Vater wird in seinem Sessel sitzen und unsere Unterhaltung auf das Nötigste beschränkt sein. Anna und

Scarlett werden heimkehren, ohne zu merken, dass jemand in ihrer Abwesenheit da war, in unserem Haus und meinem Zimmer. Die einzigen Spuren trage ich in den Händen – und im Herzen. Es sind die unsichtbaren Auswirkungen, die Veränderungen in der Tiefe, die sich nicht auslöschen lassen. Selbst wenn das Gedächtnis beschließt, die Bilder zu verbergen, sind sie nicht vollends verloren, sondern bloß unterhalb der Oberfläche.

Etwas schrillt.

Es ist ein so seltsamer Laut, dass ich irritiert im Flur stehen bleibe und nach der Quelle suche. Das Schrillen kommt aus dem Haus selbst. Es wirkt beinahe zornig in seiner Penetranz. Die Unruhe über das ungewohnte Geräusch erfasst auch Papa im Erdgeschoss. Die Zeitung raschelt, der Sessel ächzt. Ob er ihm ein zweites Mal an diesem Tag entwächst?

Yakup streckt den Kopf aus der Tür. »Willst du nicht aufmachen?« Ich wirke wohl so verloren, dass er kurzerhand an mir vorbei die Treppe hinabspringt. »Die Haustür«, klärt er mich auf. »Es hat geklingelt.«

Ich bin so verdutzt wie peinlich berührt. Papa sitzt in seinem Sessel. Er fordert per Handzeichen, dass ich die Tür schließe. Yakup teilt derweil Begrüßungsfloskeln aus.

»Wir kennen uns doch! Du bist das betrunkene Mädchen. Hast du deine Schuhe gefunden? Nur einen? Wie schade.«

Hastig überbrücke ich den letzten Abstand und kann gerade noch verhindern, dass er Maria hineinbittet. Sie steht sichtlich verlegen auf der obersten Stufe und tritt, kaum dass sie mich erblickt, einen Schritt zurück ins Leere.

Ihre Wangen entflammen.

»Was willst du hier?«, fahre ich sie an.

Mit einem Blick erfasse ich unser verwildertes Grundstück, die brüchige Stufe, die maroden Stallwände; fehlt nur noch, dass ganz westernmäßig ein Steppenläufer vorbeiweht. Ich weiß, wie unser Hof auf andere wirkt. Ich ertrage das Mitleid nicht, das sich bereits in Marias Blick abzeichnet. Gewiss möchte sie beteuern, dass das Haus, in dem ich lebe, nichts über mich aussagt, unwissend darüber, dass ich mich – anders als Scarlett – mit diesem Gemäuer identifiziere.

»Woher weißt du, wo ich wohne?«

»Ihre Mutter hat uns heimgefahren«, sagt Yakup merklich verärgert über meinen Tonfall. »Danke dafür noch mal.«

Ihr Gesicht leuchtet auf. »Oh ... äh ... gern.«

»Hallo, Maria«, sagt Lee hinter mir. Ich zucke zusammen.

»H-hi«, erwidert sie schüchtern.

»Willst du sie nicht reinbitten?«, fragt Yakup mit erhobenen Brauen. Ich lehne ab.

Maria blinzelt. »Ich ... ich bin nur hier wegen gestern, ich dachte ...« Sie senkt den Kopf.

Yakup stößt mich in die Seite. *Na los*, fordert er und lässt ganze Schimpftiraden per Telepathie auf mich einprasseln, doch ich stelle mich taub. Er kennt weder Maria noch weiß er etwas über die Art unserer Freundschaft. Was befugt ihn überhaupt dazu, die Tür zu öffnen?

»Gut«, beschließt er. »Dann gehen wir zu uns. Lust auf Kakao, Cinderella?«

Maria und ich sind gleichermaßen irritiert, ehe die Erkenntnis, dass er sie meint, bei uns durchsickert.

»Ooooh«, sagt sie und dann strahlend: »Sehr gern.«

Yakup hakt sich bei ihr ein und ruft über die Schulter: »Wenn sie ihr Buch zurückwill, muss sie einen Kakao mit uns trinken. So einfach ist das.«

Ich weiß nicht, ob ich lachen oder schreien soll.

»Ist er immer so?«

»Immer«, seufzt Lee – und wie er da im Türrahmen lehnt, die Hände in den Hosentaschen vergraben, die Haare wirr vom Raufen, bedaure ich zutiefst, dass Scarlett ihn als Schachfigur erwählte. Sie hat ihn platziert, er seinen Zug gemacht, jetzt liegt es an mir, darauf zu reagieren. Was erwartet sie? Dass ich ihm zürne? Ihm vergebe?

»Woran denkst du?«, fragt Lee.

»An Schach.«

Ein Mundwinkel hebt sich. »Ich spiele recht passabel.«

»Das befürchte ich.«

Bevor er nachhaken kann, straffe ich die Schultern.

»Kakao?«, fragt er.

»Kakao«, sage ich.

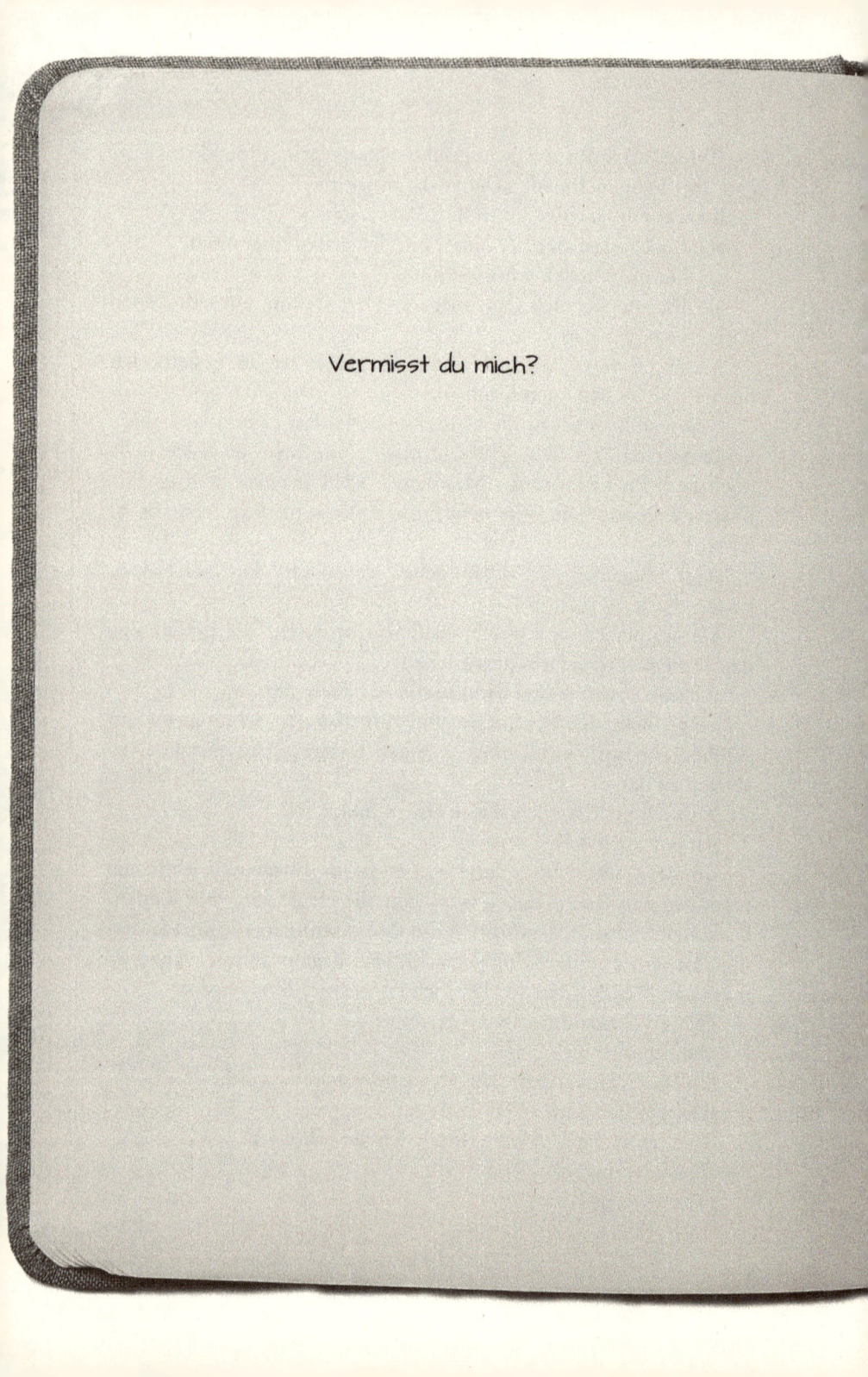

Vermisst du mich?

Wir schleichen durchs Geäst. Lee versteht zwar nicht, wieso ich darauf bestehe, doch er beugt sich meinem Wunsch und führt mich jenseits der Wege durch den Garten. Er sagt, auf diese Art würden wir uns dem Gästetrakt von hinten nähern und gewiss keiner Seele begegnen.

Doch ausgerechnet den Gärtner, den ich zu meiden versuche, hören wir wenig später durchs Unterholz stapfen. Er schultert eine Säge und einen Stoß Bretter. Ich packe Lee und zerre ihn in die Hocke. Da erklingt eine Stimme; es muss die Köchin sein. Sie fragt etwas, der Gärtner antwortet. Wir nutzen die Chance und entfliehen durchs Unterholz zur Rückwand des Schuppens, hinter dem wir schon vergangenen Abend Schutz suchten. Lee lotst mich zur Tür.

»Da rein«, sagt er.

Kaum sind wir im Innern, lässt er mich los – oder ich ihn. Mir war nicht einmal bewusst, dass ich im Reflex nach seiner Hand gegriffen habe. Wären wir mutiger – und stünde Scarlett nicht zwischen uns –, hätten wir wahrscheinlich anderes im Sinn.

»Bist du mutig?«, frage ich.

Lee späht konzentriert aus dem Fenster. »Kommt auf die Situation an.«

Ich schwinge mich auf die Werkbank. Fein säuberlich hängen die Werkzeuge an ihren Plätzen, die Bank selbst ist glatt gefegt. Wären wir mutig *und* erfahren, würde er sich vielleicht vor mich stellen und mir einen Kuss rauben. Ich sah so etwas im Film, es wirkte aufregend.

»Bist du erfahren?«, frage ich.

»Inwiefern?«

»Mit Mädchen.«

Er blinzelt. »Ich hatte noch keine Freundin, falls du das meinst.«

»Und die Rothaarige?«

»Yakup tratscht zu viel.«

»Ich finde ihn ausgesprochen unterhaltsam.«

Lee neigt den Kopf, sein Blick ist zu klar, er sieht zu viel. »Was willst du wirklich, Jenna? Eben konntest du uns nicht schnell genug rauswerfen – und jetzt ...«

Meine Wangen glühen. »Du bist bald weg.«

»Das heißt?«

»Dass egal ist, was du von mir denkst.« Er hebt eine Braue, während ich um Worte ringe. »Du hast es gehört. Ich wurde noch nie geküsst, –«

»Wurdest du wohl«, sagt er, doch ich ignoriere ihn.

»– ich kenne all das nicht.«

»All das?«

»Küsse«, sage ich, was Lee zum Schmunzeln bringt.

»Dafür kannst du es gut.«

Dachte ich ernsthaft, meine Wangen hätten eben geglüht?

»Okay, anderes Thema.«

Jetzt lacht er richtig. Er strahlt von innen und außen.

Kein Wunder, dass Scarlett ihm nicht widerstehen konnte.

Der Gedanke an sie ernüchtert mich.

»Deine Schwester«, sagt Lee, als wüsste er, was in meinem Kopf geschieht, »ihr steht euch nicht sehr nah, hm?«

»Australien ist nichts dagegen.«

Wie schön er ist, wenn er lächelt. Es steht ihm viel besser als das Stirnrunzeln. »Fünfzehntausend Kilometer Luftlinie – wie willst du das toppen?«

»Mit sieben Höllenkreisen.«

»Es gibt neun«, lässt er mich wissen.

»Die letzten hebe ich mir auf.«

»Falls es schlimmer kommt?«

Einer davon ist er, doch das behalte ich für mich.

»Ich habe auch eine Schwester«, sagt er. »Sie ist bei meinen Eltern.«

»Versteht ihr euch?«

Er zuckt mit der Schulter. »Wir telefonieren.«

»Warum bist du nicht bei ihnen?«

»Keine Lust aufs ständige Umziehen.« Mit den Händen in den Hosentaschen schlendert er zu mir. »Muss schön sein, das ganze Leben an ein und demselben Ort zu verbringen. Alles ist vertraut. Es gibt Routinen. Freunde, Familie, alle da.«

»Du idealisierst das etwas.«

»Mag sein«, gibt er zu. »Mein Vater sagt immer: ›Was die Kinder nicht kennen, können sie nicht vermissen.‹ Aber das stimmt nicht. Zumindest nicht bei mir.«

Ich nicke, denn auch ich vermisse Dinge, die ich nie hatte. Freunde. Pyjamapartys. Eine Großmutter, die mich in den Arm nimmt, und Geburtstage im Kreis der Familie.

»Wo ist deine Mutter?«

Ich könnte ›tot‹ sagen, wie ich es immer tue. Doch Lees Frage wirkt aufrichtig. Er will nicht urteilen, nicht abwägen. Er will bloß verstehen.

»Sie hatte es satt, an ein und demselben Ort zu leben.« Ich versuche mich an einem gleichgültigen Gesichtsausdruck, doch an Lees Miene erkenne ich, dass ich kläglich scheitere.

»Scheiße«, sagt er. »Telefoniert ihr?«

Ich schüttele den Kopf.

»Tut mir leid.«

»Muss es nicht. Ich werde sie finden.«

Ich erzähle ihm von meinen Ausflügen in die Stadt, dass ich all die Orte aufsuche, von denen ich weiß, dass Mutter sie einst mochte. Den Buchladen, die Post, das Café am Bahnhof. Er hört mir zu, ohne mich zu unterbrechen. Obwohl unsere Geschichten einander spiegeln – er hat seine Familie verlassen, um bei seiner Großmutter zu leben, ich wurde verlassen –, sind wir beide heimatlos. Mit dem Unterschied, dass er Yakup hat und ich niemanden.

»Was ist mit Maria? Es kommt mir nicht so vor, als würde sie wegen Scarlett bei dir sein.«

Ich will ihm versichern, dass er sich täuscht, dass ich es besser weiß, weil es schon vorher geschah; dass ich eine Freundin hatte, die jetzt zu Scarletts innerem Zirkel gehört und dass Maria genau dorthin will.

Da nähern sich Schritte.

»Ein Versteck«, flüstere ich, »schnell!«

Uns bleiben nur Augenblicke.

»Wohin?«, fragt er.

Die Werkbank, das abgedeckte Auto in der Mitte, die Gerätschaften an den Wänden. Nirgends bietet sich eine Nische oder ein Versteck.

Das Auto, formt er mit den Lippen und wir sprinten los. Ich kann unser Glück kaum fassen: die Beifahrertür fehlt und der Sitz obendrein. Das Dach ist verbogen, das Lenkrad geborsten – doch der Fußraum der Rückbank ist unversehrt. Ich schiebe mich hinein, Lee folgt auf dem Fuß. Kaum kauert er über mir, hören wir die Tür. Jemand hustet, etwas klirrt.

Die Plane ist so alt, dass Fäden aus Licht hindurchsickern; hier löst sich eine Naht, dort siegte die Zeit über das Material. Die schillernden Linien zeichnen einen Halbmond auf Lees Stirn. Ich streiche ihn fort.

»Hast du das Foto gefunden?«, höre ich die Köchin. Sie wirkt nervös. »Er hat gedroht, das Gewächshaus abzureißen, sollte es nicht bald auftauchen.«

»Haben bestimmt die Bengel«, murrt der Gärtner.

»Ich habe ihr Zimmer durchsucht, kaum dass sie aufgebrochen sind. So eine Unordnung! Dass sie überhaupt noch was finden ... doch ich sage dir, es war nicht da.«

Lees Falten kehren zurück, hartnäckiger diesmal.

»Tragen es bei sich«, vermutet der Gärtner.

»Ich weiß nicht. Mir kommen sie harmlos vor, nichts als Flausen und Mädchen im Kopf.«

»Das sind die Schlimmsten!«

»Und wenn es das Mädchen war?«

Ich spüre Lees Blick.

Der Gärtner brummt. »Wenn du schweigst, wird er niemals erfahren, dass sie hier war. Es sei denn ... Sag nicht, du hast bereits ... Ich fasse es nicht! Du hast es gesagt?«

»Er hat den Lärm gehört!«

»Verflucht.«

Die Frau spricht so schnell und leise, dass ich Mühe habe, sie zu verstehen. Ich neige den Kopf, lausche.

»... vor meiner Zeit, aber ich kenne die Gerüchte. Wenn es so schlimm war, wie alle sagen –«

»Schlimmer«, behauptet der Gärtner.

»– dann ist es vielleicht an der Zeit!«

»Du hast ihn nicht gesehen. Der Verlust hat ihn fast zerstört. Dass er noch lebt, liegt am Foto allein.«

»Genau das!« Sie klingt euphorisch. »Er hat ihretwegen durchgehalten. Meinst du nicht, es ist an der Zeit, dass sie sich kennenlernen? Immerhin ist er ihr Großvater. Sie sollten füreinander da sein.«

Großvater? Ich beuge mich weiter vor.

»Es ist seine Entscheidung.«

»Aber –«
»Nein«, fällt ihr der Alte ins Wort. »Er hat sich dagegen entschieden. Das haben wir zu akzeptieren.«
»Aber –«
»Sie muss fortbleiben.«
»Ich denke nicht, dass –«
»Sie wohnt nebenan. Wenn er sie sehen wollte, könnte er das. Tut er aber nicht. Weil er nicht will.«

Diesmal gibt sie Ruhe. Er wechselt das Thema und spricht über Pflanzen, die wir auf unserer nächtlichen Route zertrampelt haben. Sie trägt mit einsilbigen Antworten bei, ehe sie unter einem Vorwand flieht. Er bleibt und sägt und hobelt, während wir in der Dunkelheit ächzen.

Lee fällt es zusehends schwer, die Position zu halten. Er stützt sich ab, um sein Gewicht abzufangen. Ich drücke gegen seinen Arm und bedeute ihm, den Edelmut aufzugeben. Er gibt widerwillig nach – was bleibt ihm anderes übrig? Es ist nur logisch, dass er es zulässt. Er ist schwer, aber nicht zu schwer, als dass es unangenehm wäre. Vielmehr hindert mich sein Gewicht daran, an meinem Verstand zu zweifeln.

Großvater?

Hat Scarlett *das* vorausgesehen?

Unsere Großeltern väterlicherseits sind verstorben, Mutter hingegen hatte keine Verwandtschaft. Ich habe nie hinterfragt, woher sie kam. Sie war einfach da und wir mit ihr. Die einzige Geschichte, die sie erzählte, war die der Zauberin und ihrer drei Kinder. Es ist offensichtlich, dass die Villa das Haus aus der Geschichte ist. Wenn dieser Teil stimmt, dann vielleicht auch der, wonach das erste Kind bereits im Leib der Zauberin wuchs, ehe sie den Witwer zum Gemahl nahm. Kann das sein?

»Jenna«, wispert Lee.
»Mhm?«
»Du streichelst mich.«

Meine Hand erstarrt. Ich habe Kreise auf seinem Rücken gezogen, die andere ruht auf seinem Nacken. Es geschah ganz von selbst, war keine bewusste Handlung, kein Locken oder Reizen. Mich zu erklären fällt angesichts der Geräusche von außerhalb flach. Die

Säge arbeitet unermüdlich. Es ist eine alte Handsäge, die sich müßig durchs Holz frisst.

Lee stöhnt, der Atemzug streift meine Wange. Es ist heiß unter der Plane, unsere Körperwärme staut sich. Habe ich eben noch darüber gesponnen, wie aufregend es wäre, ihn an mir zu spüren, erkenne ich jäh, dass kein Blatt mehr zwischen uns passt. Ich spüre jeden Muskel, jedes Beben und Zaudern, das von meinen Fingerspitzen durch seinen Körper rieselt. Ich kann ihn spielen wie ein Instrument. Streiche ich über seinen Nacken, erklingt das Echo der Berührung tiefer. Ich folge der Wirbelsäule, finde den Saum des Shirts – und die Haut darunter. Lee lehnt seine Stirn an meine Schläfe.

»Jenna«, flüstert er – doch es folgt keine Warnung. Er hält die Luft an, als meine Finger seine Haut erkunden, ich das Shirt hochstreife. Er lässt es zu, sein Atem küsst meinen Hals; ich neige den Kopf, schaffe ihm Platz.

Ist es das, worauf Scarlett mich vorbereiten wollte?

Lee *gibt* es nicht, ich *nehme* es mir – und indem ich das tue, fühle ich mich, als wäre ich ihr einen Schritt voraus. Hier und jetzt kann sie unmöglich die Fäden ziehen. Sie konnte weder ahnen, dass wir in diesem Autowrack landen, noch dass ich wagemutig genug für den ersten Schritt bin.

Sie hat keine Macht über mich. Oder?

Lee küsst mich; ich spüre seine Zähne, die Zunge, den Atem. Ich spüre ihn überall. Eine Hand streicht über meinen Bauch und höher hinauf. Ich weiß nicht, wer von uns überraschter ist; ich von der Süße des Gefühls – oder er, weil ich keinen BH trage. Scarlett wäre stolz auf mich.

Scarlett ist nicht hier!

Ich zwinge sie aus meinen Gedanken.

Sie ist nicht da.

Sie ist fort.

Da hebt sich die Plane vom Wrack und Lee zuckt zusammen. Ich blinzele gegen die beißende Grelle. Über uns steht der Gärtner, er drischt mit einer Fliegenklatsche auf Lee ein.

»Hände weg! Närrischer Balg. Ahnst du überhaupt, was du da tust? Und dass auch noch in seinem Auto … raus da!«

Während Lee sich unter den Schlägen duckt, bedecke ich meine Blöße. Die Tür schlägt auf, ein Mann tritt ein; der Gärtner zuckt zusammen, als hätte ihn die Klatsche erwischt.

»Was ist hier los?«

»Nichts«, zischt der Gärtner, und kurz wirkt es, als wolle er die Plane zurück über das Auto zerren, um uns vor den Blicken des Fremden zu schützen. Ich erkenne ihn sofort.

Seine Brauen ziehen sich zusammen, sein Mund ist ein Strich. Alles an ihm ist steif und gerade. Die Haltung, die Brauen, selbst der Ausdruck seiner Augen ist von eigentümlicher Härte. Als würde er uns erdolchen.

Ich sage das Erste, was mir in den Sinn kommt.

»Großvater?«

Vielleicht trifft Lee erneut die Klatsche; er zuckt zusammen, genauso der Alte, der für den Bruchteil eines Wimpernschlags in sich zusammenfällt, als würde sein Innerstes nur von Stäben und Fäden gehalten; dann reckt er das Kinn und funkelt uns nieder. Wahrlich, es gibt bessere Arten eines ersten Aufeinandertreffens, doch wenn ich den Worten des Gärtners glauben kann – und seiner Miene nach liege ich goldrichtig –, gab es bereits Tausende von Möglichkeiten, die allesamt ungenutzt verstrichen.

Großvater. Das Wort schmeckt schal. Doch ich ahne tief in mir, dass es die Wahrheit ist. Als würde ein Puzzlestück, das ich mit aller Macht zu platzieren versuchte, ganz von selbst an die richtige Stelle finden.

Ich bin die Enkelin dieses Mannes.

Und er allein weiß, weshalb Mutter ging.

DIE LÄNGSTE NACHT

Soweit ich mich erinnere, neige ich zum Stöbern.

Wann immer Anna und Scarlett das Haus verließen, wanderte ich durch ihre Zimmer. Ich war so leise, dass Vater nicht hörte - oder hören wollte -, was ich allein daheim tat. Das schlechte Gewissen, das mich manches Mal überkam, beruhigte ich, indem ich sie an meinem Fehlverhalten schuldig sprach. Sie ließen mich so oft zurück, dass es beinahe schon ausgleichende Gerechtigkeit war, die mich in ihre Zimmer trieb. Jetzt ist es zu einer Routine geworden.

Das Stöbern. Das Spionieren.

Das Eindringen in ihre Privatsphäre.

Besäße ich die Möglichkeit, in ihre Köpfe zu schauen, würde ich auch das tun. Notfalls mit Hammer und Meißel. Es ist meine Art, an ihrem Leben teilzuhaben, mich ihnen nah zu fühlen und sie zugleich aus sicherer Distanz zu verachten.

Für ihre Fehler und Makel.

Für ihre Schwächen und Ängste.

Und dafür, dass sie mich ausschließen.

Der Kakao dampft in den Bechern, als die Köchin, die wir Judith nennen sollen, mit zittrigen Fingern ausschenkt. Wir sitzen im Zimmer von Lee und Yakup; es ist, soweit ich das beurteilen kann, weit chaotischer als zuletzt. Wie sie es geschafft haben, innerhalb der letzten Stunden jegliche Ordnung restlos auszumerzen, ist mir ein Rätsel. Judith offenbar auch. Mit spitzen Fingern schiebt sie die Spielkarten auf dem Tisch zusammen und klopft das Polster des letzten, noch halbwegs freien Stuhls ab, ehe sie zwischen Shirts und Hosen sinkt. Sie fühlt sich merklich unwohl.

»Noch mal«, fordert Yakup, der ungewöhnlich bleich ist und sich bisher auffallend zurückhielt. Er und Maria saßen bereits in den Sesseln, als uns der Gärtner unter viel Fluch und Schande ins Zimmer trieb. Judith folgte auf dem Fuße, in der Hand das Tablett, das nun am Tisch lehnt. Lee steht am Fenster und rührt gedankenverloren in seinem Becher. Auf der Heizung reihen sich die klatschnassen Shirts der vergangenen Nacht. Es sind drei und ebenso viele Shorts.

»Es ist zu viel für ihn«, sagt Judith. »Er möchte, dass ihr so bald wie möglich abreist.«

»Das andere«, sagt Yakup. »Noch mal das andere.«

Judith sieht zu mir. Sie wirkt müde. »Ich kannte die Söhne nicht. Sie verließen ihn, bevor ich meine Anstellung erhielt. Ihr müsst verstehen, dass ihr Geist, auch wenn sie fort sind, noch hier verweilt. Euer Großvater lebt mit ihnen zusammen. Sie sind überall …«

»Das andere«, bleibt Yakup hart, seine Augen glänzen.

Sie blickt in ihren Schoß und schweigt. Ich ahne, wie sie sich fühlt – wie er sich fühlt. Ich bin erst seit wenigen Minuten Teil dieser Geschichte, mehr Zuschauer denn Teilnehmer – und es ist mir schon jetzt zu viel.

»Sie«, er zeigt auf mich, »ist mit mir verwandt. Aber der Alte will keinen von uns akzeptieren, weil unsere Mütter nicht seinem Ideal entsprechen?«

Ich schlucke. Maria rutscht unbehaglich auf dem Sessel zurück und kleckert dabei mit Kakao. Reflexartig reicht Yakup ihr dasselbe Handtuch, das sie schon mir anboten. Sie nimmt es lächelnd entgegen; doch er hat nur Augen für mich.

»Wusstest du es?«

Ich verneine.

»Und dein Vater?«

Er stellt die Frage, die in Endlosschleife durch meinen Geist streift. Wusste er es? Weiß er es heute? Ändert es etwas? Ist überhaupt von Bedeutung, wessen Blut in meinen Adern fließt? Entscheidet nicht viel mehr die Zeit, die wir zusammen verbracht haben, darüber, wer wir füreinander sind?

Wer wir waren, korrigiere ich still.

Vor zehn Jahren taten wir alles gemeinsam, arbeiteten im Garten, restaurierten den Hof – und ich liebte ihn abgöttisch, mehr noch als Mutter … Wobei – vielleicht trügt die Perspektive. Wie könnte ich sie heute noch lieben, da sie mich verlassen hat? Wie kann ich ihn noch lieben, da er mich aufgegeben hat? Vor zehn Jahren waren wir eine Familie. Jetzt sind wir Fremde in einem Haus, gebunden durch ein gemeinsames Schicksal – nicht durch Blut.

»Ist das überhaupt sicher?«, hakt Yakup nach.

Judith faltet die Hände im Schoß. »Zweifellos.«

»Zwei Enkel«, sagt Yakup. »Und er will keinen von ihnen sehen, geschweige denn sprechen. Was für ein verbitterter alter Rassist er doch ist. Kein Wunder, dass Papa ihn verlassen hat. Wo ist Jennas Vater?«

Judith seufzt – und da findet ein weiteres Puzzlestück an seinen Platz. Ich sehe uns unter der Weide liegen und die Wolken über einen kristallblauen Himmel treiben. Ich spüre ihre Hand in meiner und das Gras auf meiner nackten Haut.

»Nur noch ein bisschen«, bittet sie schläfrig und von so fern, dass ich fürchte, sie an diesen Ort zu verlieren. Ich halte ihre Hand umklammert, sehe zur Weide hinauf und flehe stumm, sie mir einen weiteren Tag zu lassen – die Weide gewährt es. Sie begnügt sich damit, unsere Haut mit ihren Blättern zu liebkosen, wann immer der Wind es gestattet. Mutter sagt, es fühle sich an wie die Umarmung eines Geistes. Ich spüre ihn auch. Wir waren nie allein unter der Weide.

So klar wie Mutter sehe ich den Grabstein aus dem Vergissmeinnicht ragen und die Inschrift darauf.

»Jakob«, sage ich. »Mein Vater hieß Jakob.«

»Ja«, sagt Judith und lächelt traurig. »So hieß er.«

»Er hat sie allein großgezogen.«

Es ist der Gärtner, der zu mir spricht. Er sitzt auf einer Bank und starrt zum Teich. Seine Schultern sind so krumm, als hätte auch er seine Kinder verloren, nicht bloß der alte Herr, wie er Großvater nennt. Ich weiß nicht, wie *ich* ihn nennen soll, immerhin ist er mir vollkommen fremd.

»Seine Frau starb bei der Geburt. Er hat alles allein geschafft, sie zu zwei anständigen Männern erzogen. War streng, aber fair. Ein guter Vater.«

Mir fällt dazu nichts ein, also sitze ich auf einem Felsen und schnipse Kiesel in den Teich. Der Gärtner beobachtet mich aus dem Augenwinkel.

»Hat er auch immer gemacht«, sagt er.

Die Frage, wen er meint, erübrigt sich. Er spricht von meinem Vater. Jakob und Mihaela. Meine Eltern.

»Und der da«, er nickt zum Haus hinter uns, in dem Yakup seinem Zorn freien Lauf lässt, »ist genau wie sein Alter. Hat auch immer getobt, einmal sogar einen schweineteuren Erbspiegel zerschlagen, bloß weil der Herr ihm Hausarrest gegeben hat. Haben das gleiche Temperament.«

»Ich mag ihn«, verteidige ich Yakup. Die Vorstellung, mit ihm verwandt zu sein, gefällt mir.

Der Gärtner nickt wissend. »Sein Vater brachte auch ständig Mädchen heim. Dachten wohl, sie könnten ihn zähmen.«

»Und meiner?«

Diesmal sieht er mich an. »Nur eine.«

Ändert das was? Hat es eine Auswirkung darauf, wer ich bin?

»Gib ihm das Foto zurück«, bittet der Gärtner und erhebt sich mit knackenden Knochen. »Es bedeutet ihm viel.«

»Es ist weg«, gestehe ich.

Er bleibt neben mir stehen und kurz wirkt es, als würde er eine Hand auf meine Schulter legen wollen. Stattdessen nimmt er einen Kiesel und lässt ihn auf dem Wasser hüpfen.

Unwillkürlich muss ich lächeln.

»Wie dein Vater«, sagt er und geht.

Die Kreise auf dem Teich verebben. Die Silberregen strecken und recken sich ihrem Abbild entgegen. Sie ahnen ja nicht, dass es manchmal klüger ist, keinen Blick unter die Oberfläche zu wagen. Ob sie enttäuscht wären, fänden sie heraus, dass bloß Schlamm und verrottendes Laub am Grunde ihres Weihers liegen? Bin ich enttäuscht?

Yakup nannte unseren Großvater einen alten Rassisten. Ihm und Lee sieht man ihre Wurzeln an. Mir nicht. Doch auch meine Mutter, so gestand es Judith, entsprach weder Großvaters noch den gesellschaftlichen Vorstellungen. Ich habe keine Ahnung, was sie damit meint. Ich hielt mich bisher für vollkommen durchschnittlich – und begreife erst jetzt, dass allein darin ein Privileg liegt.

»Hier bist du.«

Maria stakst verhalten durch das kniehohe Gras. Dieser Teil des Gartens ist sich selbst überlassen. Hier darf Wiese noch Wiese sein. Es summt und flattert, ein Gewusel an Leben, wie es sonst nirgends existiert.

Maria nimmt den Platz ein, den der Gärtner verlassen hat. Sie tut es so vorsichtig, als argwöhnte sie, das alte Holz würde unter ihr nachgeben. Auch Maria weiß, wie es ist, ausgegrenzt zu werden. Wenngleich aus anderen Gründen. Stets habe ich darunter gelitten, in Scarletts Schatten zu stehen – und darüber verkannt, dass wir alle zu kämpfen haben. Wie abhängig wir davon sind, dass andere uns sehen, akzeptieren und lieben. Wir dursten geradezu danach.

»Schlimme Sache«, sagt Maria.

Ein schillerndes Libellenpaar schwebt vorbei.

»Tut mir leid, dass ...« Sie stockt.

»Dass mein Vater nicht mein Vater ist?«

»Dass er tot ist«, vollendet sie leise.

Stimmt, denke ich. *Er ist tot.*

»Ich kannte ihn nicht.« Ich greife zu einem Kiesel und werfe ihn. Er versinkt sofort.

»Willst du darüber reden?«

»Lieber nicht.«

»Falls doch –«

»Nein.«
»– ich bin da.«
Sie ist penetrant und nervig, trotzdem bin ich – auch wenn ich es nie zugeben würde – froh über ihr Angebot. Wir kennen uns nicht besonders, dafür, dass wir nur uns haben. Ob sie so einsam ist wie ich? Müsste ich mein Innerstes beschreiben, wäre *zornig* gewiss unter den ersten Begriffen, dicht gefolgt von *einsam* und *verlassen*. Bei Maria, so vermute ich, steht *Einsamkeit* ebenfalls hoch im Kurs.
»Willst du noch deinen Kakao?«
Ich lehne dankend ab.
»An deiner Stelle hätte ich auch die Flucht ergriffen. Lee wollte dir hinterher, Yakup hat ihn abgefangen. Missfällt ihm offenbar, dass er sich an dich rangemacht hat, jetzt, da du seine Cousine bist.« Sie lächelt schwach. »Es muss schön sein, einen Cousin zu haben.«
»Keine Ahnung«, sage ich wahrheitsgemäß. »Bis eben hatte ich keinen.«
»Zum Glück ist es Yakup und nicht Lee. Stell dir vor, du hättest deinen Cousin geküsst!« Die Vorstellung verursacht ihr offensichtlich größere Magenschmerzen als mir.
»Du weißt davon?«
Sie blickt auf ihre Füße. »Ja, schon.«
»Woher?«
»Du erinnerst dich wirklich nicht? Yakup sagt so etwas. Er meinte, du hättest dir den Kopf gestoßen oder würdest dich dumm stellen. Er war noch unentschlossen.« Ich schnaube, sie fährt seltsam besorgt fort. »Er sagt, du würdest denken, du seist ins Becken gefallen.«
»Stimmt das denn nicht?«
»Doch – schon.«
»Aber?«
»Na ja ... du bist nicht wirklich gefallen.«
Ein Wort hat das andere ergeben, ein Stoß den folgenden.
»Haben wir gestritten?«
»Nein! Wobei ... ein wenig, vielleicht.«
Ich werde aus ihr nicht schlau. Sie spricht so viel, doch es mangelt an klarem Inhalt. Würde sie Bücher schreiben, wäre der Leser am Ende nicht klüger als vorher.

»Maria«, bitte ich. »Wie kam ich ins Wasser?«

»Du – du wurdest gestoßen.«

»Von dir?« Noch bevor die Worte verklingen, erkenne ich den Fehler. Ihr Gesicht rötet sich.

»Du denkst, ich …? Ich könnte nie! Warum sollte ich? Wir sind Freunde, Jenna! In den Hafen! Weißt du, wie gefährlich das ist? Du hättest sterben können.«

Ich will etwas einwenden, doch sie hebt die Hand.

»Hör zu. Ich sage dir das, weil es wichtig ist, nicht weil du es verdienst. Wir waren zusammen, wir haben gestritten, das stimmt. Aber ich war es nicht! Niemand weiß, wer es war. Meine Mama – sie war auf dem Weg, ich hatte zu viel getrunken und alle erzählten, du hättest geknutscht und seist jetzt Teil von Scarletts Zirkel – und ich war sauer, verstehst du? Wegen dem Kleid und weil du wusstest, wie unbedingt ich dazugehören wollte. Trotzdem bist du mit ihr hoch – ohne mich! Und ich hab getrunken. Es war furchtbar. Verstehst du? Furchtbar! Und dann kommst du mit deinen neuen coolen Freunden und stellst dich zu mir, als wäre nichts. Dabei hattest du alles: das Kleid, die Party und zwei, Jenna, zwei Typen! Während ich allein war und mich vollkotzte …«

»Das wusste ich nicht.«

»Wie auch. Du fragst ja nie.«

»Wenn ich …«

»Warte.« Sie schluckt schwer, ihre Wangen sind fleckig. »Lass mich ausreden, ja? Sonst kann ich es nicht mehr – und du sollst wissen, was passiert ist. Du kamst zu mir und ich dumme Kuh war auch noch froh, dich zu sehen. Du hast sie weggeschickt, dich zu mir gesetzt, mit mir geredet. Wir haben gelacht, Jenna, kannst du dir das vorstellen? Du hast vom Kuss gesprochen, und dass du dein Herz verloren hast und dein Tagebuch – und dass deine Schwester eine Hexe ist und ich sie zu Unrecht verehre –«

»Tust du auch«, brumme ich.

»– was vielleicht stimmt.«

Ich sehe überrascht hoch.

»Lass mich ausreden«, fordert sie entschieden. »Wir saßen da und haben gestritten, ob Scarlett in die Hölle gehört oder nicht – und da ist es mir irgendwie entglitten. Wir hörten es ploppen und dachten, es wäre versunken. Doch es lag auf einer der Stufen, du weißt, welche ich meine?«

»Ich weiß nicht mal, was du verloren hast.«

»Das Handy, Jenna. Mein Handy ist ins Wasser gefallen – und du hast es geholt. Oder es zumindest versucht. Aber als du an der Kaimauer hingst, kamen alle und wollten zusehen. Und irgendwie ist irgendwer dabei auf deine Finger getreten – und du hast losgelassen. Verstehst du? Es war aber kein Versehen, denn du hast dich an der Leiter festgehalten – und keiner tritt da einfach so drauf. Nicht so tief.«

Meine Hände – ich entdecke die Spuren sofort.

»Ich habe keine Erinnerung daran.«

»Du bist untergegangen wie ein Stein. Ich dachte schon, du wärst verloren. Zum Glück war er da und zog dich raus.«

»Wer?«, frage ich, obwohl ich die Antwort bereits ahne.

Drei nasse Shirts und ebenso viele Hosen.

»Er hat keine Sekunde gezögert. Wie ein beschissener Superheld ist er dir hinterhergesprungen, dabei war das mindestens genauso gefährlich. Typisch Großstadtkids, haben keine Ahnung vom Meer. Yakup hat ihm ordentlich den Kopf gewaschen. Unfassbar, dass du dich nicht erinnerst.«

Ich betrachte meine Hände und schweige.

»Du sagst immer, dich würde niemand sehen – dabei bist du blind für das, was bereits da ist.« Damit steht sie auf und geht und ich bleibe mit wunden Fingern und Zweifel im Herzen zurück.

Ich frage mich, ob Maria und ich je eine Chance hatten. Unser beider Gedanken kreisten unentwegt um Scarlett. Wir sahen bloß sie und niemals einander. Hatten wir womöglich alles, was wir suchten, direkt vor uns?

Jetzt ist es zu spät.

Jetzt ist zu viel passiert.

Ich kann nicht ewig am Teich sitzen – ich kann auch nicht zurück zu Lee und Yakup. Durch das angelehnte Fenster höre ich Letzteren toben. Er muss gehen, weil Großvater seinen Anblick nicht erträgt. Ich frage mich, ob es daran liegt, dass er ihn an die Frau erinnert, für die sein Sohn ihn verlassen hat, oder ob es die Ähnlichkeit zu ebenjenem ist, die ihn schmerzt. Dieser alte Mann mit den geraden Brauen und den knöchernen Schultern wirkt nicht wie jemand, der oft umarmt wurde oder gar Umarmungen von sich aus gibt.

Fast zwei Jahrzehnte ist er allein.

Ich sehe Maria durchs Tor verschwinden; auch sie hat darauf verzichtet, sich zu verabschieden. Wie passend Yakups Spitzname für sie ist. Cinderella entschwindet ohne ein Wort des Abschieds. Ob er ihre Abwesenheit überhaupt bemerkt? Ich befürchte, dass sein Zorn alles erstickt.

Er muss gehen. Wie ich.

Bevor ich Maria folge und dieses Grundstück für immer verlasse, bleibt eine letzte Sache zu erledigen. Ich will mein Buch zurück. Vorsichtig spähe ich zur Veranda. Judith ist noch bei Yakup und bemüht sich, soweit ich es den gedämpften Worten entnehmen kann, Ordnung ins Chaos zu bringen. Den Gärtner sehe ich zum Schuppen stiefeln. Allein Großvater hält sich im Innern der Villa auf, irgendwo in einem der vielen Zimmer, in denen laut Judith die Geister seiner Söhne wandeln. Fällt einer mehr da auf?

Bedacht schleiche ich die Stufen hoch und unter den Fenstern hindurch. Die Tür gleitet geräuschlos auf. Obwohl mir diese Villa fremd ist, gleicht sie dem Hof. Sie erkennt mich als eine verwandte Seele und nimmt mich mit offenen Armen auf. Ein Seufzen flüstert durch die Falter an den Wänden. Sie heißen mich willkommen. Die Küche liegt verlassen da wie des Nachts. Einzig das Licht, das schillernd durch die deckenhohen Fenster fällt und sich auf den blank polierten Stahlflächen sonnt, ist neu. Es ist ein warmer Ort, einer, an dem ich gern säße und Kakao tränke. Ich sehe es vor mir; Yakup und ich auf der Bank vor dem Fenster, je einen dampfenden Becher in den Händen; Judith am Herd, wie sie Spiegeleier brät und uns nach unseren Plänen fragt ... auch Lee, Maria und Großvater sind da. Es könnte schön sein, erkenne ich.

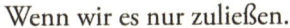

Wenn wir es nur zuließen.

Meine Finger finden die roten Ziffern des Gefrierschrankes. Sie zeigen dieselbe Temperatur. Rasch stemme ich den Deckel auf und linse hinein. Tiefgekühlte Erbsen, Stangenbohnen und gehackter Kürbis – doch kein Buch.

»Suchst du was?«

Erschrocken fahre ich hoch, stoße mir den Kopf und lasse den Deckel fallen. Im letzten Moment fängt Großvater ihn ab, ehe er mir die Finger quetschen kann.

»Pass doch auf«, knurrt er.

Ich bin so perplex, dass ich ihn anstarre.

Die Küchenuhr tickt.

»Ich dachte, ich hätte mich deutlich ausgedrückt.«

»Unmissverständlich«, versichere ich.

»Aber?«, schnappt er.

»Ich ... ich hatte hier etwas. Es ist weg.«

»In meiner Truhe?«

Ich nicke heftig. »Ein Buch. Es fiel in den Teich – Kälte soll helfen. Jetzt ist es weg.«

Er brummt etwas, das wie »Blödsinn« klingt, hebt den Deckel und durchforstet die Truhe. Als Judith uns so über das Eis gebeugt und umringt von Tiefkühlerbsen und gefrorenen Suppen findet, schlägt sie entgeistert die Hände zusammen.

»Was, im Namen aller Geister, tut ihr denn da? Mein Gemüse! Wollt ihr, dass alles taut? Meine schöne Ordnung. Fort, rasch, fort mit euch!« Sie bahnt sich einen Weg zwischen den Tüten hindurch, schiebt Großvater resolut beiseite und ordnet leise schimpfend ihr Eisfach.

»Hast du versehentlich ein Buch gekocht?«, fragt er.

»Willst du mich veralbern?« Sie taucht aus den weißen Dunstwolken auf. »Wirke ich senil auf dich?«

»Es ist weg«, rufe ich.

Judith zögert. »Nun, ich habe kein Buch gesehen.«

»Wo ist es dann?« Ich finde die Antwort im selben Moment. Es kann nur bei Yakup oder Lee sein; einer von ihnen muss es geholt haben. Vielleicht, um es mir zu geben. Bestimmt, um es mir zu geben. Nicht auszumalen, wenn sie darin läsen!

»Oje«, sagt Judith. »Sie raucht förmlich.«

»Ich muss los«, verabschiede ich mich hastig und springe über die Erbsen hinweg zur Tür. »Keine Sorge«, rufe ich über die Schulter, »ich komme gewiss nicht zurück!«

Ich höre Judith etwas sagen, doch das Knallen der Tür übertönt ihre Worte. Ich fliege förmlich über die Veranda und zum Gästetrakt. Wie schnell sich der Garten offenbart, seine Geheimnisse und Pfade teilt. In wenigen Tagen, da bin ich sicher, könnte ich ihm blind vertrauen.

Ich reiße die Tür auf, stürze durch den Flur und ins Zimmer. Yakup kniet auf seiner Tasche und versucht sie mit Gewalt zu schließen. Von Lee keine Spur.

»Mein Tagebuch«, rufe ich ohne Umschweife. »Wo ist es?«

»Auch schön, dich zu sehen, Cousinchen.«

»Lass die Scherze – wo ist es?«

Er setzt sich auf die Tasche und verschränkt die Arme. »Ich sagte doch, trink einen Kakao mit uns und du bekommst es.« Er nickt zum Tisch, auf dem mein Becher steht. »Du hast nicht mal genippt.«

Ich leere den eiskalten Kakao in wenigen Zügen. Fordernd strecke ich die Hand aus. »Her damit.«

»Zu spät«, sagt er. »Du hättest sofort zugreifen sollen. Jetzt gibt es eine neue Bedingung.«

»Willst du mich ärgern?«

Er neigt den Kopf. »Dasselbe könnte ich dich fragen.«

Unruhe erfasst mich. Es war schwer genug, mein Buch in der Truhe zu lassen; nicht zu wissen, wo es ist, fühlt sich an, als müsste ich dringend auf Toilette, ohne eine Chance auf baldige Erleichterung. »Yakup!«

»So heiße ich«, sagt er und klingt plötzlich sehr leise und sehr ernst. »Wie dein Vater.«

Ich stöhne. Ich kann das jetzt nicht.

»Hör zu«, beschwört er mich. »Wir haben Judith eine letzte Nacht abgeschwatzt, allerdings unter der Bedingung, dass wir aufräumen – aber darum geht es nicht. Mir bleibt nur noch diese Chance, um herauszufinden, weshalb mein Vater mit dem Alten brach. Es ist wichtig. Wahnsinn wichtig. Ich muss es wissen – und dafür brauche ich dich. Mehr, als ich geahnt habe. Hilf mir, ich flehe dich an!«

»Ich dachte, es läge an deiner Mutter.«

Er nickt abwägend. »Damit hat es vielleicht begonnen – doch ich bin sicher, dass mehr dahintersteckt. Etwas Größeres. Deshalb bin ich hier.« Er hält mir eine Hand entgegen, keine Spur von Freude im Gesicht. »Dein Buch für deine Hilfe. Schlägst du ein?«

Es ist ihm ernst.

Eine letzte Nacht. Was macht das schon?

»Okay«, sage ich. Ich tue es für ihn – und mich.

Ich habe nie wirklich aufgehört, Mutter zu suchen. Ich habe bloß alle Welt glauben lassen, dass es so ist. Es war leichter zu behaupten, sie sei tot, als zuzugeben, dass ich innerlich sterbe, wenn jemand sie erwähnt.

Scarlett macht das oft. Manchmal glaube ich, dass sie es nur deshalb tut, weil sie meinen Schmerz kennt. Sie trägt denselben in sich; nährt sie ihn bewusst? Oder funktioniert er spiegelverkehrt zu meinem? Wird er schwächer, je stärker ich leide? Es kommt mir beinahe so vor.

Yakup hingegen ist wie ich. Er hat sein Leben lang behauptet, keine Großeltern zu haben. Er sagt, es sei einfacher gewesen, als zu erklären, wieso er sie nicht kennt. Jetzt ist er hier. Es ist dieselbe Leere, die er zu füllen versucht. Sie mag weniger gewaltig als die meine sein, doch sie ist ebenso unerträglich.

Ich werde ihm helfen, sie zu füllen.

Mit Worten und Farben und einer Geschichte.

Vielleicht wird davon ein Teil auch meinen Schmerz lindern.

Erst viel später, als ich ihnen bei einem erneuten Becher Kakao gegenübersitze und die Sonne so tief steht, dass ihre Strahlen an Wärme einbüßen, aber an Farbe gewinnen, erst da begreife ich, dass es nicht nur eine Reise in Yakups Vergangenheit ist, sondern auch in meine.

»Judith sagt, unsere Väter hätten das Haus nie verlassen.« Yakup lümmelt in einem Sessel und wirft einen Ball zur Decke; er hält es kaum aus, zu warten. »Ihre Zimmer sind unangetastet – zumindest interpretiere ich die Aussage so. Wir müssen ins Haus und nachsehen. Ich bin überzeugt, dass dort etwas ist, was den Bruch erklärt.«

Lee zeigt auf eine Zeichnung, die er mit wenigen Strichen gefertigt hat. »Das Haus besteht aus drei Flügeln. Wir sind hier im Gästetrakt. Judith bewohnt das Zimmer neben unserem. Die Küche liegt dort.«

»Wir sind im Kreis gelaufen«, erkenne ich fassungslos. »Gestern Nacht – die Küche. Seht ihr das?«

»Lee hat einen beschissenen Orientierungssinn«, bestätigt Yakup meine Feststellung. »Von wegen ›*nächste Tür*‹.«

Lee ignoriert uns. »Die Schlafzimmer sind im Obergeschoss. Die der Söhne hier«, er zeigt auf den gegenüberliegenden Teil des Hauses, »der Alte hat seine Räumlichkeiten in der Mitte.«

»Wieso sind da zwei Treppen?«

»Eine diente ursprünglich dem Personal.«

Ich studiere die Umrisse. »Woher weißt du das alles?«

Er blickt doch tatsächlich zu Yakup, als müsste er um Erlaubnis bitten – als der nickt, sagt er: »Ich hab mit dem Gärtner geplaudert. Er schien mich zu mögen.«

»Das war, bevor er euch erwischt hat«, stellt Yakup klar und zeigt auf die hintere Treppe. »Wir nehmen die.«

»Was hoffst du zu finden?«

Er schnipst den Ball zu mir. »Vielleicht ein Tagebuch?«

»Sehr witzig.« Ich werfe zurück, er pflückt den Ball mühelos aus der Luft.

»Wie lange noch?«, fragt er.

Lee checkt die Zeit. »Judith will früh ins Bett, die Aufregung ist ihr nicht bekommen. Schätzungsweise in einer Stunde wird sie tief und fest schlafen.«

»Und das weißt du, weil ...?«

»Sie das sagte, als sie den Kakao brachte. Der Alte zieht sich um zehn zurück. Bevor du fragst, auch das sagte sie. Ihrer Meinung nach ist er deshalb so grummelig – ihre Worte, nicht meine –, weil er zu wenig schläft und bis spät in die Nacht mit Geistern spricht.«

Yakup gluckst. »O Mann – Opa ist verrückt.«

Ich muss kichern.

Lee sieht von der Karte auf, unsere Blicke treffen sich.

»Stopp«, ruft Yakup. »Flirten verboten!«

Mir klappt der Mund auf. »Wie bitte?«

»Geht dich nichts an.« Yakup stößt Lee unsanft an. »Ist 'ne Sache zwischen ihm und mir.«

»Ob er mit mir flirtet, ist eine Sache zwischen euch?«

Yakup hebt eine Braue. »Sag bloß, du willst flirten?«

Ich spüre ihre Blicke – und die Hitze im Gesicht. »Muss ich etwa um Erlaubnis bitten?«

»Du nicht«, sagt er frech. »Lee schon.«

»Weil du seine Nanny bist?«

Er lässt den Ball zu mir schnellen. »Exakt! Ich muss aufpassen, dass er sein Herz nicht verliert. Wie du weißt, war er noch nie verliebt – und Jenna, deine seltsam verschrobene Art kann ganz schön sexy sein.«

Diesmal stößt Lee ihm zwischen die Rippen.

»Okay«, ächzt Yakup. »Nicht sexy.«

»Zum Glück haben wir uns nicht geküsst«, sage ich leichthin. »Das wäre echt unangenehm.«

»Zum Glück«, platzt es zeitgleich aus ihnen heraus; sie sehen sich an und prusten los. »Verhext«, ruft Yakup.

Während sie miteinander rangeln, betrachte ich den Grundriss der Villa. Eines der eingezeichneten Zimmer gehörte meinem Vater – dem echten, den ich nie kennengelernt habe. Irgendwann werde ich die verpassten Möglichkeiten gewiss erkennen und den Schmerz darüber spüren, was hätte sein können. Doch hier und jetzt ist es nur ein Funke, ein winziger kleiner Punkt des Unbehagens, der in mir glimmt – und von dem ich weiß, dass er mich verschlingen würde, gäbe ich ihm den Raum. Will ich das? Kann ich es verhindern?

»Lee«, ruft Yakup und entlässt seinen Freund aus dem Schweigen. Ich erinnere mich, dass wir derlei Spiel als Kinder mochten. Mutter schenkte mir dafür einen Namen. Er steht in keinem Dokument, in keiner Urkunde. Doch wann immer sie mich vom Schweigen erlöste, rief sie mich *Jenna Blue*.

»Jenna!«
»Hm?«
»Willst du noch Kakao?« Yakup zeigt auf meinen Becher.
»Nein danke.«

Schulterzuckend steht er auf. »Du, ab unter die Dusche«, befiehlt er Lee. »Und zwar bevor ich gehe. Damit ich dich in Sicherheit weiß.« Er zwinkert mir zu. »Hopp, hopp, ehe Judith auf die Idee kommt, uns das Wasser abzustellen. Du stinkst nach Altöl – hast du an Autos rumgeschraubt?«

Ich lasse sie scherzen, beobachte beinahe schon versonnen, wie Yakup seinen ›unschuldigen Freund‹, wie er Lee nennt, ins angrenzende Badezimmer scheucht, ehe er das Tablett mit den Bechern belädt und sich grinsend entschuldigt.

Dann ist er fort und ich bin allein.

Die Dusche rauscht, die Sonne geht unter.

Wenn das Zimmer bis zum Morgengrauen aufgeräumt sein soll, haben sie noch einiges zu tun. Yakups Eigenart, sämtliche Handtücher und benutzte Kleidung zu Bergen aufzutürmen, spiegelt sich auch in der Art und Weise wider, wie er Koffer packt. Kein Wunder, dass sich der Reißverschluss sperrt. Falls keine gute Fee auftaucht (definitiv nicht ich) oder eine Schar tierischer Helfer, werden sie wohl oder übel scheitern. Die Dusche verstummt. Ich höre Lee fluchen, die Tür öffnet sich einen Spalt und Lees triefender Kopf taucht auf.

»Yakup ist ein Idiot!« Er kann sich das Lachen kaum verkneifen. »Faselt von Unschuld, schickt mich unter die Dusche und klaut meine Sachen.«

»War bestimmt ein Versehen.«

Seine Augen blitzen. »Das Fehlen der Handtücher auch?«

Ich sehe zum Berg, den Yakup beim Rausgehen um ein paar Zentimeter wachsen ließ. »Ist Schnaps im Kakao?«

Lee lacht. »Reich mir eins von denen, ja?«

»Die sind alle nass«, wende ich ein.

»Egal – Hauptsache irgendeines.«

Ich befühle die Tücher und wähle eines, das weniger klamm als die anderen ist. Lee streckt mir den Arm entgegen.

Ich zögere. Seine Braue wölbt sich.

»Jenna«, warnt er. »Nicht du auch noch.«

»Ich habe nur ein paar Fragen«, stelle ich klar. Vier Schritte trennen uns. Vier Schritte, die er mir entgegenkommen müsste, um sich das Handtuch zu schnappen. Zum Mount Everest sind es deutlich mehr. »Bist du bereit?«

»Kommt auf die Frage an.« Vielleicht liegt es am fortschreitenden Abend, doch seine Augen wirken dunkler als zuvor. »Willst du bloß gucken oder etwas fragen?«

Ich fixiere sein Gesicht und wiederhole die Frage, die er im Bootshaus stellte. »Warst du je verliebt?«

Seine Augen verengen sich. »Die Antwort kennst du.«

»Lass es mich anders formulieren: *Bist* du verliebt?«

Mein Herz setzt aus, als hätte es vergessen, wozu es dient, als würde es innehalten und auf seine Antwort lauschen. Er war nicht verliebt, als wir uns kennenlernten, doch vielleicht, ganz vielleicht ist er es jetzt.

»Ja«, sagt er – und mein Herz explodiert.

»In Scarlett?«, frage ich atemlos.

Seine Stirn schlägt Falten. »Deine Schwester?«

»Bist du es oder nicht?«

Tatum, tatum, schlägt es in meiner Brust.

»Falls es um den Kuss geht, der war bedeutungslos.«

»Und unserer?«, frage ich.

Tatum, tatum.

»War anders.«

»Anders?«

»Damit hat es begonnen.« *Tatum, tatum.* »Mit dem Kuss.«

Ich blinzele. »Warum hast du sie geküsst?«

»Genau deswegen.«

»Ich verstehe nicht.« Mein Herz ebenso wenig.

»Um es einzuordnen. Um dich einzuordnen. Ob es am Kuss, dem Abend, der Atmosphäre oder an dir lag, dass ich ...«

»Dass du ...?«

»Dass mein Herz zu schnell schlägt.«

»Deins auch?«, frage ich und er nickt.

Das ist es, was ich hören will. Oder?

»Ich habe auch eine Frage«, kontert er.

»Das ist nur fair.«

»Weißt du, was deine Schwester von mir verlangt hat?«

Selbst jetzt, da sie Hunderte von Kilometern entfernt ist, steht sie zwischen uns, ganz so, wie sie es prophezeit hat. Sie kreist nicht nur in meinen, sondern auch in seinen Gedanken. Sie macht uns den Sieg unerträglich.

»Du sollst mich vorbereiten«, flüstere ich.

»Weißt du auch worauf?«

Dieses Gespräch will ich nicht führen, während er nackt dasteht. Ich werfe ihm das Handtuch zu, er fängt es auf und schlingt es um die Hüfte. Trotzdem bleibt er, wo er ist.

Vier Schritte, die sich abgrundtief auftun.

»Erklär es mir, Jenna. Denn ich habe wahrlich keine Lust, in euer seltsames Spiel hineingezogen zu werden. Willst du, dass ich mit dir schlafe? Sie will es offensichtlich. Hast du darum gebeten? Oder ist das irgendeine Art verquerer Wettkampf zwischen euch, den ich nicht verstehe?«

Ich blinzele. »Das sind zu viele Fragen.«

»Dann nimm die erste.«

Ob ich will, dass er mit mir schläft? Himmel.

»Die davor«, sagt er, »wobei dein entsetzter Gesichtsausdruck beide hinreichend beantwortet. Du weißt, worum sie bat – und du möchtest nicht mit mir schlafen.«

Aus irgendeinem Grund freut ihn das.

»Wie kannst du lachen, wo du doch gerade zugegeben hast, in mich verliebt zu sein?«

»Habe ich das?« Er wirkt ehrlich interessiert.

»Wenn es nicht Scarlett ist ...«

»Dann?«

»Dann ich – oder?«

Er neigt den Kopf. »Seltsam, dass es in deiner Welt nur die Wahl zwischen dir und deiner Schwester gibt.«

Er ahnt ja nicht, wie gut es tut, dass er sie ›meine Schwester‹ und nicht Scarlett nennt. Für gewöhnlich bin ich ›die Schwester‹ und sie verfügt über das Hoheitsrecht des Namens.

»Vielleicht bin ich ja in Jake verliebt«, sagt er.

»Ähm. Nein?«

»Ähm. Doch?«

Ich komme aus dem Blinzeln gar nicht mehr raus. »Aber ... ihr seid Freunde!«

Lee lacht leise. »Sind wir.«

»Und du bist ...?« Ich kann es nicht aussprechen.

»Bin ich nicht.« Er lächelt sanft. »Aber Maria gefällt mir.« Da werfe ich eines der Shirts. Lee wehrt es spielerisch ab, seine Augen glühen. »Willst du mich, Jenna?« Er fragt es leise, ein Versprechen liegt darin, das keiner weiteren Worte bedarf. Ich fliege ihm entgegen und er fängt mich auf.

»Endlich«, ruft Yakup von der Tür. »Fünfzehn Minuten – länger hätte ich auch nicht ausgehalten. Lee – scheiße! Bist du nackt? Zieh dich sofort an!«

Ich ducke mich unter Lees Arm hindurch ins Bad, stoße ihn hinaus und schließe die Tür. Sollen sie das unter sich klären. Ich höre sie poltern und lachen und irgendwann zur Ruhe kommen. Doch in meiner Brust schlägt es laut und kräftig – und ich weiß, dass es ihm genauso geht.

Tatum, tatum, in meiner Brust.

Tatum, tatum, in seiner.

Springer auf G5.

Still liegt das Haus, still liegt der Flur.

Was ist es nur, das all diesen alten Gemäuern zu eigen ist, dass sie lebendig und behäbig wie schlafende Riesen wirken? Ist es ein Echo all des Lebens, das sie hervorbrachten, bewahrten und bargen? Ein Abglanz dessen, was in ihnen geschah? Es sind die Spuren des Guten und Schlechten; sicher verwahrt hinter Glas und Stein, Dielen und Tapeten, unter Betten und Kissen. Wir suchen sie, die Zeugnisse dieser längst vergangenen Zeit.

Ob sie erhalten blieben?

Der Läufer dämpft unsere Schritte. Barfuß tasten wir uns voran, bemüht, weder das Haus noch seinen Besitzer in ihrer Nachtruhe zu stören. Sie sollen tief schlummern, sie sollen süß träumen, damit auch er es wieder kann.

Yakup streift voraus, die Haltung tigergleich, die Ohren gespitzt. Er lauscht in die Stille hinein; hört er das Gemäuer wispern? Es ist alles da. Unter der Oberfläche.

Die Treppe flüstert, der Wind antwortet; es kommt mir vor, als würde ich dem Gespräch zweier Liebenden lauschen. Lee tastet nach meiner Hand, seine Finger verflechten sich mit meinen. Ob er dieselbe Wehmut spürt? Erst jetzt, da wir hintereinander durch das Dunkel der Villa schleichen, begreife ich, dass, ganz gleich, was wir füreinander empfinden, ganz gleich, wer wir sein könnten, unsere Zeit letztendlich begrenzt ist. Er wird gehen und ich bleiben. Weil er nur ein Gast in diesem Haus und meinem Leben ist.

Er lotst mich zur Galerie, während Yakup in die entgegengesetzte Richtung weicht. Ich will ihn darauf hinweisen, dass er sich erneut verirrt, als ich das Fenster erblicke. Kreisrund und weit sammelt es das spärliche Mondlicht; blass fällt es hindurch, sickert vielmehr. Wie herrlich muss es erst sein, wenn der Mond in seiner ganzen Pracht am Himmel steht! Lee streckt eine Hand aus und fängt die silbernen Fäden. Ich finde seinen Blick auf mir ruhen und ein Lächeln auf seinen Zügen. Wir sind wie der Wind und die Treppe. Ein Liebespaar, das auf seine ganz eigene Weise miteinander spricht, das einander berührt und verliert.

Musst du gehen?, will ich fragen.

Ja, sagen die Wolken und schieben sich vor die Sichel. Das Tröpfeln des Lichts verebbt, wir finden zueinander, tauschen im Schutz der Nacht einen Kuss, in diesem Haus, in dem sich auch einst meine Eltern liebten. Ich spüre deutlich, dass auch sie unter diesem Fenster im Licht des Mondes zueinanderfanden. Es ist Schicksal.

Jemand hustet, ein entferntes Licht entflammt.

Rasch ziehe ich Lee mit mir in den Gang und durch eine Tür. Sie lässt uns geräuschlos ein und schließt ebenso still – ich weiß in dem Moment, da ich mich umdrehe, dass es Vaters Zimmer ist. Tausende von fluoreszierenden Pünktchen glimmen über uns, das Band der Milchstraße, Orion und Kassiopeia, Herkules und der Skorpion; sie sind alle da.

Über uns. An der Decke.

»Unfassbar«, flüstert Lee neben mir.

Sein Handy leuchtet auf, in seinem Angesicht verblassen die Sterne und mein Staunen wandelt sich in Skepsis. Wie kann es sein, dass ich ein Spiegelbild dieses Zimmers schuf, ohne es jemals betreten zu haben? Hat Mutter mir davon erzählt? Hat sie neben mir gelegen, zur Decke emporgezeigt und mir die Geschichten der Sterne eingeprägt? Mit Worten und Bildern, mit der Macht ihrer Stimme und dem Zauber der Imagination. Habe ich Jahre später, einem Zauberspruch gleich, ihre Worte Wirklichkeit werden lassen? Punkt für Punkt, den sie in mir gesät hat.

»Hier«, sagt Lee und reicht mir eine Taschenlampe. Ihr suchender Kegel gesellt sich zu dem des Handys. Sie tasten über die Wände und Regale – Vater hat gern gelesen; Bücher, die auch in meinem Zimmer stehen. Dürrenmatt und Schlick, Austen und Kafka. Ich wage nicht, sie zu berühren, streife sie bloß mit den Blicken – bis ich eines finde, in dem ein Lesezeichen steckt. Da überkommt es mich, wie es mich im Gewächshaus überkam. Ich ziehe das Buch hervor und schlage es auf. Es ist ein Brief, der als Markierung zwischen den Seiten steckt. Veilchenblaue Schrift auf froschgrünem Papier.

Ein Brief meiner Mutter.

Mit fliegenden Fingern öffne ich das Kuvert und falte die Bögen auseinander. Sie sind hauchdünn, das Knistern lockt Lee an. Er liest über meine Schulter mit.

Jakob,

wenn ich dir sage, dass ich gehe, wirst du mich dafür hassen. Doch ein Leben an diesem Ort und unter diesen Menschen ist für mich unvorstellbar. Wie könnte ich da bleiben? Es ist nicht nur dein Vater, es bin auch ich, die zweifelt. Bis ich dich traf, wusste ich die Freiheit meines Lebens nicht zu schätzen, doch jetzt, da ich mich für oder gegen sie entscheiden muss, verstehe ich ihren Wert.

Wie kann ich wählen zwischen dem, was ich zum Atmen brauche, was mich formte und ausmacht – und dir? Versteh doch, du bist niemals die zweite Wahl – warst und wirst es nie sein. Doch bliebe ich bei dir, ginge ich ein wie eine Pflanze ohne Licht. Ich weiß es – und du weißt es. Was können wir da tun, außer die falsche Wahl zu treffen? Gibt es überhaupt eine?

Verzeih mein Zweifeln,
Mihaela

»Woher kommt deine Mutter?«, fragt Lee.

»Ich habe keine Ahnung.« Ich weiß es wirklich nicht.

Die Rückseite des Kuverts gibt ebenso wenig Aufschluss darüber wie das Regal. Keine weiteren Briefe, zwischen keinem der Bücher. Seltsam, wie rasch sich der Fokus verlagern kann. Wollte ich eben noch dieses Zimmer in seiner Ganzheit aufnehmen, es spüren und verinnerlichen, so kann ich jetzt nicht schnell genug den Lichtkegel kreisen lassen. Noch ein Brief, nur noch ein weiterer, gefüllt mit den Worten meiner Mutter. Ich will mehr von ihr wissen. Will verstehen, wer sie ist und woher sie kam, wie sie meinen Vater traf und weshalb sie ihn verließ. Falls er ihr nicht zuvorkam, indem er starb. Wusste er von mir? Steht in den Briefen vielleicht die Antwort auf die Frage, die ich mir seit zehn Jahren stelle?

»Wo bist du?«, flüstere ich.

Wenn ich weiß, wohin sie verschwand, kann ich ihr alle weiteren Fragen persönlich stellen. Ich kann sie anschreien, ihr Vorwürfe machen und sie hassen. Vielleicht kann ich sie sogar verstehen. Doch zuerst muss ich sie finden.

Leise ziehen Lee und ich die Schubladen des Schreibtisches auf. Comichefte, alte Schulbücher, Stifte und Papier, aber keine Briefe. Lee ist spürbar unbehaglich zumute. Es sind die letzten Zeugnisse einer Existenz – die Überbleibsel eines Lebens, das zu früh geendet hat. Wie kann ich um diesen Mann trauern, den ich niemals traf und von dem ich nicht mehr weiß als seinen Namen – und dass meine Mutter ihn liebte. Wohingegen sie die ersten Jahre meines Lebens war. Ist es falsch, mehr um einen Lebenden zu trauern als um einen Verstorbenen? Ist es verwerflich?

»Hier«, sagt Lee und zeigt auf eine Pinnwand. Uralte Kinokarten hängen neben einer Fotografie. Lee löst die Stecknadel und reicht mir das Bild. Ich erkenne Mutter sofort. Sie steht neben einem jungen Mann, von dem ich annehme, dass es Jakob ist. Im Hintergrund ist eine Bude zu sehen, die Wände berstend vor Kuscheltieren und den Überresten zerplatzter Ballons. Jakob hat einen Arm um Mutter gelegt, sie strahlen in die Kamera, offensichtlich hat er etwas für sie gewonnen. Ein Tier. Einen Hasen.

Scarletts Hasen.

»Sieh hier«, sagt Lee und reicht mir einen Notizzettel.

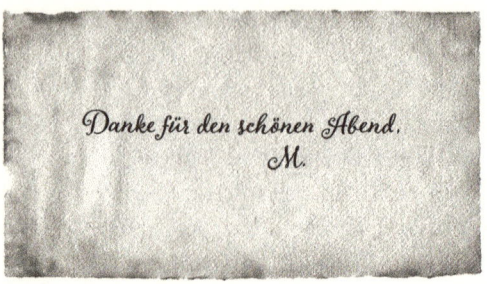

Danke für den schönen Abend.
M.

Trotz der Kürze hat er den Zettel zur Fotografie an die Wand gepinnt. Sie waren so wertvoll für ihn, wie sie es jetzt für mich sind. Sorgsam stecke ich sie in das Kuvert und anschließend in meine Hosentasche. Auch wenn der Alte sofort wissen wird, dass etwas fehlt, kann ich es nicht hierlassen. Er hatte beinahe zwei Jahrzehnte alles für sich selbst. Jetzt muss er es teilen, ob er will oder nicht. Er ist nicht allein mit seinem Verlust.

Lee bückt sich, um unter den Schreibtisch zu leuchten, dabei blitzt etwas auf – nicht hier, sondern unter dem Bett.

Veilchenblau – Mutters Lieblingsfarbe.

»Es ist eine Kiste«, ächzt Lee, kaum dass er unter der Matratze hervorkriecht und sie mir reicht. Es ist mehr ein Karton, aber so groß, dass Briefumschläge hineinpassen. Dutzende, wie ich auf einen Blick erkenne. Gerade will ich den ersten öffnen, da poltert es, gefolgt von einem ohrenbetäubenden Krachen und Scheppern. Scherben knirschen, im Flur entflammt Licht, es schimmert als schmale goldene Linie durch den Türschlitz. Jemand hastet vorbei. Kurz darauf hören wir ihn brüllen; erst den Alten, dann Yakup.

Lee flucht. »Man darf ihn keine Sekunde allein lassen.«

Es rumpelt, die Stimmen nähern sich, die Tür fliegt auf und Großvater steht im Rahmen, das Gesicht kreideweiß.

»Ihr«, schnappt er. »Raus! Und zwar sofort.«

Auf dem Bett steht die Kiste. Mutters Briefe.

»Denk nicht mal dran«, keucht Großvater.

»Ich will sie nur lesen«, bitte ich, doch er hat kein Ohr dafür. Er zittert vor Zorn, als er mit seinem Stock aufstampft und zum Flur weist. Sein Schlafanzug sitzt schief, seine Brust hebt und senkt sich rasselnd. Wirkte er tagsüber steif und knöchern, so erkenne ich jetzt, dass er vor allem schwach ist. Schwach und verletzlich und unheimlich zerbrechlich. Wenn wir es drauf anlegten, hätte er keine Chance.

»Wir gehen«, entscheide ich.

»Die Kiste?«, fragt Lee, doch ich verneine. Ich kann nicht zurückblicken; täte ich es, würde ich ohne Rücksicht auf Verluste die Briefe an mich reißen.

»Wir gehen«, wiederhole ich und ziehe ihn an Großvater vorbei in den Flur. Sein pfeifender Atem folgt uns die Stufen hinab, obwohl er hoch oben an der Galerie stehen bleibt. Er stützt sich schwer ab, sein Rücken ist krumm.

Können wir ihn so zurücklassen?, frage ich stumm.

»Keine Sorge«, sagt Lee und schiebt mich hinaus. Auf der Veranda steht Yakup, die Hände hinterm Kopf verschränkt, die Augen geschlossen; er steht im Zwiespalt mit sich selbst.

»Wartet kurz«, sagt Lee und verschwindet im Garten.

Meine Hand tastet nach dem Umschlag in meiner Hosentasche, er ist da, sein Inhalt noch wertvoller als zuletzt. Ob Yakup ebenfalls etwas gefunden hat?

Zwei Gestalten schälen sich aus dem Dunkel. Lee, gefolgt vom Gärtner, der uns undankbare und unsensible, schreckliche Kinder nennt, ehe die Tür hinter ihm zuschnappt. Ich höre noch, wie er die Stufen hinaufpoltert.

»Danke«, flüstere ich.

Was bleibt noch von uns,
wenn wir eines Tages gehen?

Papa hat mich nicht vermisst, obwohl es bereits auf Mitternacht zugeht. Die Tür zu seinem Büro ist fest verschlossen. Er schläft dort, seit Mutter uns verließ. Das gemeinsame Schlafzimmer hat er nie mehr betreten. Niemand von uns hat das. Auch wir leben mit einem Geist zusammen.

Ich lege einen Finger auf die Lippen, als Yakup auf eine vorlaute Stufe tritt; er zuckt hilflos mit den Schultern, Lee überspringt sie. Als ich die Tür behutsam schließe und die Sterne im Licht der Schreibtischlampe verblassen, atmet Yakup spürbar auf. Er steht am Fenster und blickt hinaus – hinüber zur hell erleuchteten Villa. Mit Kritik an Großvater hält er sich erstaunlich zurück, vielleicht ist auch ihm aufgefallen, wie schwach er wirkte.

Er will nicht darüber reden.

Nicht heute. Nicht jetzt. Nicht nach diesem Ende.

»Okay«, sagt Lee und setzt sich aufs Bett. Ich lösche das Licht und geselle mich zu ihm. Yakup folgt schweigend. So sitzen wir da, zu dritt an der Wand, die Decke über uns leuchtend, die Gedanken zu laut und zu schwer, während das Licht der Villa die Nacht aufweicht. Irgendwann erlischt es. Mein Kopf sinkt auf Lees Schulter. Er hält meine Hand. Yakup sitzt auf der anderen Seite, auch sein Kopf hat zu Lee gefunden.

Was für ein Glück, dass sie einander haben.

Ich denke an Maria und daran, dass ich ihr unrecht getan habe, an das Meer und den Sturz und die Spuren auf meinen Händen. An Scarlett und Anna, die weit fort sind, an Mutter und Jakob und ihre heimlichen Briefe, an den Alten und den Gärtner ... und an Papa. Besonders an ihn denke ich.

Wusste er von mir, als er sie geheiratet hat?

Kennt er die Wahrheit?

Sachte löse ich meine Finger aus Lees Hand. Er greift reflexartig nach. »Wohin willst du?«

»Ein Glas Wasser trinken.«

Er hält mich fest; spürt er die Lüge? Weiß er, dass ich anderes im Sinn habe? Dass ich nicht schlafen kann?

»Geh schon«, sagt er.

Ich beuge mich vor und küsse ihn.

Wie einfach mein Leben sein könnte, wenn es keine größere Sorge als seine Abfahrt gäbe und es sich nur um ihn drehen würde, um ihn, der so still und klammheimlich meine Zuneigung errungen hat. Ohne Witz und Aufschneiderei. Nicht einmal mit vielen Worten. Müsste ich erklären, warum ich ihn mag, so wären es die kleinen Dinge, sein Gespür für Zwischentöne und Ungesagtes, seine Empathie und Aufmerksamkeit; aber auch dass er mich sah, als mich niemand sonst wahrnahm. Vielleicht ist es deswegen. Weil er der Erste ist, der mich erkannt hat.

»Geh trinken«, brummt Yakup.

Lee lächelt, Yakup dreht demonstrativ den Kopf weg.

»Und hört auf, mir ins Ohr zu schmatzen.«

Das Haus kennt meinen Weg. Es kommt mir gar vor, als hätte es die letzten zehn Jahre darauf gewartet, dass ich diesen Schritt wage. Es muss weit nach Mitternacht sein, trotzdem glimmt schwacher Lichtschein unter Papas Tür. Ich klopfe sacht, vernehme ein Husten und trete ein. Er sitzt in seinem Sessel, das Bett ist zerwühlt. Vielleicht hörte er die Stufe; ich trete nie auf sie. Vielleicht ist er aufmerksamer, als ich ihm unterstelle.

»Jenna«, sagt er und weist mit müden Augen auf den Armlehnstuhl ihm gegenüber. So oft saß ich schon dort und flehte, er möge mit mir hinausgehen, etwas bauen oder unternehmen, irgendwas … Es fühlt sich noch genauso an, dort zu sitzen. Das Polster ist steif und unnachgiebig, die Lehnen glatt poliert. Mich überkommt dieselbe Nervosität.

Papa beobachtet mich, wie ich unbehaglich zurückrutsche und die Beine anziehe, er spricht weder die späte Stunde noch den Besuch an. Er weiß von Lee und Yakup. Er trägt den Blick eines Mannes, der erkannt hat, dass ihm seine Tochter entwachsen ist.

»Ich war drüben«, durchbreche ich die Stille mit dünner Stimme. »In der Villa – und seinem Zimmer.«

Etwas in Papas Gesicht bricht. Vielleicht hat er bis zuletzt gehofft, es käme nie heraus. »Du weißt es also.«

»Du auch«, stelle ich fest.
Er nickt bedächtig und unendlich erschöpft.
»Warum hast du geschwiegen?«, frage ich.
»Es gab nichts zu sagen.«
Ich bemerke die Tränen erst, als sie schon fließen.
»Weine nicht, Jenna.«
»Du hast mich belogen!«
»Die Wahrheit war bedeutungslos.«
»Nicht für mich!«
Er sieht mich lange an. »Was weißt du über ihn?«
»Über meinen Vater? Meinen echten Vater?« Ich will meinen Zorn an ihm auslassen, ihn anschreien und hassen; doch die Furcht, dass er sich verschließen und mich vollends verlassen könnte, überwiegt. Also bezwinge ich die Flamme in meinem Innern, ersticke sie, bis nichts als ihr hungriges Glühen verbleibt. Allein die Tränen sind stur, als wäre jetzt, da die Dämme brachen, kein Widerstand stark genug.
»Ja«, sagt Papa. »Dein … echter Vater.«
Da erkenne ich, dass er, obwohl er nicht weint, genauso leidet. Wie seltsam, dass er weder meine Hand ergreift noch Trost spendet. Als hätte er es verlernt.
»Ich weiß, dass er starb, ehe ich geboren wurde. Und seinen Namen. Jakob. Er hieß Jakob.«
Papas Augen glänzen. »Er war mein Freund.«
Wahrhaftig, wieso kam ich nicht selbst darauf? Dieser Hof ist Vaters Geburtshaus, er ist hier aufgewachsen und Jakob nebenan. Sie müssen im selben Alter gewesen sein. Freunde. Wie seltsam das Leben doch spielt. Der eine starb, der andere ist mehr tot denn lebendig. Ob sie einander ähnelten?
»Ich wünschte, er wäre noch da.«
Ich weiß nicht, was ich darauf erwidern soll. Ich will ihm tausend Fragen stellen, scheitere jedoch an der ersten. Es fühlt sich an, als hätte ich ein Bonbon verschluckt.
»Du bist ihm ähnlich«, fährt Papa fort, ohne meine Not zu erkennen. »Überraschenderweise auch mir. Ich bezweifle, dass es ihm gefallen würde. Wobei niemand so recht wusste, was er dachte. In der Hinsicht gleichst du ihm erstaunlich, Jenna. Auch du hütest deine

Gedanken so sorgsam, so akribisch wie er. Schau nicht so verletzt. Was soll ich denn sagen? Dass ich es bedauere? Das tue ich, doch davon wird weder er lebendig noch kehrt sie zurück.«

»Wo ist sie?«, zwinge ich die einzige, die wichtigste Frage hervor. »Wo ist sie hin?«

»Ich weiß es nicht.«

»Irgendwas muss sie gesagt haben!«

Er verneint. »Wenn es eine Spur gegeben hätte ... aber es gab keine. Sie ist weg und ich weiß nicht wohin.«

»Kein Mensch verschwindet einfach!«

Was nur hat ihn so werden lassen? So mutlos und kraftlos und schrecklich einsam? Was hat ihn gebrochen?

»Sie schrieb mir einen Abschiedsbrief.«

Ich horche auf. »Wann?«

»Am Tag, als sie ging. Du erinnerst dich wahrscheinlich nicht. Es war im Frühjahr, wir beide waren in der Stadt, ein Fass kaufen. Säckeweise Erde, Thymian, Minze – alles war da. Nur sie nicht. Du hast es nicht sofort bemerkt. Ihr habt gespielt. Scarlett und du. Anna zeigte mir den Brief. Er lag in der Küche. Es war ihr Papier.«

Das Kuvert drückt in der Tasche. »Was hat sie geschrieben?«

»Vieles. Nichts. Furchtbares.«

»Hast du ihn noch?«

»Nur eine Seite.«

»Wo ist der Rest?«

»Verbrannt«, gesteht er. »Ich dachte, ich könnte ihre Worte vergessen. Aber es ging nicht.«

»Sagte sie, wohin sie wollte?«

»Kein Wort.«

»Aber –«

»Du musst verstehen, dass deine Mutter eine eigenwillige Frau war. Als sie entschied, mich zu heiraten, stimmte ich zu, weil ich dachte, es wäre das Beste für alle. Anna bekäme eine Familie und ihr ein Zuhause.«

»Du wusstest von mir?«

Er nickt erschöpft. »Ja, Jenna.«

Ich weiß nicht, ob ich erleichtert bin. Mein Körper ist überfordert von all den Empfindungen, mein Geist ebenso. Ich sitze ihm gegenüber, diesem Mann, der mein Vater ist – und irgendwie auch nicht. Ändert es etwas? Sein Blick sagt Nein. Doch mein Herz ist ungewiss. Hat er mich nur aufgegeben, weil ich nicht von seinem Blut bin? Wäre er für mich da gewesen, so wie Anna es stets für Scarlett war?

»Weiß sie es?«, frage ich da. »Weiß Anna, dass ich nicht ihre Schwester bin?«

Plötzlich bin ich sicher, dass es so sein muss. Die zwei echten Schwestern und das Kuckuckskind – das bin ich; das faule Ei, das sich in einer Familie eingenistet hat, in die es nicht gehört. Erneut rutscht ein Teil des Puzzles an seinen Platz. Kein Wunder, dass ich mich stets nicht zugehörig fühlte, alles war verkehrt herum.

Seltsamerweise ist es befreiend, die Zusammenhänge zu erkennen. Ich schaffe es sogar zu lächeln, obwohl die Tränen fließen. Welch seltsamen Anblick ich bieten muss, die Augen feucht, die Lippen gespannt. Genauso habe ich Mutter in Erinnerung; das eine Auge lachend, das andere weinend.

»Warum habt ihr geschwiegen?« Ich greife nach seiner Hand. Sie ist schlaff wie die eines uralten Menschen. Dabei ist er keine fünfzig. Nur müde ist er.

»Es war zu deinem Schutz.«

»Jakob war tot, sein Großvater stur. Es gab nur dich und Mutter, ich verstehe es.« Das tue ich wirklich.

»Deine Mutter war besonders«, sagt Papa, gedanklich in einer Zeit, da es weder mich noch Scarlett noch all die Lügen gab. »Als sie unser Dorf betrat, gab es kein Männerherz, das sie nicht berührte. Neben ihr kamen sich selbst die Ältesten wie junge Hüpfer vor. Ich verliebte mich sofort in sie.« Er stockt; ob er an seine erste Frau denkt, die kurz zuvor starb? »Auch Jakob verfiel deiner Mutter. Es war Liebe auf den ersten Blick – bei beiden. Sie verbrachten den Sommer zusammen. Als sie weiterzog, schrieben sie einander täglich Briefe.«

»Sie zog weiter?«

»Der Jahrmarkt tat es und sie mit ihm.«

»Sie arbeitete auf einem Jahrmarkt?«

Diesmal lächelt er, es gilt nicht mir, sondern der Frau, die er damals traf. »Sie betreute einen Stand, an dem auf Luftballons geworfen wurde – du hättest sie sehen sollen! Ich weiß nicht, wie sie zu den Schaustellern kam, ob sie dort aufwuchs oder später dazustieß. Ihre Familie hat sie nie erwähnt. Aber das war ihr Leben, ihre Leidenschaft. Sie liebte den Trubel, die Abwechslung, die Freiheiten. Ich glaube, genau dafür liebte auch ich sie.«

Ich habe Probleme, die Mihaela aus meinen Erinnerungen mit der aus Papas in Einklang zu bringen – oder mit den Erzählungen von Alice' Mutter. Wie passt das Bild der einsamen, zurückgezogenen Frau mit der vor Leben sprühenden auf dem Jahrmarkt überein?

Gar nicht, denke ich und weiß zugleich, dass wir mehr sind als die Facette, die wir zeigen, mehr als der Abschnitt eines Lebens. Wir wandeln uns fortwährend, jeden Tag, jeden Moment. Jedes Gespräch lässt uns verändert zurück. Auch ich werde nach heute nicht mehr die Jenna von gestern oder letzter Woche sein – und nie wieder die von vor zehn Jahren. Manchmal reichen wenige Minuten, um etwas in uns anzustoßen. Ein Kuss, ein Blick, ein kluges Wort. Ich denke an Lee und Yakup, die oben in meinem Zimmer aneinandergelehnt sitzen und nach einer Wahrheit suchen, wie ich sie nie erlangen werde. Mutter ist fort und keiner weiß wohin. Auch Yakup versucht das Puzzle seines Lebens zusammenzusetzen, die Lüge zu durchschauen, die über ihm schwebt. Wenigstens ihm soll es gelingen.

»Kanntest du Jakobs Bruder?«

Papa nickt.

»Weißt du, wieso er das Dorf verließ?«

»Was interessiert es dich?«

Ich erzähle ihm von Yakup, unserem Einbruch und seiner Suche. Ich lasse nicht aus, dass mir Lee gefällt – sogar vom Kuss berichte ich. Papa hört aufmerksam zu, er lächelt sogar. Ich hätte viel früher zu ihm kommen sollen. Selbst wenn er nicht am Leben teilnehmen will, so ist er Teil des meinen.

Papa nickt versonnen. »Kein Wunder, dass mir der Junge so bekannt vorkam. Er ist Esaus Sohn. Er hat sein Lächeln. Wie alt ist er? Siebzehn, achtzehn?«

»In etwa.« Ich rechne nach. »Fällt das Verschwinden seines Vaters in die Zeit, da meiner starb?«

Papa befreit sich aus meinem Griff. Es kommt mir vor, als bräuchte er Abstand zum Erzählen. Er berichtet von Jakob und Esau, den Brüdern, die einander das Wichtigste waren. Von den Frauen, in die sie sich verliebten. Von Esau und seiner Entscheidung zu gehen. Und von Jakob, der zurückblieb, um den übermächtigen Vater milde zu stimmen. Papa erzählt mir alles, wie es ihm in Erinnerung geblieben ist.

»Danke«, sage ich, als er geendet hat.

Ich kenne nun die Antwort, die Yakup sucht.

Doch sie wird ihm nicht gefallen.

MUTTERS SPUREN

Kurz bevor das Schwarz zu Grau zerfließt, Äste und Sträucher aus dem Dunkel erwachen und die Vögel den Morgen verkünden, erstarkt die Sehnsucht nach Mutter. Ich vermisse den Geruch ihres Haares, das sich im Schlaf um meine Arme wickelt, das leichte Wispern ihres Atems, das Heben ihres Brustkorbes. Ihre Wärme.

Sie schlief oft bei mir. In zahllosen Nächten.

Ich weiß nicht, wo Scarlett in all der Zeit war. Bei Anna, nehme ich an. Vielleicht fiel mir erst auf, dass sie mich ausschlossen, als ich selbst allein war. Hat Mutter sie anders behandelt als mich? Hat sie ihnen des Nachts die Stirn geküsst? Sich an sie geschmiegt und von vergangenen Zeiten geflüstert? War sie nur meine Vertraute?

Ich sitze auf der Mauer, Scarletts Tagebuch in den Händen, und blicke über die Weiden, die sich aus dem Dunkel schälen. Erst grau, dann blass, dann dampft der Nebel aus den Gräben. Ein Schleier, den das Tageslicht hebt.

War sie nur bei mir?

Meine Füße sind nackt, sie baumeln über den Brombeeren, während ich diese Zeilen schreibe. Die Leiter steht noch da, wo ich sie zurückließ, sie lockte mich diesen Morgen, rief nach mir, als wüsste sie, dass ich dieses Augenblickes und Anblickes bedurfte. Vielleicht werde ich Scarletts Buch vollends verbrauchen, ehe sie zurückkehrt. Wahrscheinlich wird es ihr nicht einmal auffallen. Anna wird ein neues kaufen, weil sie alles tut, um Streit zu vermeiden, und ich werde fortan zwei besitzen, die meine Geschichte erzählen.

Zwei Bücher und zwei Briefe.

Vater gab mir den kläglichen Rest von Mutters Abschiedsbrief. Es ist nur ein halbes Blatt, die Ränder verkohlt, die Farbe aschgrün. Es ist ihr Papier, ihr Duft. Ich wagte noch nicht, ihn zu lesen. Vater sagte, es stünde nichts darin, was mir helfen würde zu verstehen. Er sagte es mehrfach. Sie ist fort und niemand weiß wohin.

Vielleicht muss ich es akzeptieren; vielleicht ist es an der Zeit, sie wahrhaftig aufzugeben. Mich zu verabschieden und sie ziehen zu lassen. Ich bin Jenna, Halbwaise und an der Schwelle zum Erwachsensein. Ich bin albern und einsam, ich bin mutig und feige. Ich liebe die Sterne, wie es mein leiblicher Vater tat, und die Arbeit mit den bloßen Händen, wie es mich mein zweiter lehrte. Ich bin nachdenklich und melancholisch, wie Mutter es war. Ich bin das Beste und Schlechteste dieser drei Menschen. Ich bin ihr Erbe.

Ich bin Jenna Blue.

Und dies ist meine Geschichte.

»Hier bist du.«

Yakup und Lee erklimmen die Leiter. Sie sehen zerknautscht aus, beinahe hundewelpenartig. Wenn das der berühmt-berüchtigte Out-of-bed-Style ist, so gefällt er mir ausgesprochen gut. Besonders die zerzausten Haare. Ich beschließe, diesen Anblick tief in mir zu speichern, ihn so fest einzuprägen, dass er auf immer erhalten bleibt. Als ich das ausspreche, zückt Yakup sein Handy und knipst ein Foto.

»Für dich.« Er zeigt es mir.

Wir drei und im Hintergrund die Villa.

»Deine Nummer?«

Scarlett gegenüber zuzugeben, dass ich kein Handy habe, fühlt sich anders an, als es vor Lee und Yakup auszusprechen. Es kommt mir wie ein Makel vor.

»Du hast keins?«, fragt Yakup ungläubig; er erkennt es allein am Ausdruck. »Scheiße, Lee. Wie bitter für dich.«

Lee sitzt hinter mir, hat die Arme um mich geschlungen und das Kinn auf meine Schulter gestützt. Seine Stirn ist umwölkt. Wie ich diesen Anblick vermissen werde. Ich schmiege mich an ihn. Wie gern wäre ich mit ihm allein, nur einen Augenblick, der uns gehört, ehe die Geschichte ihren Lauf nimmt. Der Drang, Yakup von der Mauer zu stoßen, wird übermächtig. Die Vorstellung, wie er in die Brombeeren kippt, lässt mich kichern und schließlich schallend lachen.

»Ganz der Opa«, sagt Yakup. »Komplett verrückt.«

Und dann lachen wir alle. Es tut gut und befreit. Lee zieht mich an sich, es fühlt sich ganz natürlich an, ihm so nah zu sein. *Das ist die Jugend*, denke ich. Niemals sonst verschenkt sich das Herz so rasch, niemals sonst empfindet man so tief und offen und überhaupt. Wobei – ich weiß es nicht. Vielleicht vergeht es nie. Doch ich fürchte, dass es so ist. Dass das der Grund dafür ist, wieso Mihaela sich veränderte und Papa es tat – sogar Großvater. Vielleicht müssen wir in jungen Jahren so viel lieben und lachen, dass es für später reicht und wir davon zehren können. Vielleicht sind Erinnerungen eines Tages alles, was uns bleibt. An Lees Arm und die Sonne, die dem Horizont entsteigt, an die Nebelschleier, die Kühle der Luft, das Zwitschern der Vögel und den Duft des feuchten Grases.

»Was sagt dein Papa?«, fragt Lee.

Ich sehe zu Yakup und er zu mir. Es gibt keinen Moment, der für die Wahrheit besser oder schlechter geeignet wäre; allein die Tatsache, dass er es erfährt, ist von Belang.

Ich erzähle ihm von Esau und Jakob, so wie Vater es tat. Von ihrer innigen Bindung, ihrem Glück, als sie sich zeitgleich verliebten, und ihrem Unglück, das darauf folgte. Von Großvater, der seinen Söhnen drohte, sie zu enterben, sollten sie ihre Beziehungen nicht beenden.

»Ein Tyrann«, sagt Yakup, »wie er im Buche steht.«

Ich will Großvater nicht verteidigen, also schweige ich dazu. Stattdessen erzähle ich von Jakobs Versuch, eine friedliche Einigung zu erwirken. Nicht wegen des Erbes, sondern wegen uns – den Enkeln.

»Großvater wusste von uns?«

Ich nicke. »Er erfuhr es an diesem Abend.«

»Lass mich raten. Es war ihm scheißegal.«

»Ich weiß es nicht«, gebe ich ehrlich zu. Vater wusste nicht, was bei dem Treffen geschah, bloß dass ein Wort das andere ergab. »Es kam zu einem Streit. Ein Fenster ging zu Bruch – es war eine Menge Alkohol im Spiel. Irgendwann warf Großvater sie raus.«

»Obwohl er von uns wusste?«

Ich zucke mit den Schultern. »So war es wohl.«

»Also wollte er uns von Anfang an nicht.«

Mein Zögern macht ihn hellhörig.

»Ist da noch mehr?«

»Sie kehrten bei meinem Vater ein. Sie waren betrunken und zornig und brauchten jemanden, bei dem sie ihren Frust lassen konnten.« Ich habe die Szene praktisch vor Augen. Wie sie zu dritt in der Küche sitzen, unter derselben Lampe, unter der auch wir später sitzen würden: Anna, Scarlett und ich. Wie sie Kaffee trinken und fluchen und ihren alten Herrn zum Teufel wünschen. Wie Anna von ihren Stimmen erwacht und schlaftrunken in der Tür steht. Ich erzähle ihnen alles. »Papa brachte sie zurück ins Bett. Als er wiederkam, saß Esau bereits im Auto. Er wollte zu seiner Frau. Kein Zureden konnte ihn bremsen.«

»Stopp«, unterbricht mich Yakup. »Will ich wissen, was danach passierte?«

»Nein«, gestehe ich.

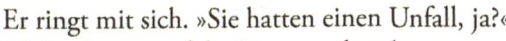

Er ringt mit sich. »Sie hatten einen Unfall, ja?«
Ich beiße mir auf die Lippe und nicke.
»Dein Vater starb dabei – ist es nicht so? Scheiße. Er starb, weil meiner betrunken Auto fuhr?«
»Ja«, flüstere ich.
»In dem Auto aus der Werkstatt?«, fragt Lee.
Ich nicke. Die Worte stecken mir im Hals.
»Scheiße«, flüstert Yakup. »Deshalb will er nicht zurück – und ich Idiot dachte, es wäre *ihm* ein Unrecht angetan worden. Ich dachte, er wäre geflohen, weil Großvater … Dabei war er …« Yakup hat sämtliche Farbe verloren. »Er *ist* schuld am Tod seines Bruders?«
»Es war ein Unfall«, sage ich. »Niemand hat das gewollt.«
»Wie kannst du das sagen? Dein Vater ist tot!«
Ich betrachte die Weiden, das Sonnenlicht, den Himmel. Alles hätte anders sein können, wäre Jakob noch da. Ist er aber nicht. Ich hege keinen Groll deswegen. Ich kann es nicht ändern. Es liegt nicht in meiner Macht.
»Ich würde ihn hassen«, sagt Yakup mit einer Inbrunst, die mich erschüttert. »Ich hasse ihn!«
»Ich glaube, er hasst sich selbst am meisten.«
Yakup birgt das Gesicht in den Händen. »Das ist der Grund, warum er floh. Warum er nie über seine Familie spricht. Trotzdem gab er mir seinen Namen. Ist das nicht ironisch? Er nannte mich nach dem Mann, den er im Suff zum Tode verurteilte. Als würde das irgendwas wiedergutmachen.«
Ich schweige dazu. Yakup muss das mit sich selbst ausmachen. Niemand kann ihm den Schmerz nehmen. Es ist sein Leben, sein Puzzle, das nun vollständig ist.
»Und deine Mutter?«, fragt Lee.
»Fort«, sage ich, den Brief verschweige ich.
Das ist mein Schmerz, mein letztes Puzzlestück.

Ist es wirklich nur ein Spiel?

Yakup entscheidet, die Taschen zu holen. Er will verschwinden, ehe der Alte aufsteht.

»Ich will ihn nicht sehen«, sagt er so ernst, wie ich ihn nie zuvor sah. Das Schicksal der Brüder hat ihn härter getroffen als mich, vielleicht weil es seine Familie ist – und nur die meine hätte sein können.

Wir verabreden uns vor dem Tor. Sie brauchen einen Moment zu zweit; einen Moment, in dem Yakup schwach sein kann, ohne sich dafür zu schämen. Vor mir geht das nicht.

Während sie durch den frühmorgendlichen Garten der Villa stapfen, schlage ich den Weg zum Friedhof ein. Er liegt still und verlassen da. Der Kies glänzt, das Gras ist feucht. Auch die Äste der Weide sind vom Tau benetzt. Ich trete hindurch und betrachte den Stein.

Hier liegt Jakob. Mein Vater.

»Tut mir leid«, sage ich zu ihm, »dass ich dich nie besucht habe.«

»Du warst oft hier«, sagt Großvater da. Er sitzt auf einer Bank neben der Weide und wirkt so klein und zerbrechlich, dass ich mich augenblicklich für die vergangene Nacht schäme. »Setz dich«, fordert er und klopft mit dem Stock auf die Bank. »Nun setz dich schon.« Die Schatten unter seinen Augen sind tiefer als zuletzt.

Hat er überhaupt geschlafen?

»Habe ich nicht«, sagt er, als hätte ich laut gedacht. Er wischt es mit einer Handbewegung beiseite und klopft erneut auf die Bank. Diesmal folge ich der Aufforderung.

»Seit wann bist du hier?«, frage ich.

»Ich hab dich auf die Mauer klettern sehen.«

»Yakup packt«, informiere ich ihn. »Ich bezweifle, dass er wiederkommt, wenn er erst weg ist.«

Großvater nickt. »Besser so.«

»Wirst du es nicht bereuen?«

Dazu schweigt er.

»Ich bereue, dass Mutter gegangen ist.« Woher die Worte kommen, kann ich mir selbst nicht erklären. Es ist weniger der Drang, ihn umzustimmen, sondern vielmehr ein übermächtiges Bedürfnis, es endlich auszusprechen. »Ich vermisse sie jeden Tag, jede Nacht, jeden Augenblick. Statt darüber zu sprechen, habe ich beschlossen, sie zu hassen – und mich selbst. Unzählige Nächte lag ich wach und fragte mich, was ich hätte tun können, ob ich es hätte merken müssen, ob es Anzeichen gab – ob es gar meine Schuld ist.«

»Du warst ein Kind«, fährt er dazwischen.

»Kinder sind eine Last.«

»Papperlapapp«, knurrt Großvater. »Kinder sind anstrengend, aber niemals eine Last.«

»Warum ging sie dann?« Ich sehe ihn an, lasse ihn tiefer blicken als Vater oder Anna. Ich zeige ihm meinen Schmerz. Im Gegensatz zu Vater schenkt er mir Trost. Unbeholfen und zurückhaltend, doch auf eine Art, wie es Eltern tun sollten. Es ist das Verständnis im Blick, die Neigung des Körpers, die Hand, die sich auf meine Schulter legt.

»Hör zu«, sagt er. »Ich hielt nicht viel von deiner Mutter, das stimmt. Sie war freizügig und offenherzig – mit dieser neuen Art Frau kam ich nicht klar. Sie missfiel mir auf mehrerlei Art. Doch sie hätte dich nicht verlassen.«

»Hat sie aber.«

»Als sie verschwand, sah ich meine Vorurteile ihr gegenüber bestätigt. Doch nachdem du diese Zettel im Dorf verteilt hast – erinnerst du dich? Diese Flugblätter, mit denen du um Hinweise batest, dabei konntest du kaum schreiben – sie sagten, du hättest es eigens dafür gelernt.« Er räuspert sich, als würde es ihm Mühe bereiten, weiterzusprechen. »Als ich die Zettel sah, engagierte ich einen Ermittler. Er sollte deine Mutter heimschleifen. Ich konnte nicht zusehen, wie sie sich aus der Verantwortung stahl. Immerhin bist du …« Erneut ein Räuspern.

Ich blinzele gegen die Tränen. »Hat er sie gefunden?«

»Das letzte Lebenszeichen von Mihaela stammt aus diesem Dorf. Nirgends sonst wurde sie gesehen. Weder am Bahnhof noch in den umliegenden Städten. Nirgends.«

Das letzte Lebenszeichen.

Ich weiß, was das eigentlich heißt. Was es bedeutet.

»Nein«, sage ich und dann: »Nein, nein. Sie ist gegangen. Sie hat uns verlassen.«

»Ja«, sagt er. »Aber anders, als du denkst.«

»Sie ist nicht tot!«

Da sind sie, die Worte, die Wahrheit; die Lüge?

»Sie lebt!«

Großvater berührt meine Schulter; diesmal will ich es nicht. Ich springe auf und starre zum Grab unter der Weide, das Gespräch mit Alice' Mutter kommt mir in den Sinn; darüber, dass sie tagtäglich dort lag. Sie fühlte sich den Toten näher als den Lebenden.

»Sie hat sich nicht umgebracht!«

»Leben können auf vielerlei Art enden«, sagt Großvater sacht. »Durch die eigene Hand, einen Unfall, durch Krankheit ... oder die Hand eines anderen.«

»Nein«, flüstere ich. »Das ist unmöglich.«

»Wir leben in einem Dorf. Alles, was hier geschieht, ist dem einen oder anderen bekannt. Gerüchte kommen schnell auf, manche halten sich hartnäckiger als andere, und in den meisten steckt ein Körnchen Wahrheit. Manchmal jedoch, wie in dem Fall deiner Mutter, wird kollektiv geschwiegen. Das geschieht äußerst selten, und nur dann, wenn es einen triftigen Grund gibt. Ich denke, in diesem Fall gab es einen. Den Unfall.«

Welcher Unfall, will ich fragen, als ich erneut den Sog der Tiefe spüre. *Selbst nach dem Unfall*, sagte Alice' Mutter, *selbst danach stieg sie noch aufs Dach.*

»Deine Mutter hat rebelliert. Gegen die Normen, gegen den Hass, der ihr entgegenschlug, gegen die Erwartungen an sie als Frau und Mutter. Sie hat die abenteuerlichsten Dinge mit euch veranstaltet – vor aller Augen.«

»Das Dach«, flüstere ich. »Bin ich gefallen?«

Er neigt den Kopf. »Nein, Jenna. Nicht du.«

Und da weiß ich es wieder. Es ist so klar, als würde ich es erneut erleben. Wie ich schwanke, die Schindeln unter mir dahingleiten, wie Mutter nach mir greift und mich erreicht, dabei gegen Scarlett stößt, die ihrerseits zu rudern beginnt. Jegliche Anmut fällt von ihr, fällt mit ihr – hinab vom Dach. Ich höre Mutter schreien und den Aufprall. Es knirscht. Dann schreit auch Anna – und Vater. Sie schreien alle. Das ganze Dorf kommt gelaufen. Später schreien die Sirenen. Mutter fährt nicht mit ins Krankenhaus. Sie verbieten es ihr. Wir sitzen zusammen in Scarletts Zimmer, auf Scarletts Bett und wiegen uns, summen und flüstern, um die Schreie zu übertönen, die endlos klingen.

»Wie kommst du darauf, dass du gefallen bist?«

»Weil ich es hätte sein sollen«, flüstere ich.

Kein Wunder, dass ihr Verschwinden auf Erleichterung stieß, dass niemand bereit war, mir zu helfen. Sie hofften, Mihaela würde auf immer fortbleiben, dem Dorf und uns.

»Was sagte der Ermittler?«, frage ich erstickt.

»Dass sie das Dorf niemals verlassen hat.«

»Dann ist sie noch hier?«

»Die Möglichkeit besteht.«

Mein Blick schweift über die Gräber, die Reihen aus fein säuberlich geharkten Rechtecken, hier und dort mit Petunien bepflanzt. »Wo ist sie?«

Großvater bittet mich, Platz zu nehmen. Ich gehorche wie in Trance. Die Sonne ist warm, die Weide wispert, Mutter ist tot. Ist sie es?

»Ein Fremder fällt auf, sie sprachen kein Wort mit ihm. Heinrich, mein Gärtner – du hast ihn bereits getroffen? Er hörte sich anstelle des Ermittlers um. Doch auch ihm gegenüber siegte die Vorsicht. Sie wussten, dass ich nach ihr suchte – in diesem Kaff bleibt nichts unbemerkt.«

»›Sie‹? Wer ist ›sie‹?«

»Niemand im Besonderen und alle zugleich. Jedes Dorf hat seine ureigene Hierarchie. Manche ahnen Dinge, andere wissen sie, der Rest spekuliert darüber. Auch ich. Doch ich fragte mich weniger, wer etwas wissen könnte, als vielmehr, wer die Fähigkeiten besaß, einen Menschen verschwinden zu lassen – und da fiel mir nur eine Person ein.«

Er sieht mich an – und da begreife ich es selbst.

Denn da ist er, am Ende der Grabreihen, mit gebeugtem Rücken und schütterem Haar. Er nickt, wenn er mich sieht, so wie jetzt. Seine Augen sind wie die von Anna. Ich mag ihn. Sehr sogar. Als einer von wenigen behandelt er mich mit Respekt. Er lehrte mich alles über die Pflege der Gräber und die nötige Tiefe, damit die Toten ungestört ruhen und kein Getier sie riecht. Damit niemand sie findet.

Er hebt eine Hand zum Gruß, sie verharrt in der Luft, wartet auf die obligatorische Geste, doch ich schaffe es nicht, ihn zu grüßen, den einzigen Mann in diesem Dorf, der einen Körper mühelos in der Erde versenken kann.

Großvater erwidert an meiner Stelle den Gruß. Annas Onkel runzelt die Stirn, seine Irritation ist greifbar. Wir arbeiten täglich Seite an Seite. Er schimpft wie ich über die kargen Gräber, über den Wunsch nach blank polierten Kieselbeeten, marmornen Platten und klinischer Ordnung. Wir ähneln uns sehr. Ich habe viel von ihm gelernt.

»Hat er Mutter umgebracht?« Ich hauche es nur.

»Zumindest hätte er helfen können, sie zu verstecken.«

Schweigend beobachten wir, wie Annas Onkel – auch ich nenne ihn Onkel; er ist auch mein Onkel! –, wie er sich auf einen Grabstein stützt und ein vorlautes Löwenzahnpflänzchen herausdreht. Ich glaube ihn ächzen zu hören, wie er es immer tut, wenn er sie entfernt. Weil er sie schön findet. Er brachte mir ihren botanischen Namen bei und sagte, auch meine Mutter habe sie geliebt.

Kein Männerherz blieb unberührt.

Ich erinnere mich jäh, dass Annas Onkel immer da war, all die Tage, die Mutter unter der Weide lag. Er brachte Kuchen mit, den wir gemeinsam auf der Wiese aßen. Scarlett kletterte auf seinen Schoß, Mutter saß am Stamm der Weide. Sie unterhielten sich und lachten. Zwei Außenseiter in diesem Dorf, der Friedhofsgräber ohne Frau und Kind – und die Fremde. Unmöglich kann er sie getötet haben.

Ich sage es laut. Großvater nickt bedacht.

»Man müsste die Gräber öffnen, die zu der Zeit entstanden, erst dann bestünde Gewissheit.«

Gräber öffnen? Mir wird schlecht.

»Du denkst wirklich, er war es?«

Erneut berührt er mich an der Schulter. »Ich denke vielmehr, er half, als es bereits zu spät war.«

»Wem?« Das Wort schmeckt sauer. »Vater?«

»Er gilt als hauptverdächtig, ja.«

Alles dreht sich, ich schließe die Augen, stütze die Arme auf die Knie und beuge mich vor. Ich versuche es mir vorzustellen. Vater und Mutter, wie sie einander anschreien – taten sie es je? Wie sie ihn ohrfeigt, so was hätte sie getan. Auch Anna hat sie geohrfeigt; ich sehe den Handabdruck noch auf ihrer Wange. *Wegen der Blumen*, denke ich. Anna hat sie wegen der Blumen geohrfeigt, die gar keine Blumen waren, sondern Blauer Eisenhut. Sie war außer sich vor Zorn und

Furcht. Vielleicht war sie es auch, als Vater ihr den Unfall vorwarf. Ich erinnere mich, dass Scarlett ein Gipsbein hatte und einen verbundenen Arm.

Seltsam, wie das Gehirn spielt. Dass es manches aussortiert und verdrängt. Scarlett fiel vom Dach, sie brach sich das Bein und den Arm, blieb ansonsten aber unverletzt. Ich höre die Leute noch sagen, sie habe großes Glück gehabt, denn sie hätte tot sein können. Doch Scarlett lebt – und als Vater und ich zum Fasskauf aufbrachen, kam Alice vorbei und spielte mit Scarlett im Garten, Bein und Arm steif vom Gips.

War das der Tag, da Alice durch die Mauer verschwand? Hat ihre Mutter sie für ein letztes Abenteuer zu uns gelassen, um Scarlett Gesellschaft zu leisten?

Vielleicht war es so.

Vielleicht überlagern sich die Erinnerungen aber auch; wie kann ich meinem Kopf noch trauen?

War Alice da?

Hat Vater Mutter umgebracht?

Hat Annas Onkel sie begraben?

»Ich werde dem nachgehen«, entscheide ich und zwinge mich raus aus dem Schwindel und fort von Großvaters tröstender Hand. Siebzehn Jahre hat er mir seine Zuneigung verwehrt, jetzt brauche und will ich sie nicht mehr.

»Ist gut«, sagt er.

Nichts ist gut, denke ich, als ich den alten einsamen Mann auf der Bank zurücklasse und an dem genauso alten und einsamen Mann vorbeigehe, der vielleicht weiß, wo die Leiche meiner Mutter liegt. Ich werde es rausfinden. Ich werde *sie* finden – und dann Gnade ihnen Gott.

Das Läuten klingt zu fröhlich für den Ausdruck auf meinem Gesicht, das sich im Glas der Haustür spiegelt. Als wäre ich einem Geist begegnet. Kurz befürchte ich, dass ich zu früh bin, doch es nähern sich klackernde Schritte und die Tür schwingt auf. Es duftet nach frisch gebackenem Kuchen. Es ist der Geruch eines Zuhauses.

»Jenna«, sagt Tamara eine Spur zu hoch, ich breche unser stilles Übereinkommen. »Kann ich etwas für dich tun?«

Sie hofft, dass ich ablehne, dass ich mich in der Tür geirrt habe und weiterziehe. Die übereilt ausgesprochene Einladung, die rein aus Höflichkeit geschah, wird ihr zum Verhängnis. Konventionen – unser größter Feind.

»Ich habe eine Frage«, sage ich. »Zu damals.«

»Oh.« Mehr nicht.

Sie zwinkert und streicht sich die Schürze glatt. Wie seltsam perfekt sie ist, genauso zurechtgestutzt und gepflegt wie ihr frühmorgendlicher Vorgarten, in dem kein verirrtes Spielzeug liegt oder Beete zertrampelt sind. Es ist der Garten einer kinderlosen Frau.

»Ich verstehe«, sagt sie und bittet mich hinein. Die Konvention siegt, die Höflichkeit spottet.

Sie schenkt uns Tee ein und stellt jedem ein Stück duftenden Kuchen auf weißem Porzellan dazu. Die Gabeln schimmern, als wären sie erst poliert worden. Meine Finger hinterlassen schmierige Abdrücke.

Tamara lächelt. »Was möchtest du wissen?«

Ich weiß nicht, wo ich anfangen soll, also stopfe ich rasch eine Gabel voll in den Mund. Ich schmecke nichts. Wie kann ich sie fragen, ob ihre tote Tochter am Tag von Mutters Verschwinden bei uns war, ob sie etwas sah, ob ihr etwas auffiel? Ich würge den Kuchen hinunter.

»Scarlett«, beginne ich.

Tamara lächelt, als wäre sie eine Puppe und das Lächeln ihr einziger Ausdruck. »Ja?«

»Als sie vom Dach fiel …«

Sie nickt mitfühlend, selbst dabei lächelt sie. »Ein furchtbarer Unfall.«

»Hat Alice sie besucht? Danach, meine ich.«

»O ja. Sie war bei euch. Ein letztes Mal, bevor sie selbst für längere Zeit ins Krankenhaus musste. Sie wollte sich verabschieden. Als wir kamen, fuhrt ihr gerade los – du und dein Vater. Ihr wolltet in die Stadt.«

»War … war Mama da?«

»Sicher.« Tamara wirkt wehmütig. »Ich hatte gebacken, denselben Kuchen wie gerade. Er ist meine Spezialität, deine Mutter hat ihn geliebt. Wir saßen auf der Terrasse, tranken Tee und aßen ein Stück, während Scarlett und Alice spielten. Wir sprachen nicht viel an diesem Tag; die Schicksale unserer Kinder – du weißt ja.«

»Absolut sicher, dass es dieser Tag war?«

»Es war das letzte Mal, dass ich sie sah. Kurz darauf reiste sie ab und wir zogen in die Klinik. Unser Treffen war daher in mehr als einer Hinsicht ein Abschied. Ich habe den Tag später in allen Einzelheiten durchdacht, doch es war – bis auf die gedrückte Stimmung – ein Tag wie jeder andere. Mir ist nichts aufgefallen. Ich war froh, sie noch einmal gesehen zu haben. Die Wochen davor waren ohne ein Wort vergangen.«

Tamara schiebt das Stück Kuchen auf ihrem Teller zurecht, selbst kleinste Krümel pflückt sie mit dem Finger auf, als würden sie das Gesamtbild stören. Es ist ihre Art, die Kontrolle zu behalten. Wie kann ich sie dafür verurteilen? Wir alle suchen und finden einen Weg, mit Verlust umzugehen. Backen und Gärtnern, Tagebuch schreiben und peinliche Ordnung scheinen mir nicht die schlimmsten Strategien zu sein. Sie funktionieren. Sie halten uns am Leben.

»War Annas Onkel an dem Tag da?«

»Kurt?« Sie wirkt überrascht. »Nicht dass ich wüsste. Der alte Gärtner, der war da. Aus der Villa, du weißt, welchen ich meine? Er kam und beschwerte sich, die Kinder hätten in seinen Beeten gewildert. So ein seltsamer alter Kauz. Als ob Scarlett mit ihrem Gipsbein über die Mauer hätte klettern können! Und Alice war so schmächtig, sie hätte es niemals geschafft. Wir haben ihn fortgeschickt. Kurz darauf sind Alice und ich nach Hause. Sonst war niemand da.«

»Absolut sicher?«

Sie nippt am Tee und nickt.

Sie zu fragen, ob Mutter noch lebte, als sie ging, bringe ich nicht über mich. Im Grunde erübrigt sich die Frage. Warum sollte ausgerechnet sie lügen? Sie war Mutters einzige Freundin. Ich schiebe den Teller von mir, keinen weiteren Bissen bringe ich hinunter, jetzt, da ich weiß, dass Mutter diesen Kuchen an ihrem letzten Tag aß.

Täuscht sich Großvater?

Oder lügt Vater? Lebte Mutter noch, als wir heimkamen?

Tamara ist spürbar erleichtert, als ich mich verabschiede. Sie bringt mich zur Tür.

»Grüß Scarlett von mir«, ruft sie noch, da bin bereits den weiß gepflasterten Weg hinab und durch den ebenso strahlend weißen Zaun zurück auf die Straße inmitten dieses Dorfes, in dem irgendwer die Wahrheit kennt.

Wer tief gräbt ...

Zuerst fällt mir der Schriftzug ins Auge – mit demselben Fehler. Dann Derek. Er lädt gerade den Farbeimer in den Kofferraum seines Autos und klopft sich die Hände an der Hose ab. Zufrieden mustert er die scharlachroten Buchstaben.

»Da fehlt ein E«, lasse ich ihn wissen und stelle mich neben ihn. »Dort. Siehst du? Hinter dem I.«

Er blickt kurz zu mir, dann zurück zur Mauer. »Egal. Verstehn'se auch so.«

Dem kann ich nicht widersprechen.

»Ist Scarlett da?«, fragt er.

»Verreist.«

»Egal«, sagt er tonlos. »Ist trotzdem gut.«

»Das da?« Ich mustere den Schriftzug.

»Ihre Lieblingsfarbe.« Derek lächelt schief – und plötzlich glaube ich zu erkennen, was Scarlett in ihm sieht. Hinter dieser schrecklich coolen Fassade steckt ein verletzlicher Mensch, ebenso kaputt und ebenso trotzig wie sie und ich. Ich mag ihn nicht, werde ich nie, aber ich kann akzeptieren, dass er seine eigene Geschichte hat – so wie Großvater. Es folgt gar einer gewissen Logik, dass ausgerechnet er die Villa für alle sichtbar als das kennzeichnet, was sie ist: das Haus eines alternden, ängstlichen und verbohrten Mannes. Diesmal werde ich keinen Finger krümmen, um die Spuren zu tilgen. Ich hoffe beinahe, dass Derek Ausdauer beweist und tagtäglich anrückt. Ich kann es mir erstaunlicherweise gut bei ihm vorstellen.

»Wann kommt sie zurück?«, fragt er.

»Keine Ahnung.«

»Sind die Scheißkerle noch da?«

»Sie reisen heute ab.«

Derek grinst zufrieden. »Besser so.«

Es berührt mich unangenehm, dass er dieselbe Wortwahl wie Großvater trifft. *Besser so.* Als ob ihre Probleme mit Yakup und Lee verschwänden, dabei sitzen sie in ihnen selbst. Lee und Yakup sind nur der Trigger, der berühmt-berüchtigte Tropfen in ein Fass, das bereits zum Bersten gefüllt ist.

»Wie ... geht es dir?«

Ich glaube mich verhört zu haben, doch Derek sieht mich tatsächlich von der Seite her an. Er hat grüne Augen, erkenne ich da, ich weiß selbst nicht warum. In Büchern wird stets die Augenfarbe beschrieben, als würde sich darin die Persönlichkeit eines Menschen spiegeln. Vielleicht stimmt das in gewisser Weise. Immerhin muss man einander schon sehr nahe sein, um sich so tief in die Augen zu blicken.

An Mutters Augenfarbe erinnere ich mich nicht.

Derek räuspert sich.

»Prima«, lüge ich. »Alles bestens, danke.«

Er kneift die Lider zusammen. »Ich dachte, die sind weg.«

›Die‹ sind Yakup und Lee und von Derek ungefähr so begeistert, wie der Gärtner es sein wird.

»Wir verschwinden«, sagt Yakup und lässt seine Tasche neben dem Wagen fallen. Lee trägt seine über der Schulter. Obwohl Lees Augen schwarz wirken, weiß ich, dass sie im Sonnenlicht honigfarben schimmern.

»Jenna?«, fragt er besorgt.

»Alles gut«, wiederhole ich mechanisch, doch Lee durchschaut mich sofort. Vielleicht waren Mutters Augen wie die seinen, voll Sorge und Zuneigung. Ich bin mir fast sicher, dass sie mich auf diese Art angesehen hat, und dass ich, wann immer sie es tat, in ihre Arme flüchten wollte – ich will es auch jetzt. Lee lässt die Tasche sinken, doch ich presse die Lippen zusammen und schüttele den Kopf. Wenn ich jetzt nachgebe, wenn ich jetzt schwach werde, wie könnte er da gehen? Ich würde ihn in eine unmögliche Situation bringen. Auch wenn ich will, dass er bleibt, nicht nur jetzt, sondern für immer, so muss er doch gehen. Wenn nicht heute, dann morgen oder übermorgen. Welch bittere Ironie des Schicksals, dass sich die Geschichte meiner Eltern wiederholt. Fehlt nur, dass er auf dem Weg zum Bahnhof verunglückt, während Yakup neben ihm sitzt und in die Fußstapfen seines Vaters tritt. War es auch damals so?

»Was ist los?« Lee berührt meine Hand. »Ist etwas passiert?« Er blickt zu Derek; der hebt die Hände.

»Ich hab nichts getan! Ehrlich, Mann!«

»Stimmt das, Bücherdiebin?«

Ich bringe ein Nicken zustande, Yakup deutet es falsch.

Im nächsten Augenblick packt er Derek am Kragen. »Du hast ein Problem mit uns – nicht mit ihr, klar? Also benimm dich auch entsprechend!«

»Da war nichts«, ruft Derek. »Ich schwör, Mann. Ich war sauer – auf den da, nicht auf sie.« Er zeigt auf Lee. »Weil er meine Freundin geküsst hat.«

»Ex-Freundin«, stellt Yakup klar.

»Drei Sekunden lang«, fügt Lee mit einem Seitenblick auf mich hinzu; was immerhin acht Minuten und zehn Sekunden weniger als bei unserem Kuss ist. Trotzdem spüre ich einen Stich und meine Augen brennen. Ob deshalb oder weil das mein Tropfen ist, mein Quäntchen zu viel von allem – ich wende mich ab und versuche, den Atem unter Kontrolle zu halten.

»Scheiße«, ruft Derek. »Ich hab sie nur gefragt, wie es ihr geht! Wegen gestern, dem Sturz. Ihr wisst schon.«

»Als ob dich das kümmert«, ätzt Yakup.

»Klar! Weil ... ich meine, es war ...« Derek verstummt.

»Es war was?«, hakt Lee nach.

»Na, ihr wisst schon ...«

Wissen sie nicht, aber ich erinnere mich plötzlich. Wie praktisch mein Gehirn doch ist. Es gibt mir meine Erinnerungen wohldosiert und im rechten Moment zurück. Diesmal sind es Dereks Worte, die eine Tür in meinem Geist öffnen. Seine Schuhe sind so grün wie seine Augen. Er war es. Er ist mir auf die Finger getreten.

Meine Stimme klingt hohl. »Hat sie es befohlen?«

»Scarlett?« Derek schüttelt heftig den Kopf. »Scheiße, nein. Sie wollte nur die Chucks. Die sollte ich holen. Als ob sie sich keine kaufen könnte. Sie sagte, wenn ich sie hole, könnten wir ein Paar sein. Es sei ein Liebesbeweis ... Ich wollte nicht auf deine Hand – ich meine, ich hab sie nicht mal gesehen! Alle standen am Kai, es war scheiß-dunkel und ich dachte, das sei die perfekte Gelegenheit. Aber ich kam nicht dran, okay? Also musste ich mich vorbeugen; die Dicke hatte ihre Schuhe ausgezogen und neben sich gestellt. Aber ich kam nicht dran. Also bin ich auf die Leiter – und, und, und dann ...«

»Du warst das«, knurrt Lee. Ich habe ihn noch nie so erlebt. »Du hast sie ins Wasser getreten.«

»Nein! Nein, das war ein Unfall. Ich wollte das nicht!«

»Herausgeholfen hast du ihr aber nicht«, stellt Yakup eisig fest. »Was hast du gemacht? Dir die Schuhe geschnappt und bist verschwunden?«

»Nur einen«, keucht Derek.

Yakup schnaubt, Lee schlägt zu. Statt Derek aufzuhelfen, packt Yakup seinen Freund an der Schulter.

»Verschwinde«, fährt er Derek an, »und lass dich hier nie wieder blicken.«

»Ich ... ich wollte nicht ...«, stammelt Derek.

»Dann tu's auch nicht.«

Derek taumelt zurück, er greift in den Kofferraum – da ist Marias zweiter Schuh. Yakup fängt ihn auf. Derek blickt zu mir, murmelt eine Entschuldigung und flüchtet ins Auto. Zweimal würgt er den Motor ab, ehe er mit quietschenden Reifen abzischt. Kies spritzt, Staub tanzt, Lee zieht mich in den Arm. Er küsst mir die Stirn, wie es Mutter getan hätte. Doch im Gegensatz zu ihr verspricht er, mich niemals zu verlassen. Er flüstert es in mein Haar.

»Hörst du Jenna? Wir bleiben hier.«

Ich möchte ihm so gern glauben.

Schach.

Papa sitzt mir gegenüber. Er rührt in seinem Tee, unsere Löffel unterhalten sich befangen, während wir schweigen. Ihm ist es spürbar unangenehm, dass Lee und Yakup darauf bestanden haben, er müsse sich um mich kümmern, während sie zum nahe gelegenen Feriencamp fahren, um dort eine Unterkunft zu buchen. Sie wollen bleiben, fühlen sich aber schon jetzt meilenweit entfernt an. Das ist der Zauber unseres Dorfes, es schirmt uns vom Rest der Welt ab, es isoliert uns – auch voneinander. Papa räuspert sich.

»Dich hat jemand ins Meer gestoßen?«

»Es war ein Unfall«, erwidere ich matt; das Weinen hat mich ausgelaugt. Ich hatte recht, Lee fiel es sichtlich schwer, sich zu lösen. Als fürchtete er, ich würde mich auflösen, zu Salz und Schaum zerfließen wie die Sirenen in den Geschichten – oder waren es Meerjungfrauen?

Papa sieht zur Uhr, sie zählt die Minuten, die wir uns anschweigen, unermüdlich runter.

»Anna hat angerufen«, sein Löffel stockt kurz, »sie kommen zurück.«

Auch mein Löffel verstummt. »Wann?«

»Noch heute. Ihre Oma braucht keine Hilfe mehr.«

»Ist sie gestorben?«

»Eine Nachbarin kümmert sich, und da Scarlett eh nicht wegwollte …«

Wird getan, was Scarlett will, vollende ich in Gedanken.

»Sie sollten bald zurück sein.« Papa sieht zur Uhr. Schweigt er deshalb? Weil er weiß, dass seine Pflicht nur kurz währt? Ich schwanke zwischen fassungslosem Zorn und Resignation. Hat Anna sich all die Jahre so gefühlt? Wenn sie ihn bat, zurück zur Arbeit zu gehen, daran erinnerte, die Rechnungen zu bezahlen, wenn sie Anrufe von Lehrern und besorgten Müttern entgegennahm, er sich jedoch verleugnen ließ? Spürte sie diese Art verzweifelten Hass?

»Hast du sie umgebracht?«

Die Worte sind raus, sie *mussten* raus. Jetzt oder nie.

Er blinzelt. »Wen?«

Ihr Name steckt mir im Hals.

»Nein«, sagt er sofort, doch es klingt wie ein ›Ja‹.

»Wieso ist sie dann tot?«

»Ich war es nicht.«

»Aber sie ist tot?« Was sonst soll es bedeuten?

»Nein«, wiederholt er – erneut ein ›Ja‹, versteckt im ›Nein‹. Oder höre ich nur, was ich hören will? Ich zerre den Zettel hervor, den er mir gegeben hat, ihren Abschiedsbrief. Ich falte ihn auf und klatsche ihn zwischen uns auf den Tisch.

»Wo ist sie dann? Wo ist sie?«

»Jenna, ich sagte bereits –«

»WO IST SIE?« Diesmal brülle ich. »WO IST IHRE LEICHE?«

»Wessen Leiche?« Anna steht in der Tür. Ich habe sie nicht kommen gehört, daneben Scarlett mit erhobenen Brauen.

»Was für ein herzliches Willkommen«, spottet sie.

»Geh hoch«, befiehlt Anna und schiebt sie hinaus. Erneut dieser Tonfall, der nicht zu ihr passt. Sie fixiert Papa. »Was hast du erzählt?«

»Nichts«, sagt der tonlos. »Ich weiß von nichts.«

Damit erhebt er sich, ohne seinen Tee auch nur probiert zu haben. Er geht und lässt uns allein.

»Weißt du es?«, frage ich Anna.

»Jenna«, flüstert sie – und ich schließe die Augen. Ich will es nicht sehen, weder die Schuld noch das schlechte Gewissen. Ich habe ihn gefunden, den Menschen in diesem Dorf, der die Wahrheit kennt.

»Gib mir einen Moment«, bitte ich. »Lass mich kurz nachdenken. Nur einen Augenblick.«

Sie legt ihre Tasche auf den Stuhl und räumt Papas Tasse ab. Ich höre sie spülen; sie wechselt einfach so in den alltäglichen Modus, als hätten wir nicht gerade darüber gesprochen, dass Mutter tot ist. War es all die Jahre so? Hat sie stets so getan, als wäre alles in Ordnung, obwohl sie wusste, was geschehen ist?

War es ihr Onkel?

War es Papa?

Der Abschiedsbrief, Papa sagte, Anna habe ihn überreicht, damals, als wir das Fass kauften. Es ist dieselbe Farbe, wenngleich dunkel vor Asche. Ich lege den Brief aus Jakobs Zimmer daneben. Froschgrün, die Schrift violett. Die Schrift – ich falte auch Jakobs Brief auseinander und stutze. Das A – der Schwung des Bogens, die ganze Schrift ist eine andere. Ich ziehe die Briefe zu mir, beuge mich darüber. Anna steht am Becken und spült. Sie sieht nicht, wie mein Blick erst zu ihr, dann zur ihrer Tasche wandert. Ein Buch ragt aus dem Spalt heraus – und aus ihm das Lesezeichen, das Scarlett einst für sie bastelte. Nur das A ist zu sehen. A wie Anna. Sie hat ihren Namen selbst auf die Pappe geschrieben, weil Scarlett es damals noch nicht konnte. Dasselbe A. Dieselbe Schrift. Sie hat auch diesen Brief geschrieben.

Wieso hat sie ihn geschrieben?

Abrupt stehe ich auf. Als Anna mich ruft, bin ich schon zur Tür hinaus; Scarlett steht auf der Treppe und fragt irgendwas. Ich ignoriere sie, fliehe zur Haustür, die Stufen hinab, raus in den Garten. Irgendwohin, nur weg. Die Holunderbüsche, dahinter der Kräutergarten. Ich höre Anna rufen, höre ihre Schritte auf dem Hof. Mein Blick fliegt umher. Zur Leiter, zur Mauer, zum Werkzeugschuppen.

Dorthin flüchte ich.

Die Tür lässt mich ein, ich stürze zum Fass, will mich dahinter verbergen. Da finde ich es, das nächste Puzzlestück. Es war schon letzte Nacht da, es trägt sogar meine Spuren. Ich hab ihn angefasst, mich darauf gestützt. Wäre die Birne nicht durchgebrannt, hätte ich ihn schon da erkannt. Millimeterdick kleidet der Staub ihn ein, nur dort, wo meine Hand den Schmutz beiseitewischte, ist er veilchenblau.

Mutters Koffer. Der, mit dem sie ging.

Ich strecke die Hand aus, berühre den Griff.

Er ist es, keine Frage. Kein Zweifel.

Sanft, beinahe erleichtert gleitet er aus seinem Versteck unter der Plastikplane. Die Verschlüsse schnappen auf. Darin liegt alles. Ihr Pass, ihr Portemonnaie, ihr Schmuck. Sogar ihr Duft steigt mir entgegen. Uralter, fast vergessener Duft. Ich ziehe einen Schal hervor, erinnere mich, wie sie ihn um mich wickelte, als es draußen fror. Sie nannte mich ihren Schneemann. Darunter die Kleider, die sie trug. All ihre liebsten Dinge, sogar das Buch, in dem sie las.

»Jenna«, flüstert Anna von der Tür.

Ich sehe unter Tränen hoch.

»Du solltest das nicht finden.« Sie klingt unendlich erschöpft. »Ich hätte es verbrennen sollen. Verzeih, dass ich es vergaß.«

»Wer?«, frage ich. »Wer war es?«

Anna schüttelt den Kopf. »Das spielt keine Rolle mehr, Jenna, denn sie ist fort.«

»Sie ist tot!«

»Ja.« Sie seufzt. »Ja, Schatz, das ist sie.«

Wie recht Großvater doch hatte. Einige ahnen es, manche spekulieren – und irgendjemand kennt die Wahrheit. Erleichtert es mich, die Bestätigung gefunden zu haben? Ihren Koffer und Annas Wort. Bis zuletzt war da dieser Funken in mir, dieses Quäntchen Hoffnung, dass sie sich irren. Dass Mutter ihren Koffer aufklappte, die Schränke leerte und eilig ein paar Zeilen schrieb. Dass sie erklärte, Scarletts Sturz hätte ihr offenbart, diesem Leben und der Verantwortung nicht gewachsen zu sein, dass sie deshalb gehe, fort von hier und dem Mann, den sie nie liebte.

Wer hätte es ihr verdenken können? Sogar ich, die ich sie gehasst und für tot erklärt habe, würde verstehen, wäre es so gewesen, jetzt, da ich die Zusammenhänge kenne.

Wäre es doch nur so gewesen.

Anna lässt sich neben mir nieder, sie lehnt sich an die Werkbank, zieht die Knie an und blickt durch die geöffnete Tür hinaus ins Nichts. Sie sieht zu alt aus für ihre Jahre.

»Es ist meine Schuld«, sagt sie. »Meine Schuld.«

Ich schlucke. »Sag mir die Wahrheit!«

»Es wird nichts ändern«, warnt Anna. »Du kannst sie nicht zurückholen, es wird dir auch keinen Frieden bringen.«

»Ich brauche Gewissheit.«

Anna nickt, ohne mich anzusehen. »Du warst keine sieben, Scarlett noch viel kleiner. Ich selbst vierzehn.«

Jedes Kind weiß, wie alt es war, als es zum Halbwaisen wurde. Den Tag und das Jahr vergisst niemand, und wenn das Gehirn noch so viel aussiebt. Ein Augenblick, der das Leben so grundlegend ändert, bleibt unweigerlich erhalten. Bei mir war es die Küche, Papas fleckiges Gesicht, Scarlett und Anna an diesem Tisch und die Lampe über uns. Dieser Anblick hat sich festgebrannt, in mir, in meine Netzhaut, in mein Herz.

Wann war ihr Moment?

»Ich mochte sie«, sagt Anna mit tonloser Stimme. Es kommt mir vor, als hätte sie die Worte sorgsam zurechtgelegt, als hätte ihr Geist sie unzählige Male gewendet und gedreht, um sie vor sich selbst zu rechtfertigen. »Erinnerst du dich, dass sie mich Aschenputtel nannte und darüber lachte, wie viel besser ich es getroffen hätte? Keine böse Stiefmutter, keine lästigen Hauspflichten – aber auch keine Vertrautheit. Sie war nicht meine Mutter, konnte sie nicht ersetzen und wollte es nicht. Das hat sie gesagt, dass sie mir keine Mutter sein würde; ich solle sie lieber als gute Fee betrachten.« Anna blinzelt zu mir. »Wir beide haben unsere Mutter in frühen Jahren verloren, du kennst den Schmerz. Doch stell dir vor, Vater hätte geheiratet, während du noch Flugblätter verteiltest. Stell es dir vor. Denn so war es bei mir. Ich weinte mich in den Schlaf, während sie beisammenlagen. Der Tag deiner Geburt war der, an dem ich begriff, dass meine Mama nicht zurückkommen würde. Ihr Platz im Haus war belegt. Durch dich und Mihaela.«

Dass sie Mutter bei ihrem Namen nennt, fühlt sich richtig und falsch zugleich an. Sie war nie ihre Mutter.

»Die Zeit zu viert ist mir als die harmonischste in Erinnerung geblieben, obwohl ich schrecklich litt. Mihaela war so voller Liebe für dich, dass auch für mich etwas übrig blieb. Sie nannte dich Jenna Blue, weil du ihre Traurigkeit durchbrochen hast. Du warst die Einzige, für die sie sich aufraffte, aufstand, kochte und spielte. Du wolltest eine Schaukel, also baute sie eine mitten ins Wohnzimmer. Sie tat alles für dich. Denn du warst ihr Grund, warum sie nicht längst den Schritt vom Dach gewagt hatte; sie stand mehr als einmal dort, doch sie sprang nicht, denn du warst ihr Grund und mir ging es gut, solang ich bei dir war.«

Jenna Blue – ich höre Mutter flüstern.

»Dann kam Scarlett.« Anna knetet ihre Finger im Schoß, als würde es ihr schwerfallen, nichts zu tun, als würde ihr Körper nach Aufgaben lechzen; wie das Spülen der Tasse oder das Abräumen des Tisches. Das ist ihre Strategie, sie sucht sich Aufgaben, um Körper und Geist beschäftigt zu halten, damit die Wahrheit der Vergangenheit nicht an die Oberfläche bricht. Damit sie atmen und leben kann.

So wie Mutter mich ansah.

»Was hat Scarlett mit ihrem Tod zu tun?«, frage ich.

»Alles«, sagt Anna.

Schachmatt.

Anna greift in ihre Hosentasche und zieht ein welkes Foto hervor; es ist das, welches ich Großvater aus dem Gewächshaus gestohlen habe. Sie glättet es auf ihrem Knie. Die Farben sind zerronnen, dennoch ist der Schriftzug auf dem Strampler klar zu erkennen. Der Hase in meinen Armen ist derselbe wie der auf der Fotografie, die aus Jakobs Zimmer stammt. Ich halte sie daneben. Seit Lee sie gefunden hat, trage ich sie bei mir, es ist das einzige Foto meiner Eltern, das ich besitze.

»Deswegen bin ich zurückgekehrt«, sagt sie. »Ich habe es in deiner Hosentasche gefunden, als ich sie zum Trocknen aufhing. Erst wusste ich es nicht einzuordnen, auf der Fahrt jedoch erzählte Scarlett, woher die Jungs kamen, die dich nach Hause gebracht haben. Da verstand ich, dass das Foto aus der Villa stammt, dass du es dort gefunden hast. Deshalb kehrte ich um. Es ließ mir keine Ruhe. Ich fürchtete, es würde dich auf falsche Gedanken bringen – und wie ich sehe, lag ich richtig.« Sie zeigt auf Jakob. »Er war Papas Freund, ich durfte als kleines Mädchen auf seinen Schultern sitzen; das hätte er sicher auch mit dir getan.«

Ich spüre einen Stich, weil sie ihn kannte.

»Ich war traurig, als er starb.«

»Und Mutter?«, frage ich. »Wie starb sie?«

»Anders, als du denkst.«

»Ich habe alles durchgespielt. Unfall, Selbstmord, sogar Mord. War es Papa?«

Anna verneint. »Bis heute dachte ich, die Täuschung ihm gegenüber sei gelungen. Ich wusste, was ich schreiben musste, ich kannte seine Ängste und spiegelte sie in ihrem Brief. Er hat seit jeher gefürchtet, sie würde die Hochzeit bereuen. Er sagte so vieles zu mir, als ihre Depressionen unerträglich wurden. Ich wiederholte es fast wortwörtlich im Brief. Ich dachte, es hätte funktioniert. Doch sein Blick eben – vielleicht weiß er es seit Jahren.«

»Was genau?«

»Das ›wie‹ kann er nicht wissen«, stellt Anna klar. »Nur dass etwas geschah und ich es vertusche.« Eine Träne rinnt über ihre Wange, sie wischt sie eilig fort. »Im Gegensatz zu dir begegnete Mihaela weder Scarlett noch mir mit Zuneigung. Du hast sie an Jakob erinnert, während wir nur die Kinder des Mannes waren, der ihn nicht ersetzen konnte. Ich war nicht ihre leibliche Tochter, ich verstand es. Ihr Desinteresse an Scarlett jedoch war boshaft. Als ich sie drauf ansprach, war sie überrascht. Es war ihr nicht einmal aufgefallen. Also nahm ich mich Scarletts an, tröstete und fütterte sie. Ich zog sie auf.«

»Ich erinnere mich nicht daran«, gestehe ich.

»Wie auch. Wir lebten im selben Haus, doch in verschiedenen Welten. Licht und Schatten, so habe ich es empfunden. Deine Seite war die helle – und Scarlett wollte unbedingt hinüber.«

»Sie hasst mich«, rufe ich aus.

Anna lächelt matt. »Und du sie?«

»Aber nur, weil ihr mich ausschließt!«

Sie drückt kurz meine Hand. »Verzeih, Jenna. Du konntest nichts dafür – doch das, was du die letzten zehn Jahre erlebt hast, waren ihre ersten sechs.«

»Ich erinnere mich nicht daran«, wiederhole ich.

Ihre Hand verschwindet, ihr Lächeln ebenso. »Scarlett war ein stolzes und intelligentes Kind. Sie spürte die ungleiche Behandlung und lief ununterbrochen hinter euch her, kämpfte unerbittlich um Zuneigung. Dir mag nur ihr Neid und Eifer in Erinnerung geblieben sein. Doch all das tat sie, weil du ihr Ideal warst, weil du alles hattest, was sie wollte.«

»Sie hat mir Reißzwecken in die Schuhe gesteckt!«

»Ich weiß.«

»Du hast behauptet, du wärst es gewesen, dabei hat sie es mir gegenüber zugegeben. Sie tut es immer noch!«

Anna betrachtet ihre Handflächen. »Das ist der Grund, weshalb ich schuld bin. Erinnerst du dich, dass Mihaela mich einst ohrfeigte? Sie tat es ein einziges Mal. Wegen eines Straußes, den Scarlett gepflückt und dir geschenkt hatte. Es war Blauer Eisenhut. Er wuchs damals noch wild am Straßenrand. Papa und ein paar Leute aus dem Dorf rissen daraufhin alle aus. Als Mihaela dich jedoch mit dem Strauß sah, rastete sie aus. Ich log, es wäre meiner gewesen, ich hätte ihn gepflückt. Ich wusste damals nicht, wie hochgiftig jeder Teil dieser Pflanze ist. Wie hätte ich ahnen können, dass Scarlett Monate später erneut einen Strauß pflücken würde? Sie tat es unwissentlich, da ich sie beschützt hatte. Vor der Strafe und vor dem Wissen. Es ist meine Schuld!«

»Was ist geschehen?«

»Wir sprachen so viel über Kräuter. Wir wollten Minze anpflanzen und Thymian, wir rochen an den Blättern und probierten sie. Mihaela erzählte, dass wir aus ihnen Tee kochen würden, sobald ihr zurückwärt. Aber ... aber ...«

»Anna«, bitte ich. »Anna, was ist passiert?«

»Ich war nur kurz bei meinem Onkel, ihm ein Stück Kuchen bringen, das übrig geblieben war. Ich kann keine Stunde fort gewesen sein.« Die letzten Worte haucht sie nur noch. »Als ich zurückkam, war sie schon tot.«

»Aber wie?«

Annas Stimme ist ein Flüstern, so leise, dass ich mich vorbeuge, um sie zu verstehen. »Scarlett saß daneben, umringt von Eisenhut. Die blauen Blüten waren überall. Ich weiß nicht, wie es geschah. Da stand eine leere Tasse, vielleicht hat Mihaela daraus getrunken. Sie hatte, bevor ich ging, über Kopfschmerzen geklagt, Scarlett wollte ihr eine Medizin zubereiten. Wir hatten das so oft gespielt, mit Schnittlauch und Petersilie und Borretschblüten.«

»Unmöglich! Woher sollte Scarlett Eisenhut haben? Du hast selbst gesagt, dass alles vernichtet wurde. Mama hätte niemals etwas davon gegessen. Sie hätte es erkannt!«

»Ich frage mich bis heute, wie es geschah.« Anna streicht sich über die Wangen. »Vielleicht war es der Tee. Vielleicht trank Mihaela ihn bewusst.«

»Nein«, widerspreche ich; ich kenne mich genug mit Kräutern aus, um zu wissen, dass niemand an einer Eisenhutvergiftung sterben möchte. Es ist qualvoll und schmerzhaft und kann Stunden dauern.

»Vielleicht wollte sie leiden«, meint Anna tonlos. »Der Unfall hatte sie verändert. Es war, als hätte sie Scarlett erst wahrgenommen, als sie aus ihrer Reichweite fiel. Ich weiß, du erinnerst dich nicht an den Sturz, wir haben darüber geschwiegen. Die Vergangenheit sollte ruhen und du solltest dir nicht die Schuld geben. So wie Scar.«

»Deshalb«, erkenne ich. »Deshalb das alles.«

Um Scarlett zu schützen.

»Sie war sechs.« Anna stößt den Atem aus, es wirkt, als würde sie in sich zusammenfallen. »Wie hätte sie mit der Schuld leben können?

Wie hätte sie ertragen können, dass sie ihre Mutter getötet hat? Deshalb brachte ich sie rein – und Mihaela fort. Ich tat es für sie. Für ihr Seelenheil.«

»Du warst selbst erst vierzehn«, wende ich ein.

Sie sieht mich an. »Du weißt doch längst, wer mir geholfen hat.«

Ihr Onkel. Natürlich.

Wer sonst würde alles für sie tun?

Wer sonst hätte mich letzte Nacht im Werkzeugschuppen beinahe entdeckt? Er war es. Er hat Zugang zu unserem Grundstück. Er kennt sich aus. Er, der um das Geheimnis des Schuppens weiß und deshalb ein Auge darauf hat. Vielleicht wäre alles anders gekommen, hätte er mich entdeckt.

Er hätte gefragt, was ich tue, und ich hätte ihm von Scarlett erzählt. Wahrscheinlich wäre er an meiner Stelle zur Villa gegangen, um mein Buch zu holen. Lee und Yakup hätte ich nie kennengelernt, der Party wäre ich ferngeblieben … und eines Tages hätte ich den Schuppen erneut betreten und der Koffer wäre weg gewesen und mit ihm Mutters Geheimnis. Doch so ist es nicht gekommen.

Er hat sich den Kopf gestoßen.

Ich bin über die Mauer geklettert.

Jetzt sitze ich hier. Neben Anna. Und weiß alles.

»Er wollte die Polizei rufen, aber ich flehte ihn an, es nicht zu tun. Scarlett saß in ihrem Zimmer und spielte. Sie hatte keine Ahnung, was geschehen war. Wie konnte ich ihr diese Bürde aufladen? Also half er mir. Als Papa kam, waren wir keine zehn Minuten fertig. Ich hatte gerade noch Zeit, den Brief zu überreichen. Eigentlich hatte ich ihn aufs Bett legen wollen, doch Papa erwischte mich in der Küche.«

»Wo ist sie?«, frage ich. »In welchem Grab liegt sie?«

»Kein Grab.« Annas Hände folgen einer ganz eigenen Melodie, sie stehen nicht still. »Wie hätten wir sie quer durch das Dorf zum Friedhof tragen können? Nein, es gab nur einen Ort, an dem wir graben konnten, ohne dass es jemand sah oder es auffiel. Nur ein Ort.«

»Der Kräutergarten.«

Unser Kräutergarten.

Ich schließe die Augen und rieche die Melisse.

Hier ist sie also.

Nur wenige Handbreit entfernt.

SCHARLACHROT

Ich denke darüber nach, meine Schwester zu töten.
Ein gespanntes Nylonseil an der Treppe.
Eine gelockerte Schindel.
Es gibt so viele Arten, den Halt zu verlieren.
Und gleichsam das Leben.
Ich denke darüber nach. Tag und Nacht.
Doch ich tue nichts.
Noch nicht.

»Anna!«

Scarletts Stimme gellt über den Hof. Sie schreit.

»Kein Wort zu ihr«, beschwört mich Anna und hievt sich hoch. »Sie weiß von nichts – und genau so soll es bleiben.«

Scarletts Ruf schwillt an, Anna hastet hinaus, auf den Pobacken zwei graue Kreise aus Staub. Es ist wie immer, Scarlett ruft und Anna springt – selbst in einer Situation wie dieser. Sie lässt mich zwischen den Überbleibseln eines Lebens sitzen, nachdem sie mir gestand, was geschah und wo sie ist. Ich höre sie durch den Garten laufen, schnelle, abgehackte Schritte. Scarlett ruft etwas in der Ferne, Anna antwortet atemlos. Ich hebe den Schal auf und halte ihn an meine Wange. Es fühlt sich an, als wäre es Mutters Hand, tröstend und sanft. Vielleicht war sie immer da, all die Jahre über, die ich sie suchte.

Erneut Schritte im Kies und der Geruch der Melisse; ich bilde mir ein, dass Mutter durch die Pflanze zu mir spricht, mich warnt, wie sie es schon des Nachts tat. Vielleicht hat Scarlett recht, vielleicht lebt ein Teil von ihr in den Pflanzen fort, die auf ihr und durch sie wachsen.

Ich klappe den Koffer zu und zerre die Plane darüber.

Scarlett taucht in der Tür auf. Sie rümpft die Nase und erinnert dabei erschreckend an Maria auf dem Schulklo.

Weiß sie es?, frage ich mich. Erinnert sich irgendein Teil von ihr daran, was sie einst tat? Was hier geschah? Oder ist sie ahnungslos, wie Anna behauptet?

»Papa muss ins Krankenhaus«, lässt sie mich wissen und zugleich den Blick angewidert über die Scherben am Boden schweifen. »Ich dachte, hier dürfen wir nicht rein.«

Ich kriege kein Wort raus.

Scarlett hebt eine Braue. »Still wie eh und je«, ätzt sie. »Hör zu, Anna fährt ihn in die Notaufnahme, er ist gestürzt, zwar nur ein paar Stufen, aber er kann keinen Schritt mehr tun.«

»Stufen?«, krächze ich.

»Er wollte die Treppe hinauf; frag nicht.« Sie zuckt mit den Schultern. »Oh, und eine Nachricht von Jake. Sie brauchen noch eine Weile, der Check-in zieht sich. Ich hab vorgeschlagen, dass wir uns im Bootshaus treffen, diesmal im gewohnten Kreis. Das ist dir doch recht?«

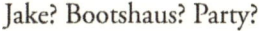

Jake? Bootshaus? Party?

Die Worte dringen wie durch Glas zu mir, als wären unsere Realitäten durch das bloße Wissen um Mutters Tod voneinander getrennt worden. Es liegt mir auf der Zunge, ich will es ihr entgegenschleudern, sie anklagen, fragen, nachhaken – doch Annas Bitte hält mich zurück. *Alles Anna zuliebe.*

Ich weiß nicht, was ich tun soll.

Ich weiß es einfach nicht.

»Geh weg«, zwinge ich hervor.

Scarletts zweite Braue hebt sich. »Mörderstimmung, was?«

Ich muss glucksen; erst befürchte ich, es sei der Auftakt eines Heulkrampfs, stattdessen bricht irres Gelächter aus mir heraus. Mörderstimmung – ausgerechnet von ihr!

»Du hast ja den Verstand verloren.« Sie wirft einen verächtlichen Blick auf das Chaos und die Haare über die Schulter. »Ich bin im Haus. Falls du zu Sinnen kommst.«

Sie summt, als sie verschwindet.

Ihr Rock ist zu kurz, ich sah die Narbe, als er sich hob; sie drehte sich so schwungvoll, dass ich glaube, sie tat es mit Absicht. Ob sie das Gefühl genießt, wie der Stoff um ihre Hüfte schwingt? Ist es die pure Lust an der Provokation? Sie gewährt mir einen Blick auf ihre Schenkel, auf die Rundung darüber. Sie tut es mit einer Selbstherrlichkeit, um die ich sie zeitlebens beneidete.

Jetzt fühle ich etwas anderes. Das Lachen bleibt mir im Hals stecken. Ich sehe ihr nach. Der Rock hüpft bei jedem Schritt, gibt den Blick frei auf die bleiche Linie, die ich nie zuvor wahrnahm, zu sehr war ich damit beschäftigt, ihre Gesten einzuordnen, zu verachten und zu kritisieren. Ich hielt sie für schamlos, ihre Lust an den Blicken anderer für eine Sucht. Jetzt sehe ich sie durch Annas Augen: eine verletzliche junge Frau, deren Wangen gerade erst die Fülle der Jugend verlieren und deren Bein einst gebrochen war.

Sie ist meine kleine Schwester.

Bienen summen, ein Schmetterling tanzt von Blüte zu Blüte, die Melisse wiegt sich im Wind. Scarlett ist längst fort, als ich vor dem Kräuterbeet auf die Knie falle und die Hände auf die sonnenwarmen Findlinge bette. Hier liegt sie. Unter Vergissmeinnicht und wilden

Margeriten, Melisse und Borretsch, unter all den Kräutern, die wir einst kauften, um das Fass zu bepflanzen. Hier liegt sie und wartet seit einem Jahrzehnt darauf, dass ich sie finde.

Scarlett hat recht, diesen Teil des Gartens durften wir nie betreten. Ich tat es trotz Annas Verbot, bis ich auf eine tote Krähe stieß, später auf eine Elster, gefolgt von einer Amsel. Anna sagte, eine Katze hätte den Garten als Jagdrevier auserkoren. Erst jetzt erkenne ich das System dahinter. Sie zwang uns einen Mythos auf – so wie sie uns trennte und in dem Glauben aufwachsen ließ, wir würden einander hassen.

Tun wir es überhaupt?

Ich verstehe, wieso sie es tat. Es geschah aus der Furcht heraus, Scarlett würde etwas verraten, was mich auf die richtige Spur brächte. Hierhin. Zu ihr.

Sie hat all die Jahre über gelogen.

Vielleicht tut sie es noch.

Ich ziehe mich hoch, streife den Staub von meinen Knien und fasse einen Entschluss. Anna hat gelogen und ich misstraue ihr dafür. Vielleicht war alles, wie sie behauptet, vielleicht aber auch ganz anders. Es gibt nur eine Möglichkeit, die Wahrheit herauszufinden, denn es gibt eine Person, die weiß, was geschah, und die sich – wie ich – nur erinnern muss.

An einem gewissen Punkt der Geschichte sind die Rollen verteilt - und die einzige Frage, die noch verbleibt, ist, ob der Held es schafft, den Bösewicht zu überwinden. Doch was, wenn von Anfang an mit falschen Karten gespielt wurde? Wenn der Erzähler unzuverlässig ist und er die Geschehnisse zu seinen Gunsten auslegte - er die Rollen falsch verteilte? Was, wenn der Bösewicht bloß ein in die Enge getriebenes Tier ist? Ist es dann eine gute Geschichte?

Scarlett strahlt.

»Sturmfrei! Wann hatten wir das zuletzt?«

Noch nie, denke ich.

Sie wischt meine Bedenken mit einer Handbewegung fort. »Papa geht es gut. Es ist gewiss bloß ein verstauchter Knöchel. Du hast sie um wenige Minuten verpasst.« Sie mustert mich. »Zu wenig Schlaf gehabt? Du siehst furchtbar aus.«

»Scarlett ...«

»Da fällt mir ein, ich habe ein Geschenk für dich. Komm mit.« Sie springt die Treppenstufen hinauf; wie konnte ich die Narbe je übersehen? Wie konnte ich den Sturz vergessen?

Ich folge ihr.

In meinen Gedanken kreisen Satzanfänge, Fragen, Wortfetzen: Erinnerst du dich an Mutters letzten Tag? Weißt du noch, was geschah? Hast du ihr Tee gekocht? Hast du sie vergiftet? Sahst du sie sterben? Wolltest du, dass sie stirbt? Die letzte Frage liegt mir schwer in der Kehle.

Wolltest du, dass sie stirbt?

Ich war sechs, Jenna, was denkst du denn?

Vielleicht, denke ich. *Vielleicht wolltest du es.*

Lächelnd drückt sie ihre Zimmertür auf und bittet mich hinein. Auf ihrem Bett thront der Koffer, die Kleidung quillt wie Konfetti heraus, bunt und schillernd. Das Fenster steht sperrangelweit offen, Vögel zwitschern, die Sonne knallt.

Kann ich sie fragen?

Was, wenn Anna recht und Scarlett das Unaussprechliche verdrängt hat? Wenn sie von Mutter spricht, tut sie es mit Hingabe. Sie schwärmt von ihrer Schönheit, in ihrem Zimmer stapeln sich Briefe, die sie sorgsam verwahrt für den Moment ihrer Rückkehr. Kann ich ihr die Illusion nehmen? Kann ich sie fragen? Sie war sechs. Erinnert sie sich?

War es Absicht?

»Ich konnte Anna überreden, einen Zwischenstopp am Bahnhof einzulegen. Sie dachte, ich wollte mir eine Zeitschrift holen, daher kein Wort zu ihr, verstanden?«

Wir neigen allesamt zum Lügen.

Scarlett, Anna, selbst ich.

»Hör zu«, sagt Scarlett und wühlt im Konfetti. »Ich entschuldige mich für das, was ich am Abend vor der Abreise gesagt habe. Das mit Lee und dem Sex. Ich war sauer, weil sich alles um dich drehte. Das vertrage ich nicht besonders.«

Ich begegne ihrem Blick im Spiegel; er ist ebenso wachsam wie zuletzt in der Schule. Will sie etwas von mir?

»Das war falsch und fies. So bin ich leider. Anna nennt es meine Überlebensstrategie. Du machst dich unsichtbar, ich behalte die Kontrolle über mein Umfeld, indem ich – na, du weißt schon. Jedenfalls fuhren wir recht gut damit, oder? Solang du mir nicht in die Quere kamst und ich es nicht zu wild mit dir trieb …« Sie hat offensichtlich gefunden, wonach sie sucht, denn sie stößt einen kleinen Schrei aus und befreit etwas aus den Stoffschichten. »Bevor ich dir das gebe, versichere ich dir, dass es als Bereicherung gemeint ist; auch wenn es sich eventuell missverstehen ließe.«

»Scarlett, ich …«

»Schon klar«, sagt sie. »Du vertraust mir nicht. Wir sind unterschiedlich, keine Frage. Trotzdem können wir einander helfen, oder? Du mir und ich dir.«

»Darum geht es nicht.«

Ihre Brauen ziehen sich zusammen. »Ich weiß, die Nummer mit dem Tagebuch war daneben. Dafür entschuldige ich mich. Für das Flaschendrehen allerdings nicht. Du magst mir die niedersten Motive unterstellen und damit sogar recht haben, aber es hat funktioniert. Jake sagt, ihr seid ein Paar. Letztendlich ist das alles, was zählt.«

Mir missfällt, wie sie ihn nennt, dass sie überhaupt einen Spitznamen für ihn hat und ihm offensichtlich näher steht, als ich dachte.

»Wir haben Nummern getauscht«, klärt sie mich auf. »An dem Abend. Der Kuss zwischen Lee und mir ging auf Dereks Konto. Sorry dafür. Es sah bei euch heißer aus, als es bei uns war. Er hat nicht einmal die Lippen geöffnet!« Sie lacht. »Ach komm, sei nicht beleidigt. Er hat sich offensichtlich in dich verliebt. Ist das denn nichts wert? Vergiss den Rest.«

Wie könnte ich Mutters Tod ignorieren? Wie kann ich sie darüber im Unklaren lassen? Hat nicht auch sie die Wahrheit verdient? Falls Sie sie nicht längst weiß.

Hältst du mich für eine Mörderin?

Obwohl sie kein Wort gesprochen hat, hängt die Frage zwischen uns. Ich spüre sie mit jeder Faser, ich höre sie, als hätte Scarlett sie mir entgegengeschrien. Dabei lächelt sie bloß unsicher, ein Päckchen in den Händen.

»Scarlett«, ich hole tief Luft, »wir müssen reden.«

»Über Lee? Ehrlich, Jenna, da ist nichts!«

»Über damals«, sage ich; sie erstarrt inmitten der Bewegung, sogar ihr Gesichtsausdruck gefriert. »Du bist vom Dach gefallen. Erinnerst du dich?«

Ihre Lippen zwingen sich auseinander, es sieht beinahe schmerzhaft aus. Hat sie schon immer auf diese Art gelächelt? Ist es mir bloß nicht aufgefallen?

»Danke, das weiß ich noch.«

»Ich hatte es verdrängt«, gestehe ich.

Sie blinzelt ein paar Mal, ihre Fassade reißt. »Wir sollten das bei einem Tee klären. Aber erst das Geschenk.«

Widerwillig nehme ich es entgegen.

»Pack aus«, flötet sie heiter. »Na los.«

Ich habe keine Erwartung, keine böse Vorahnung. Trotzdem bin ich überrascht. Scarletts Geschenk fügt sich nahtlos in diesen Moment der absoluten Absurdität. Mutter ist tot, Scarlett will Frieden, Papa und Anna sind fort – und ich halte einen vergissmeinnichtblauen Vibrator in den Händen.

»Zwölf verschiedene Stufen, von sanft bis hart. Meiner ist rot.« Ihr Lächeln schwankt, dann fällt es in sich zusammen. »Das habe ich mir anders vorgestellt. Egal. Der ist jedenfalls für dich, denn es ist wichtig, dass du weißt, was du willst, ehe du dich auf jemanden einlässt. Es wäre Mamas Aufgabe gewesen, uns vorzubereiten. Auf Sex, meine ich, und Selbstbefriedigung. Jedenfalls nehme ich an, dass Mütter mit ihren Töchtern darüber reden …« Scarlett blinzelt. »Ich weiß, dass du in mein Zimmer gehst, wenn ich nicht da bin. Du kennst die Briefe? Ich schicke sie nie ab – trotzdem stelle ich mir vor, was sie wohl sagen würde, welchen Rat sie mir gäbe.«

»Scarlett …«

»Sag einfach nichts, okay?«

Ich sehe mich in ihrem Zimmer um, in dem Chaos, das mir so vertraut ist, weil ich, sobald sie geht, hierherkomme, mich in ihren Stuhl setze und an sie denke. Es ist die einzige Nähe, die zwischen uns existiert. Tief im Innern habe ich geahnt, dass sie es wusste. Manchmal lagen wie vergessen intimste Notizen auf ihrem Schreibtisch, luden mich geradezu ein, in ihre Gedanken einzutauchen und Teil ihres Lebens zu sein. Ich war es immer, auch wenn Anna uns konsequent trennte. Wir waren es heimlich.

»Tee?«, frage ich und Scarlett nickt.

Es ist mein Fluch, dass ich in jedem Spiegel Scarlett erblicke, in jedem Schaufenster, jeder reflektierenden Scheibe. Ich trage sie unter der Haut. Ich kann ihr niemals entkommen. Ich bin die unsichtbare Schwester –

Und sie ist die Schönste im ganzen Land.

Schweigend beobachte ich, wie Scarlett mit den Bechern hantiert. Sie hat ihre Haare zu einem dicken Zopf geflochten, der ihr bis zur Hüfte reicht. Einzelne Strähnen haben sich gelöst. Sie lächelt, als sie meinen Blick bemerkt. Es fühlt sich seltsam an, ihren Ausdruck zu spiegeln. Kaum dass sie sich zur Arbeitsfläche dreht, fällt er von meinem Gesicht.

Erinnerst du dich?, frage ich in Gedanken.
Willst du es wirklich wissen?, gibt sie still zurück.
Ich fürchte die Antwort, gestehe ich.

Erneut ein Lächeln, das Wasser kocht. Draußen höre ich Großvaters Gärtner schimpfen. Ob er die Buchstaben bekämpft? Scarlett wirft einen Blick hinaus, sie wirkt versonnen. Sie lächelt viel. Doch ihre Augen sind blank.

Warst du es?
Wenn nicht ich, wer dann?
Das ist keine Antwort!
Du hast ja nicht gefragt.

»Warst du es?«

Scarlett dreht den Kopf. »War ich was?« Sie kehrt zum Wasserkocher zurück und schenkt ein; ihre Hand zittert.

Weißt du es?
Ich war sechs.
Heißt das Ja?

Sie öffnet den Zuckerpott und süßt den Tee. Die Körner verteilen sich auf der Arbeitsfläche. Sie flucht leise.

Du erinnerst dich, denke ich.

Ich bin ja nicht du, erwidert sie sanft – und dreht sich zu mir, je einen Becher in der Hand. Bedacht balanciert sie sie zum Tisch und stellt sie ab. Die Teeeier hängen im dampfenden Wasser, es tropft von den Rändern.

»Drei Minuten«, sagt sie, »dann können wir trinken.«

Von dir sollte ich keinen Tee annehmen.
Warum tust du es dann?

Ich schnuppere an der Tasse. Die frühlingsgrüne Flüssigkeit riecht süßlich wie Apfelkompott.

Kann ich dir vertrauen?

Scarlett sitzt mir gegenüber, die böse Königin höchstpersönlich. »Das Rezept ist von Anna. Sie sagt, er beruhige die Nerven.«
Anna will, dass ich schweige.
Anna ist nicht da.
»Erinnerst du dich an Alice?«
Scarlett spielt mit der Kette des Teeeis. »Im Gegensatz zu deinem funktioniert mein Gedächtnis ausgezeichnet.«
Ist das so?, denke ich und sage laut: »Erinnerst du dich an den letzten Tag, den ihr gemeinsam verbracht habt?«
»Willst du mich veralbern?« Scarlett hebt eine Braue. »Wir haben erst davon gesprochen. Auf dem Dach. Ich habe dir gesagt, dass sie durch den Spalt geklettert ist.«
»Das war an dem Tag?«
Sie schnaubt. »Du solltest deinen Kopf wirklich untersuchen lassen, Jenna, du selbst warst es doch, die uns herausgefordert hat! Einen Beweis hast du verlangt – und den hast du bekommen. Hast du das etwa vergessen?«
»Einen Beweis?«
»Warte kurz.« Sie springt vom Stuhl und verlässt die Küche. Ich sehe ihr nach, ihrem Zopf, ihrem Rock, ihrer Narbe, ihren Worten, ihrem Flüstern in meinem Kopf.
Hast du es vergessen?
Ja.
Fühlst du dich schuldig?
Nein ...
Wie bei dem Sturz?
»Nein!«
»Nein?« Scarlett steht in der Tür, in der Hand ein Fotoalbum. Sie legt es auf den Tisch und schlägt es auf. Statt Fotos fallen getrocknete Blütenblätter heraus. Sie fängt sie auf und legt sie behutsam zurück, blättert weiter, bis sie findet, wonach sie sucht.
»Hier«, sagt sie und dreht das Buch, damit ich es sehen kann. »Das habe ich dir gebracht. Als Beweis. Ich habe behauptet, es sei von mir. Von Alice habe ich kein Wort erzählt. Dabei hat sie es geholt.«
»Unmöglich«, flüstere ich.

»Das dachte ich auch. Der Spalt ist wirklich scheiße eng. Selbst für Kinder. Aber Alice hat hindurchgepasst. Du weißt ja, wie dünn sie am Ende war. Sie hat einen ganzen Strauß gepflückt, dabei wollte ich nur einen Zweig für dich.«
Blauer Eisenhut.
»Wie kannst du das vergessen haben?«, fragt sie.
Keine Ahnung, denke ich und starre auf die getrockneten Blüten, auf den verblichenen Blauton.
Meine Lieblingsfarbe.
Mutters Lieblingsfarbe.
Und ihr Tod.
»Du hast die Blumen vom Dach aus gesehen«, fährt sie fort und mit dem Finger über das hauchdünne Pergament, unter dem die Wurzel allen Übels liegt. »Jeden Sommer hast du sie betrachtet und gejammert, dass du sie nicht besitzen kannst. Zur Lieblingspflanze hast du sie erkoren – ich weiß, jetzt sind es Vergissmeinnicht, damals waren es diese hier.« Ihre Stimme verklingt. »Ich wollte deinen Respekt.«
»Eisenhut ist giftig«, zwinge ich hervor.
Scarlett schweigt dazu. Sie rührt ihren Tee.
»Wusstest du das?«, hake ich nach.
Sie blickt zur Uhr. »Der Tee ist gut.«
»Wusstest du es?«
»Ich war sechs«, sagt sie laut. Endlich sagt sie es.
Mit beiden Teeeiern geht sie zur Spüle und wirft sie hinein, eine Spur schillernder Tropfen hinterlassend. Als sie mir wieder gegenübersitzt, sagt sie kein Wort, noch blickt sie mich an. Gedankenverloren rührt sie im Tee.
»Scar«, flüstere ich. »Scar, weißt du noch, was an diesem Tag geschah? Als Alice in den Garten kletterte und den Eisenhut geholt hat? Weißt du noch, was danach geschah?«
»Natürlich. Du wolltest das Loch sehen, kaum dass du mit Papa zurückkamst. Ich habe mich geweigert, es dir zu zeigen. Das war mein Geheimnis – dadurch besaß ich Macht über dich.« Sie wirkt entrückt. »Seither sammle ich Geheimnisse und Blüten, Letztere rein aus sentimentalen Gründen. Ich habe es dir bereits erklärt. Du erinnerst dich?«
Weil die Toten in ihnen fortbestehen.

»Du verstehst es jetzt, nicht wahr?«

»Scarlett …«

»Es hat mir besser gefallen, als du gestottert hast. Wo ist das geblieben? Kann man so was an einem Tag verlernen?«

Ich schließe die Augen, atme tief durch.

»Bitte, Jenna, mach jetzt keine Szene.«

»Scarlett …«

»Weißt du, wie abgrundtief ich es hasse, wenn du das tust? Meinen Namen auf diese Art aussprichst? Ich hasse es! Als wüsstest du etwas, als wärst du mir überlegen! Aber das bist du nicht. Nicht mehr und nie wieder.«

Ich war es nie, möchte ich sagen.

»Bestreite es gar nicht erst. Nur weil du dich dafür entschieden hast, die Vergangenheit zu vergessen, macht es sie noch lange nicht ungeschehen.« Scarlett nippt am Tee, sie verzieht das Gesicht. »Noch heiß«, warnt sie unnötigerweise. Ich werde keinen Schluck trinken.

»Es war der Tag, an dem Mama ging.«

Die Worte sind raus. Scarlett hebt eine Braue.

»Ich weiß«, sagt sie. »Und?«

»Erinnerst du dich daran?«

»Besser als du«, spottet sie. »Du hast sie gar nicht mehr gesehen, oder? Du warst mit Papa weg, und als du zurückkamst, war sie fort – ja, so war es. Willst du deshalb wissen, was geschehen ist? Ob sie etwas gesagt hat?«

»Ja«, lüge ich.

Scarletts Lächeln kehrt zurück. »Was bekomme ich dafür? Spar dir jeglichen Einwand. Ich habe die Info, du willst sie. Die Machtverhältnisse sind klar.«

»Was verlangst du?«

»Ein Geheimnis«, sagt sie sofort. »Wie du weißt, liebe ich Geheimnisse – und eines von dir fehlt mir noch.«

Ich willige ein.

»Erst du«, verlangt Scarlett.

»Keine Chance.«

»Ich habe dein Wort?« Sie beugt sich vor, ihre Augen glänzen. »Du bekommst einen Teil dessen, was sie sagte, bevor sie ging. Dann bist du dran; danach erzähle ich den Rest. Abgemacht?« Ich nicke und sie sagt: »Mama ging es nicht gut. Sie hatte sich mit Papa gestritten und ihre Freundin – du erinnerst dich an sie? – redete nur von sich selbst und von Alice natürlich. Ich weiß noch, dass Mama ganz blass war und ständig nickte, selbst aber kein Wort hervorbrachte. Vielleicht tat sie es, als wir an der Mauer waren, ich bezweifle es allerdings. Als sie fort waren, schien Mama erleichtert. Sie sagte, manchmal sei es schöner, wenn Leute gingen, als wenn sie kämen. Daran erinnere ich mich, weil es im Nachhinein so viel Sinn ergibt.«

»Und dann?«

»Erst du.«

»Das war praktisch nichts!«

»Es war die Hälfte – aber gut, da du darauf bestehst: Sie hatte Kopfschmerzen und wollte sich hinlegen. Jetzt bist du dran. Ein Geheimnis, ich höre?«

Von Kopfschmerzen sprach auch Anna.

»Hast du ihr Tee gekocht?«

»Das Geheimnis«, bleibt sie eisern. »Und wehe, es ist kein gutes, dann ist unser Deal nichtig.«

Von draußen erklingt das Geschimpfe des Gärtners.

»Ich habe einen anderen Vater.«

Scarlett schnaubt. »Bitte, das ist doch nichts Neues. Das ganze Dorf weiß Bescheid.« Sie wischt mein Entsetzen beiseite. »Du machst dich nicht nur unsichtbar, du verschließt auch Augen und Ohren. Kein Wunder, dass du deine eigene Vergangenheit verdrängst. Ich zweifle nur, ob das auf Dauer der richtige Weg ist. Es muss doch ausgesprochen einsam sein, auf diese Art zu leben, nicht?«

»Ist es«, flüstere ich.

Scarlett streckt eine Hand aus, ihre Finger schließen sich um meine. »Deshalb hast du jetzt mich. Ich helfe dir, dich zu erinnern. An alles, was geschah. Dafür sind Schwestern doch da.« Bevor ich ihr meine Hand entziehen kann, lehnt sie sich zurück. »Also, ein anderes Geheimnis.«

»Ich habe keines.«

»Papperlapapp. Jeder hat Geheimnisse. Auch du.«

Jeder hat Geheimnisse vor mir, denke ich.

»Komm schon«, lockt Scarlett. »Erzähl mir etwas – und fang nicht mit Lee an, davon hat Yakup bereits gesprochen. Ihr seid in flagranti erwischt worden? Vom Alten? Was für ein zauberhaftes erstes Familientreffen!«

Auch das weiß sie.

Ich hebe das Kinn und sage: »Mama ist tot.«

»Das ist kein Geheimnis, sondern deine verdrehte Art von Trauer, um mit ihrer Entscheidung klarzukommen, dass sie sich gegen ein Leben mit dir entschieden hat.«

»Nein«, sage ich leise. »Sie ist tot.«

Scarlett grinst. »Aha. Und da bist du sicher, weil …?«

»Anna es sagt.«

»Anna? Niemals. Sie haben keinen Kontakt.«

»Ja«, bestätige ich, »denn Mama ist tot – und zwar seit dem Tag, an dem sie verschwand.«

Diesmal schweigt Scarlett. Sie sieht mich bloß an. Mit diesen Augen, die der Form nach den meinen gleichen, aber einen kälteren Farbton aufweisen; er ist beinahe schneidend. Sind Augen der Spiegel zur Seele? Ist ihre klar wie Eis?

»Ach, Jenna«, seufzt sie, »warum nur trinkst du deinen Tee nicht? Es könnte alles so viel einfacher sein.«

Damit erhebt sie sich und verlässt den Raum.

Hast du je darüber nachgedacht, mich zu töten?

»Aufwachen, Dornröschen.«

Mich blendet etwas; die Sonne? Ich blinzle, Scarlett tritt vor mich, ihr Schatten lässt mich erkennen, dass wir in ihrem Zimmer sind. Ich liege auf ihrem Bett, will mich aufrichten und bemerke erst da, dass mich etwas hält.

Meine Beine, die Arme –

»Hast du mich gefesselt?«

Scarletts Gesicht ist undeutbar, es liegt zu hoch, die Strahlen blenden zu sehr. »Vorsichtshalber«, gibt sie zu und tritt aus der Sonne. Erneut schließe ich die Lider gegen die Grelle, rolle mich herum und stöhne vor Schmerz.

»Oh, das«, sagt Scarlett vom Bettende her. »Ich musste dich die Treppe raufschleifen; dachte mir schon, dass es einige unschöne Flecken gibt. Auch der Kopf sollte dir wehtun. Ich habe nur leicht zugeschlagen, immerhin will ich, dass du wach genug bist, um zu verstehen.«

»Scarlett«, ächze ich.

»O bitte, kein Scarlett mehr, kein Jammern, kein Flehen. Erspar es uns beiden. Ich will nur reden – und du wirst zuhören. Mehr verlange ich nicht.«

»Aber ... was ...«

»Nur zuhören, schon vergessen? Und dabei heißt es, ein Schlag auf den Hinterkopf erhöhe das Denkvermögen.«

Ich quäle mich in eine halbwegs sitzende Position, während Scarlett sich gedankenversunken im Spiegel betrachtet. Sie kommt mir fremd vor, als wäre die Scarlett, die ich kenne, durch eine spiegelverkehrte Version ersetzt worden. Ihr Gesicht wirkt verkehrt herum – alles an ihr ist verkehrt. Ich zwinge den Blick zu meinem eigenen Spiegelbild; sie hat mich mit Paketband verschnürt. Die Knie, die Füße, sogar die Waden. Meine Arme kann ich hinterm Rücken nicht erkennen. Einzig mein Gesicht ist frei. Sie hat aufs Knebeln verzichtet, weil sie, auch wenn sie es abstreitet, Antworten will – so wie ich.

»Du erinnerst dich also«, stelle ich fest.

»Gewiss.« Sie schenkt mir einen abschätzigen Blick. »Wenngleich an anderes, als du annimmst. Lass mich dir eines versichern: Ich habe sie nicht getötet. Weder absichtlich noch versehentlich. Streite nicht ab, dass genau dieser Gedanke in deinem Kopf kreist. Du weißt doch, man sieht es dir an. Das Denken fällt dir so schwer.«

Ich ignoriere ihre Spitze. »Warum die Fesseln?«

»Ich sagte es bereits. Ich will, dass du zuhörst, doch du neigst dazu, dich unbequemen Wahrheiten zu entziehen. Damit ist jetzt Schluss.« Sie zeichnet ihre Lippen mit dem Stift nach, den sie auch mir anbot. Der Abend liegt so fern, als hätte ich ihn bloß geträumt. Auch das hier hat mehr mit einem Albtraum gemein – passiert das wirklich?

»Wie ist sie gestorben?«, frage ich.

»Schön der Reihe nach«, murmelt sie, während sie den Lippenstift verreibt. »Weißt du noch, wie ungleich unsere Beziehung zu Mutter war? Dass sie dich bevorzugte?«

»Anna sagte so etwas.«

»Aber du erinnerst dich nicht«, stellt sie resigniert fest. »Das ist bedauerlich, ich befürchte gar, so wirst du den Zusammenhang bloß erahnen, aber niemals begreifen können. Wie auch? Du warst die begehrte Tochter, das Wunschkind, das Kind der Liebe. Gott, sie hatte so viele Namen für dich. Weißt du, wie sie mich nannte? Eine Warnung. Deswegen auch die Farbe. Sie hasste Rot. Wusstest du das? Ich nicht. Ich fühlte es bloß. Tagtäglich.«

»Das stimmt nicht.«

»Du willst sie verteidigen? Obwohl du keine Ahnung hast, was sie uns antat? Statt all die Ungerechtigkeiten aufzuzählen, all die Tage mit ihr, um die ich dich beneidete, und die Nächte, in denen ich dich hasste, weil sie bei dir war und nicht bei mir. Anstatt dir das aufzuzählen, beschränke ich mich auf diesen einen Tag und diesen einen Moment und den Strauß, den ich für dich pflückte. Ich denke, mehr bedarf es nicht. Du hast gefragt, ob ich um die Giftigkeit des Eisenhuts gewusst habe. Das tue ich und das tat ich. Alice trug Handschuhe, als sie die Blüten brach, denn selbst die bloße Berührung ist toxisch. Alice hätte das Rätsel um Mamas Verschwinden jederzeit lösen können, doch niemand kam auf die Idee, ein Kind könne die Wahrheit wissen, erst recht kein sterbendes. Danach gab es nur noch Anna und mich. Wir sprachen nie wieder darüber. Sie verbot es mir in jener ersten Nacht und ich habe mich bis heute daran gehalten.«

»Was hat sich verändert?«

Sie lässt sich auf ihrem Schreibtischstuhl nieder, dreht sich zu mir und fixiert mich. »Wenn sie mit dir spricht, darf ich es auch, oder?«

Ich nicke, meine Kehle ist zu eng; das Schlucken fällt mir schwer, als hätte sie auch meinen Hals verbunden. Doch es ist nur die Angst, die in mir aufsteigt. Ich bin ihr ausgeliefert. Anna ist fort, Papa auch. Nur sie und ich und all dieses Paketband und die Geheimnisse einer anderen Zeit, an die ich mich nicht erinnere. Liegt dort der Schlüssel? In der Vergangenheit? Ich versuche zwanghaft, mich daran zu erinnern, doch alles, was ich heraufbeschwöre, ist das Gefühl der Sonne auf meiner Haut und der Fahrtwind in meinem Haar, Papa neben mir und das Radio auf voller Lautstärke.

Danach nichts.

Erst das Gespräch und der gelbe Schein der Küchenlampe folgen. Dazwischen herrscht Leere. Ich habe kein Bild davon, wie wir heimkehrten, das Fass ausluden, den Hof betraten oder den Garten. Ich habe kein Bild von Anna oder Scarlett, auch keines von Mutter. Nur die Küche und Papas erstickte Worte. War es bereits Tage später? War es am selben Abend?

Ich weiß es nicht.

Ich weiß nichts.

»Du gräbst so tief«, spottet Scarlett von fern, »du gräbst und gräbst und findest doch keine Antworten. Deshalb brauchst du mich. Willst du wissen, was geschah? Wie sie starb? Du denkst, ich wäre es gewesen. Dabei warst du es. Ketten von Ereignissen und diese eine begann bei dir. Wir sind die Stufen einer Treppe, die unweigerlich ins Verderben führte. Oder in diesem Fall: ins Grab. Du weißt, wo sie liegt, nicht wahr? Anna hat dir auch das verraten. Es ist die Art, wie du die Alben musterst. Erst jetzt verstehst du, weshalb ich die Blüten sammle. Aber ich greife voraus. Lass uns bei dir beginnen. Bei deiner Schuld. Und dann, Stufe für Stufe, führe ich dich hinab.«

Sie greift nach einem Fotoalbum und schlägt es auf. Es ist dasselbe, das sie in der Küche zeigte. Blütenblätter flattern heraus, sie hält erst inne, als sie zum Eisenhut kommt. Sie betrachtet ihn stumm, lächelt dabei. Wie konnte ich je annehmen, sie sei perfekt? Wie konnte ich ihren Schmerz übersehen? Sie ist wie das gesprungene Spiegelbild im Schulklo, genauso kaputt, nur weiß sie es besser zu verstecken.

»Ausgerechnet Eisenhut wolltest du, und ich habe ihn für dich geholt – kaum hielt ich den Strauß in den Händen, überkam mich eine viel bessere Idee. Also ging ich zu Mutter. Sie hatte sich auf die Liege unter dem Apfelbaum zurückgezogen, um die Kopfschmerzen auszukurieren. Dort lag sie oft. Zumindest das musst du noch wissen.« Erst als ich nicke, fährt sie fort: »Wenn du sie dort gestört hast, hörte sie zu, mich jedoch hat sie stets weggeschickt. Ich dachte, wenn sie den Eisenhut bemerkt, müsste sie reagieren. Wie damals bei dir. Erinnerst du dich? Sie schlug Anna. Selbst ihren Zorn nahm ich in Kauf, solang sie mich nur sah. Doch rate, was geschah, als ich ihr die Blumen zeigte.«

Als ich nicht antworte, dehnt sich die Stille zwischen uns aus. Ich bin unentschlossen, was ich antworten soll. Reize ich sie, wenn ich schweige? Oder ist es gefährlicher, ins Blaue zu raten? Blau – ich ächze innerlich.

»Sie ignorierte dich.«

»Falsch«, sagt Scarlett. »Wäre es so gewesen, hätte ich mir einreden können, sie hätte die Gefahr verkannt. Stattdessen hat sie den Strauß flüchtig gemustert und mir befohlen, ihn von dir fernzuhalten.« Scarlett legt den Kopf in den Nacken und dreht sich mit dem Stuhl. Rundherum. Kreis um Kreis. »›Halt ihn von Jenna fern.‹ Nur das – ich saß neben ihr und pflückte die Blüten auseinander, mit bloßen Händen, und sie sagte nur das.«

»Scarlett …«

Abrupt stoppt der Stuhl. So schnell, wie mich ihre Hand erwischt, kann ich nicht ausweichen. Meine Wange brennt, ihre glänzen rosig. »Sprich mich nicht an!«

Sie streicht sich den Rock glatt, sammelt sich.

»Die Vögel«, fährt sie fort, als wäre nichts geschehen, »das war ich. Anna dachte, eine streunende Katze würde ihr Unwesen treiben. Ich hörte sie Papa fragen, ob Katzen Leichen wittern. So besorgt war sie, dabei hatte ich alles unter Kontrolle – ich meine, ich hatte versprochen, nie wieder von dem Vorfall zu sprechen. Wie hätte ich ihr da sagen können, dass du im Kräutergarten warst?« Sie lässt sich auf die Matratze fallen, streicht mir das Haar aus dem Gesicht und mit den Fingerspitzen den Abdruck nach. »Du warst zu neugierig, Jenna. Das stand dir nicht zu.«

Ich beiße die Zähne zusammen und blinzle die Tränen fort. Meine Fäuste sind geballt, das Klebeband knarrt.

»Versuch's erst gar nicht«, sagt sie sanft. »Das hält so einiges aus. Wir haben es ausprobiert – im Bootshaus. Ich konnte an deiner Mimik erkennen, wie enttäuscht du davon warst. Du hättest es die Woche zuvor sehen sollen. Wir machen eine Menge Dinge dort. Dinge, die verrucht sind, Dinge am Rande der Legalität. Dinge, die dir Angst machen würden. Hast du jetzt Angst, Jenna?«

»Nein«, flüstere ich.

»Nein?« Sie wirkt neugierig. »Warum nicht?«

»Du bist meine Schwester. Du tust mir nichts.«

Ich hoffe es zumindest.

»Du hast recht. Ich bin keine Mörderin.«

Gott sei Dank.

»Abgesehen von den Vögeln«, schränkt sie ein. »Ich erlegte auch eine Katze, aber die fand Anna vor dir und beseitigte sie. Sie hat es nicht verstanden.« Sie streckt sich neben mir aus. »Ich glaube, ab da begann sie, mir zu misstrauen. Sie ließ mich keinen Moment unbeaufsichtigt und niemals mit dir allein. Das ist auch der Grund, warum sie die Abreise überstürzt hat. Offenbar glaubt sie, ich würde hinter dem Unfall der Neuen stecken. Du erinnerst dich? Sie stürzte ins Hafenbecken. Vor dir, meine ich. Dabei habe ich rein gar nichts damit zu tun. Es ist beinahe ironisch, dass sie mir so viel zutraut, dabei war sie es …«

»Dabei war sie was?«

Scarlett blickt zu mir, durch mich hindurch. »Ich war sechs, was hätte ich tun können? Mama ignorierte mich und nahm ihre Tabletten; die, von denen sie so tief schläft. Erst später begriff ich, dass Anna die Situation falsch verstanden hat. Sie muss das Schlimmste angenommen haben. Dabei war alles wie immer. Mutter schlief – und ich war unsichtbar. Witzig, oder? Wie wir die Rollen getauscht haben.« Scarlett dreht sich auf die Seite, es fällt ihr schwer, still zu sitzen. Sie ist so voller Worte, die hinausdrängen. »Anna brachte mich ins Haus. Ich weiß noch, dass sie furchtbar bleich war. Wie Mama. Aber Mama war nicht tot. Da noch nicht. Erst später.«

Sie braucht nicht weiterzusprechen, ich sehe es vor mir. Wie Anna nach Hause kommt, Scarlett umringt von Eisenhut vorfindet und Mama nicht wach kriegt. Daran erinnere auch ich mich, dass Mama oft so tief schlief, als sei sie tot. Sie nannte es ihren Schneewittchen-

schlaf, den nur mein Kuss durchbrechen könne; tat er aber erst, wenn die Wirkung der Tabletten nachließ. Ich küsste sie oft die halbe Nacht.
Sie war nicht tot. Da noch nicht.
Erst als Anna die fatale Entscheidung traf, Scarlett um jeden Preis zu schützen. Erst als sie das Loch gegraben und Mutter hinabgezerrt und mit Erde bedeckt hatte. Erst da war sie es. Tot und begraben im Kräuterbeet. Scarlett nannte es eine Treppe in den Abgrund – und die erste Stufe war ich.

Ich beobachte Scarlett dabei, wie sie sich für die Party vorbereitet. Sie hat sich für ein schlichtes Kleid in Samtschwarz entschieden. Es ist schulterfrei. Das Haar glättet sie seit mindestens zwanzig Minuten. Sie erzählt von Derek, von Selena und den anderen, von ihren geheimen und verbotenen Treffen im Bootshaus. Sie weiht mich in all ihre Geheimnisse ein, die düsteren wie die sinnlichen. Die Gerüchte werden dem Bootshaus tatsächlich nicht gerecht.
Maria würde hierfür sterben.
Ich werde es vielleicht.
Warum sonst sollte sie so offen Straftaten zugeben?
Das Bootshaus ist nur ein Teil ihrer Geschichte, ein Ort, an dem sie Kontrolle ausübt. Scarlett lacht, als ich das sage, sie bestätigt es. Nie wieder wolle sie fallen, deshalb sorgt sie dafür, dass andere es tun.
»Weißt du«, sie legt das Glätteisen beiseite, »ich habe wirklich gehofft, dass du den Tee trinkst. Warum musst du auch in der Vergangenheit bohren? Wahrheit bringt bloß Schmerz – und eine Situation so unschön wie die damalige. Denn Jenna, was hast du mit all dem Wissen vor? Ich dachte, du würdest die Hinweise verstehen. Ich kaufte dir sogar ein Geschenk! Wir hätten nach vorn blicken können, gemeinsam. Jetzt siehst du zurück und zwingst uns, dasselbe zu tun. Also, was hast du vor?«
Ich weiß es nicht. Ich sage es laut.
»Das ist schade.« Scarlett stellt sich ans Fenster und zündet eine Zigarette an. Sie bläst den Rauch hinaus; die Sonne ist bereits gewandert, der Himmel hinter ihr verfärbt sich violett. Der perfekte Ton zwischen Rot und Blau.

»Mir egal, wer dein Vater ist«, spricht sie zum Himmel. »Wir sind Schwestern und ich liebte dich, egal was Mutter tat oder wer dein Vater war. Der Hass kam später. Ich kann es mir nicht erklären. Kannst du es?«

»Nein«, sage ich, meine Beine sind taub. »Kannst du das Band durchschneiden?«

Sie mustert mich knapp. »Noch nicht.«

»Oder nie?«, frage ich.

»Selbst du denkst nur das Schlimmste von mir. Sogar jetzt, da du die Wahrheit weißt. Haben wir nicht alle dazu beigetragen, dass sie tot und im Garten ist?«

»Woher weißt du eigentlich, wo sie liegt?«

Scarlett lächelt, es wirkt traurig. »Ich dachte schon, du fragst nie. Denn das, Jenna, ist der Grund, warum es von hier aus schwierig wird. Was auch immer dir Anna erzählt hat, ich fürchte, sie hat den entscheidenden Teil ausgelassen. Vielleicht hat sie ihn – wie du – wahrhaftig vergessen. Es wäre besser für sie. Verrate mir, hat sie erzählt, dass unser Onkel beim Graben half?« Auf mein Nicken hin schnipst sie die Zigarette aufs Dach. »Er kam erst später. Erst als sie schrie. Das verheimlichte sie, oder? Dass sie zu schreien begann? Es interessiert mich wirklich: Wann, dachtest du, starb Mutter? Als die Erde sie erstickte? Durch die Tabletten? Oder durch Annas Spaten?«

»Nein«, flüstere ich und lauter: »Das kann nicht sein.«

Ihr Lächeln schmeckt bitter. »Empfinde nur ich es als ungerecht, dass du mir Mutters Tod sofort zutraust, Anna aber verteidigst? Dabei ist sie die wahre Mörderin.«

»Nein«, wiederhole ich tonlos. »Nein.«

»Weißt du, wie es klingt, wenn ein Spaten auf Knochen trifft? Als hätte er einen Ast gespalten. Nur feuchter. Kannst du es dir vorstellen? Ich werde das Geräusch nie vergessen. Ebenso wenig Annas Geschrei. Danach – versteht sich. Gott, wie sie schrie. Unser Onkel musste ihr den Mund zuhalten, um nicht das halbe Dorf zum Grab zu locken. Da war sie tot, Jenna, als ich im Holunder hockte und Anna in seinen Armen heulte. Da war sie tot. Erst da.«

»Nein«, flüstere ich.

Wenn ich könnte, würde ich mir die Ohren zuhalten. Doch Scarlett kennt kein Erbarmen. »Hast du schon einmal versucht, eine Wurzel zu durchtrennen? Dazu gehören Kraft und Präzision. Je nach Dicke sind mehrere Spatenstiche notwendig. Aber wem sage ich das, du hast lange genug auf dem Friedhof geholfen und selbst zahllose Wurzeln gekappt. Was denkst du: Geschah es im Reflex? Stach Anna zu, weil sie erschrak? Eine Leiche, die sich aufrichtet, das ist schon heftig. Oder war es Absicht? War Mutter gar wach? Ich hörte Anna sprechen. Zu Mutter. Tat sie es in der Annahme, sie sei tot? Oder um ihren Tod anzukündigen? Ich war zu weit weg, ich verstand kein Wort. Was meinst du? Tat sie es, weil sie keinen anderen Weg sah? Oder aus Versehen?«

»So ist sie nicht.«

Scarlett neigt abwägend den Kopf. »Es gibt einen einfachen Weg, es herauszufinden.«

Sie legt eine CD in ihren Player. Es ist ein Song von Dereks Band. Sie wirft den Kopf in den Nacken und tanzt. Sie lacht und singt und lässt die Füße fliegen.

Bin ich verrückt?

Ist sie es?

»*All night long*«, singt sie und lacht.

Ich wusste nicht, dass sie so tanzen kann.

Vielleicht ist auch die Welt verrückt.

Vielleicht sind sie und ich genau richtig.

»*All night long*«, singt sie und ich gluckse.

Vielleicht lässt sich manches nur ertragen, wenn man selbst einen Teil seines Verstandes einbüßt, die Welt auf ein Zimmer und einen Song beschränkt, auf ein Gefühl, das alles in sich vereint. Kann man Hassen und Lieben zugleich?

»Ich liebe diesen Song«, ruft Scarlett und lässt ihn von vorn spielen. Ihre Haare fliegen, ihr Kleid hüpft. Mein Fuß wippt. *Egal*, denke ich und sehe ihr zu. *Alles egal.*

»Fürchtest du dich?«, fragt sie atemlos.

Der Himmel hat die Farbe von reifen Brombeeren. Lee und Yakup warten am Bootshaus auf uns. Ob sie hierherkommen, um nach uns zu suchen? Hoffnung wallt in mir auf, stärker als Verzweiflung, stärker als Schmerz. Ich will nur noch raus. Fort von Scarlett und Anna, fort von diesem Hof und dem Song, der in Endlosschleife aus den Boxen hämmert. Irgendwann in den letzten Minuten habe ich meinen Verstand wiedergefunden.

Fürchte ich mich?

»Ja«, sage ich. »Lässt du mich frei?«

Sie verneint. »Wie könnten wir sonst Anna prüfen?«

»Wir gehen zur Polizei. Du und ich. Wir erzählen ihnen alles, woran wir uns erinnern.«

»Woran *ich* mich erinnere«, präzisiert sie.

»Es wird herauskommen, was wirklich geschah.«

Scarlett schüttelt bedauernd den Kopf. »Das geht nicht. Wenn sie die Leiche bergen und sich dabei Verletzungen offenbaren, ist Annas Schuld bewiesen. Das wäre ihr Ende. Nein, Jenna. Was damals geschah, tat sie, um mich zu schützen. Es mag falsch gewesen sein, doch wer bin ich, sie zu richten?« Sie steigt zu mir aufs Bett. Die Matratze gibt nach, ich weiche zurück. »Misstrauisch bis zuletzt – wer könnte es dir verdenken.« Sie setzt sich auf mich, mit der Hand greift sie in mein Haar. »Keine Sorge, es tut nicht weh.« Sie zwingt meinen Kopf in den Nacken, ich schreie auf, schmecke Staub, huste, keuche, würge.

»Schlucken«, sagt sie und kippt Wasser nach. Prustend winde ich mich, bis sie nachlässt. »So ist's fein. Keine Sorge, Jenna. Wenn Anna, wie du sagst, eine gute Seele ist, wird sie dich retten.«

Sie stellt die Flasche zurück aufs Fensterbrett und klopft sich die Hände sauber.

»Was war das?«

»Oh, das.« Sie schmunzelt. »Keine Sorge. Die Wirkung sollte einsetzen, ehe Anna heimkehrt. Sie wird entscheiden, was mit dir geschieht. So wie bei Mutter. Verstehst du? Sie tat es um meinetwillen. Nun tue ich es für sie.«

»Du zwingst sie, eine Entscheidung zu treffen?«

Ihre Stirn kräuselt sich. »Aber Jenna! Ich lasse ihr die Wahl. Sie *kann* dich retten – oder neben Mutter begraben. Diese Entscheidung gehört ihr allein. Rettet sie ihr Ansehen oder dich? Da du an sie glaubst, besteht kein Grund zur Sorge, oder?« Sie hängt sich eine Tasche um und schlüpft in ihre Schuhe, ohne sie auf Reißzwecken zu prüfen.

Nur ich tue das. Nur ich.

»Wohin gehst du?«

»Zur Party natürlich. Lee und Yakup warten gewiss. Ich werde ihnen von Papas Unfall erzählen und sagen, du wärst ins Krankenhaus gefahren.«

»Warte«, flehe ich, da steht sie bereits an der Tür.

»Kein Wort von dir wird etwas ändern«, sagt sie sanft.

»Die Musik!«

»Gefällt sie dir nicht?«

»Nein.«

»Tja, dein Pech.« Sie zieht die Tür zu.

All night long.
All night long.
All night long.

Wenn das Lied noch einmal beginnt, werde ich verrückt. Ich liege am Boden vor der Tür; bis hierhin habe ich es geschafft. Scarlett hat bei all ihrer Vorsicht vergessen, meine Hände und Beine aneinanderzubinden, daher bleibt mir ein Rest Bewegungsfreiheit. Ich schaffte es vom Bett und auf die Füße und hüpfend zur Tür. Die Klinke jedoch erweist sich als übermächtiger Gegner. Sie liegt außerhalb meiner Reichweite, egal wie ich mich drehe und biege.

All night long.

Jetzt liege ich davor, ein Haufen keuchendes Elend, zu Füßen der Tür, inmitten all der schimmernden Kleidung, die Scarlett während ihrer Anprobe fallen ließ. Ihr Zimmer ist das reinste Chaos. Mein Haar ebenfalls, es klebt mir an der Stirn; es dringt in meinen Mund, gleich wie oft ich es auch ausspucke. Es lässt mich würgen.

All night long.
Würgen – ich muss würgen! Was auch immer sie mir gab, wenn ich es erbreche, ist die Gefahr gebannt. Ich schnappe mit den Zähnen nach einer Strähne, ziehe sie mit der Zunge hinein – der Würgereflex setzt augenblicklich ein. Ich erbreche Wasser und Schleim und mein Haar.
All night long.
Galle tropft vom Kinn, ich rolle auf die Knie und über die Fersen hoch – ein schwankender Baum im Wind. Als weit größeres Problem erweisen sich die verstreuten Kleiderberge und die einsetzende Dunkelheit. Ich bleibe hängen und stürze der Länge nach hin. Mein Kopf schlägt gegen die Kante des Bettes.
»Hilfe«, krächze ich.
»All night long«, antwortet der Song.
All night long.
All night long.
All night long.
Vielleicht sollte ich einfach liegen bleiben und auf Anna warten. Sie ist meine Schwester. Sie wird mir nichts tun.
Sicher?, fragt Scarlett.
»Verschwinde aus meinem Kopf!«
Hier ist es so gemütlich.
»VERSCHWINDE!«
»All night long«, flötet der Song.
Ich werde verrückt.
»Steh auf«, befehle ich und zwinge mich auf die Füße. Es gelingt mir kaum; alles dreht sich. Kommt das vom Sturz? Oder habe ich mich zu spät erbrochen? Wirkt es bereits – was auch immer sie mir gegeben hat? Ich lehne mich an den Schreibtisch; er gibt unter mir nach; oder bin das ich? Ich reiße Scarletts Alben mit mir. Eines schlägt neben mir auf, genau auf der Seite mit dem Eisenhut. Eine vereinzelte Blüte ist geblieben. Der Rest ist fort. Fiel er beim Sturz heraus?
Oder hat sie ihn mir gegeben?
»Scheiße«, krächze ich. Zahllose Versuche später stehe ich zitternd wie Espenlaub. Meine Handflächen sind klitschnass. Ist es Gift? Oder Panik?
Mich trennen nur wenige Schritte vom Fenster – und Scarletts Koffer. Ich entscheide mich gegen einen gewagten Sprung, ich flöge

nur mit der Stirn gegen die Heizung und stähle Anna die Qual der Wahl. An Heizungen, so heißt es, seien bereits etliche kippelnde Kinder zugrunde gegangen.

Im Entenmarsch schaffe ich es zur Fensterbank; Großvater verlässt gerade unseren Hof.

»Hey«, krächze ich, schreie ich, doch entweder ist er taub oder die Musik schluckt den Schrei. »Ich bin hier!«

Er wirft keinen Blick zurück.

Erschöpft hänge ich da, unter mir das Dach, und überlege, ob ich springen soll. Scarlett überlebte den Sturz mit je einem gebrochenen Bein und Arm; allerdings ohne Fesseln. Wenn ich es über das Fensterbrett schaffe, dann nur kopfüber. Ich kann mich weder halten noch abfangen.

Traust du dich?, flüstert sie hinter mir.

»Warum?«, frage ich in die anbrechende Nacht hinein. »Warum tust du mir das an?«

Hierbei geht es nicht um dich, Jenna. Es ist ein Test für Anna, ein Geschenk – das bist du.

»Scarlett ...«

Ich hasse es, wenn du mich so nennst.

»HILFE!«, brülle ich hinaus.

Keiner hört dich. Niemand sieht dich. Denn du warst zu lange unsichtbar, als dass sie dich jetzt sehen könnten.

»ICH BRAUCHE HILFE!«

Schrei, Jenna, schrei, so laut du kannst.

Das tue ich. Ich schreie und weine und brülle.

Doch niemand kommt.

Willst du die ganze Nacht dort stehen?

»All night long«, spielt der Song.

All night long, singt Scarlett.

Ich spüre sie hinter mir tanzen, doch als ich mich drehe, ist sie fort. Nur ihr Echo verbleibt, ihr Lachen in meinem Ohr, ihre Berührung in meinem Haar. Ich rieche sie.

Ich bin immer bei dir, verspricht sie.

Sie hat sich längst in meinen Kopf gepflanzt. Sie tat es mit ihren Zetteln, Blicken und Worten. Sie ist immer da.

Das bin ich – und ich helfe dir.
Ich hieve mich aufs Fensterbrett.
»Und dann?«, frage ich.
Bist du frei.
Das Dach wartet auf meine Antwort, die Vögel lauschen gebannt. Selbst der Song pausiert, als würde er, so herzlos und gleichgültig er mich zuvor auch trieb, die Entscheidung mit Spannung erwarten. Es ist das Haus, erkenne ich da, das auf meine Reaktion wartet. Es ist bereit, mich zu fangen, sollte ich springen. Es wird mich mit seinen Schindeln begleiten, den langen Weg hinab.
Bereit?, fragt Scarlett.
Ich schiebe mich über den Sims, ziehe die Beine an und strecke sie in die Nacht. Erste Sterne flimmern am Firmament. Es sind nur zwei. Papa und Mama. Sie verschwinden aus meinem Blickfeld, als ich den Halt verliere und über den Rand kippe. Das Dach stöhnt unter mir und ich mit ihm. Ich überschlage mich die Schindeln hinab, die Balken knarren.
Gleich, denke ich, *gleich ist es vorbei.*
Da geht ein Ruck durch das Haus – oder durch mich? Und ich hänge da, kopfüber an der Regenrinne, unter mir nichts als Leere und ganz am Ende der Grund. Das Vergissmeinnicht blüht, die Löwenzahnspitzen halten sich die Augen zu. Ich hänge fest. Irgendetwas hat sich verharkt. Mein Gürtel? Das Haus hat mich gefangen, es ächzt unter meinem Gewicht.
»Danke«, flüstere ich.
Freu dich nicht zu früh, klagt es – oder Scarlett?
»Jenna? Scheiße, Jenna. Yakup, schnell!«
»Bitte«, wispere ich, »bitte seid echt.«
»Halt durch, Jenna, wir kommen!«
»Eine Leiter – an der Mauer, schnell!«
Ich sehe Yakup rennen und Lee unter mir. Ist er echt?
»Ich bin da, Jenna. Keine Angst, ich bin da.«
Ja, er ist echt. Er war es von Anfang an.
»Halt gut fest, okay? Gleich ist es geschafft.«
Yakup kehrt bereits zurück. Ich habe ihn noch nie so bleich gesehen. Ob er an unsere Väter denkt?

Ich denke an so vieles. Nur nicht an den Tod.

Die Leiter findet Halt und Lee zu mir hoch, er kämpft mit den Schindeln, packt mich um die Hüfte und zieht.

»Hilf mit«, beschwört er mich, doch ich habe alle Kraft verbraucht. Selbst wenn ich wollte, könnte ich keinen Muskel rühren. Es ist gewiss das Gift. Es muss so sein.

»Yakup, hilf mir!«

Die Leiter schwankt, Yakup ist totenbleich.

»Fürchtest du den Tod?«, lalle ich.

»Nur die Höhe«, sagt er und packt meine Arme. Gemeinsam hieven sie mich auf die Schindeln. Lee reißt bereits am Paketband, Yakup stützt mich. Sein Gesicht verschwimmt.

»Danke«, murmele ich.

»Nicht ohnmächtig werden«, warnt er. »Wir müssen runter. Scheiße, ist das hoch. Hörst du, Cousinchen? Wach bleiben! Lee, sie entgleitet uns.«

»Das ist das …« *Gift*, will ich sagen.

Jemand schlägt mir ins Gesicht – ich liege am Grund. Ich habe keine Ahnung, wie ich hierherkam.

»Sie ist zurück.« Lee kniet über mir. »Jenna, hörst du mich? Irgendwas stimmt nicht.«

»Sie ist verpackt, als sollte sie nach China verschifft werden – hier stimmt gar nichts.« Yakup beugt sich über mich. »Sie riecht nach Kotze. Hast du gesoffen?«

»Eisenhut«, flüstere ich.

»Ich habe keinen Hut«, sagt Yakup.

Lee flucht. »Den Notarzt, sofort.«

Er hält meine Hand, er spricht mir gut zu. Er ist da, wenn ich wegdämmere, und da, wenn ich aufwache. Er geht nicht fort, er sagt es immer wieder.

»Ich bin da, Jenna. Bleib bei mir.«

Ja, denke ich. *Ja, ich bleibe.*

Erst das Blaulicht lockt die Nachbarn.

Ich höre sie flüstern – oder ist es ein Echo?

Das Kind fiel vom Dach.

Ist sie gesprungen?

Wurde sie gestoßen?
Wo ist die Mutter?
»Ich fahre mit«, entscheidet Lee.
Auch Großvater ist da, Judith, der Gärtner. Sogar Tamara.
Sie sind alle da, waren es immer.
Lee drückt meine Hand, ich blinzle ihm zu.
»Möchtest du etwas sagen?«
Es sind nur drei Worte.
Mutter. Kräuterbeet. Leiche.

VERGISSMEINNICHT[2]

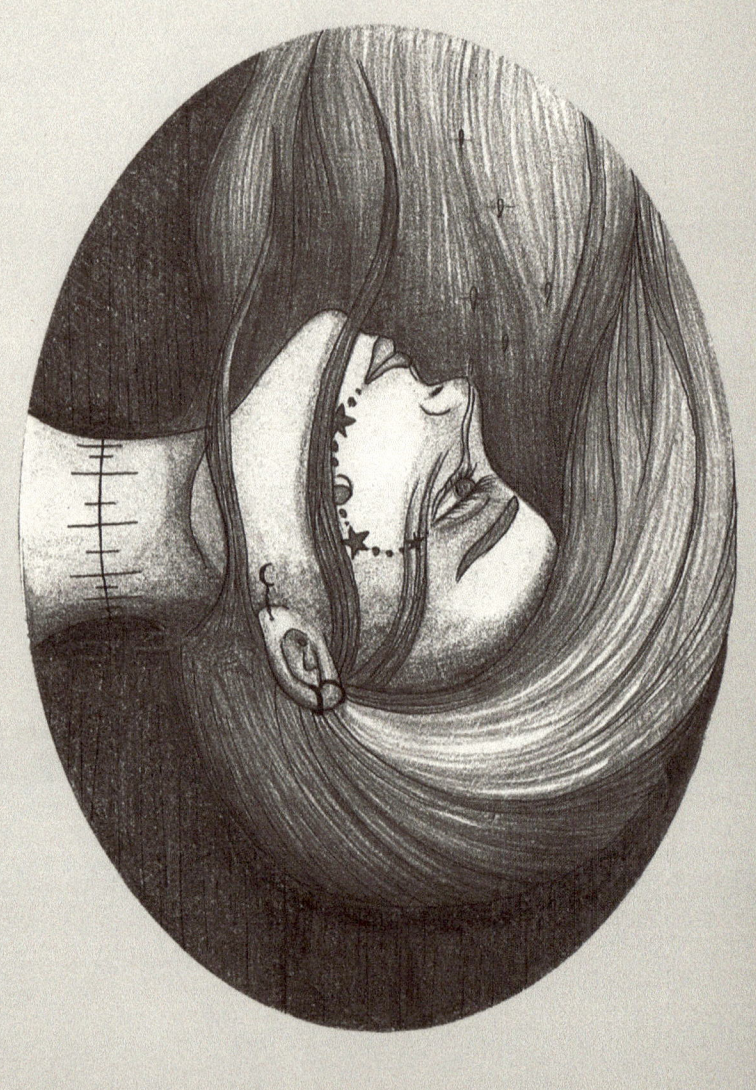

Wie oft hast du darüber nachgedacht, mich zu töten?

Ich frage mich das, um das Ende zu legitimieren. War es bloß Hass, den ich in deinen Augen sah? Oder war es mein Tod, den du in tausend Einzelheiten still und heimlich und in Endlosschleife fantasiert, gar zelebriert hast? Ich stelle mir vor, dass es so ist. Das macht alles, was danach kam, erträglicher. Die Vorstellung, dass du dein Schicksal verdient hast. In einer gerechten Welt ergäbe alles zum Ende hin Sinn - und ist nicht das wahrlich erstrebenswert?

Anna sagt, ich solle aufstehen, mein Körper brauche Bewegung und frische Luft täte gut. Sie sagt es, ohne mich anzublicken. Sie schafft es nicht, und ich wage nicht, sie darauf anzusprechen, sie zu fragen, was geschehen wäre, wenn nicht Lee und Yakup, sondern sie mich gefunden hätte.

Läge ich neben Mutter im Kräutergarten?

Würde Scarlett Blüten von meinem Grab ernten und Anna ihren Tee trinken, als wäre nichts geschehen? Hätte Vater einen Brief erhalten, in dem steht, dass ich es nicht länger ertrage, dass ich fortmüsse – wie Mutter –, es mir gut gehe und er nicht nach mir suchen solle?

Ich frage sie all das mit jeder Faser meines Körpers. Ich schreie es ihr stumm entgegen, während sie den Margeritenstrauß in der Vase zurechtrückt und den Vorhang glatt streicht, die Wasserflaschen kontrolliert und zurück in den Stuhl am anderen Ende des Raumes sinkt. Sie schafft es nicht, neben mir am Bett zu sitzen und meine Hand zu halten. Der Abstand zwischen uns war nie größer.

Sie erzählt von Scarlett, ohne ihren Namen in den Mund zu nehmen. Dass sie nun an einem besseren Ort sei, einer, an dem man sich um sie kümmern werde. In einem Nebensatz fließt ein, dass auch sie an einen solchen Ort reisen wird und diesmal nicht zurückkommt. Es ist ein Lebewohl zwischen den Zeilen, ein wortloser Abschied.

Ich frage mich, ob die Margeriten von ihr sind. Sie waren schon da, als ich erwacht bin, genauso die zwei Polizisten, die mir erklärten, was geschah. Ich wusste nicht, dass leichenblass eine Farbe ist. Während ihres Erklärens floss sämtliche Farbe aus Annas Gesicht. Ich sah nur sie an.

Selbst jetzt, da es keine Worte mehr braucht und alles gesagt ist, steht einer der Polizisten neben ihr. Er wagt nicht, sie mit mir allein zu lassen.

Hätte sie mich bestattet?

Begraben und vergessen wie Mutter?

Ich stelle mir vor, dass es so ist. Ich sehe sie schweißüberströmt und bis zur Hüfte im Erdreich stehen. Tropfen rinnen ihr über die Schläfen, vermischen sich mit denen auf ihren Wangen, während sie Schaufel um Schaufel mein Bett bereitet. Sie weiß, wie tief es sein muss, sie hat lange genug auf dem Friedhof geholfen. Diesmal geht sie auf Nummer sicher; sie gräbt tiefer, als sie müsste. Vielleicht als Strafe für sich selbst. Oder weil Geheimnisse die unangenehme Eigenschaft haben, früher oder später zutage zu treten. Als sie mich über die Kante zerrt und mein Körper schwer zu Boden sackt, muss sie sich abstützen.

Ihr ist kotzschlecht – mir auch.

Der Polizist nimmt sie mit. Sie sagt kein Wort, wünscht mir weder Glück noch ein gutes Leben.

»Hättest du mich begraben?«, frage ich, als die Tür längst geschlossen ist und ich allein in diesem Bett verbleibe. Vielleicht schaffe ich es eines Tages, sie zu fragen. Jetzt schaffe ich es kaum zu atmen.

Papa schiebt sich in einem Rollstuhl ins Zimmer. Er ist noch grauer als Anna und ihm fehlen wie ihr die Worte. Als er nach meiner Hand greift, fühle ich nichts. Seine Zuneigung kommt zehn Jahre zu spät.

Später erfahre ich, dass sein Herz, kaum dass er mein Zimmer verließ, versagte. Sie versuchten vergeblich, ihn zu reanimieren. Immerhin starb er mit der Gewissheit, dass er nicht verlassen wurde – sondern verlassen hat.

Ob sie einander im Himmel verzeihen?

Zuletzt kommen Lee und Yakup.

Sie halten mich, während ich weine – sie bringen mich zum Lachen und entsorgen die Margeriten, als auch das letzte Blütenblatt fällt. Niemand sonst durfte sie anfassen, waren sie doch alles, was mir geblieben ist. Zehn Jahre in einem Strauß welker Blüten. Jetzt ist er fort.

Lee hält meine Hand, Yakup trägt meine Tasche.

Er brüstet sich damit, dass er die Schuld seines Vaters sühnte, indem er todesmutig aufs Dache kletterte und den Notruf wählte. Sie reden so viel, dass ich nichts zu sagen brauche. Sie füllen die Leere in mir und um mich herum mit ihrem Lachen und ihrer Nähe. Ich wusste nicht, dass Familie jenseits von Blut existieren kann, wie gut sich eine wärmende Umarmung anfühlt oder echte Zuneigung, dass man vor Dankbarkeit weinen kann und dass Glück manchmal schmerzt.

»Wir sind jetzt deine Familie«, sagen sie.

Und ich glaube ihnen.

Ich bewohne das alte Zimmer von Papa. Die Briefe, die Mutter ihm schrieb, hat er in einer veilchenblauen Box unter dem Bett aufbewahrt. Lee liest manchmal aus ihnen vor, wenn wir beide in Vaters altem Bett liegen und er seinen Kopf auf meinem Schoß bettet. Ich streiche ihm durchs Haar, lausche seiner Stimme und fühle mich ihnen so nah, wie nur irgend möglich. Zu wissen, dass sie einander wahrhaftig liebten, dass sie sich auf mich freuten und ein Leben zu dritt kaum erwarten konnten, lässt etwas ganz tief in mir heilen, von dem ich dachte, es sei auf immer verloren.

Dass Heilung möglich ist, zeigt auch Yakups Vater. Als er mit seiner Frau kam, sangen die Vögel und die Sonne schien so klar, als hätten sie eigens für diesen Tag geprobt. Großvater verlor nicht viele Worte, sie sahen sich bloß an und klopften sich unbeholfen auf die Schulter. Seither verbringen sie die Abende auf der Veranda, bei einer Flasche Wein und mit den Gedanken in vergangenen Tagen. Sie sprechen über so vieles, doch niemals darüber, dass Vater starb. Vielleicht fürchten sie, der Schmerz könnte sie erneut entzweien, jetzt, da sie zueinander gefunden haben.

Manchmal sitzen wir bei ihnen und lauschen den Geschichten von früher. Ich erkenne uns selbst in ihnen wieder.

Lee, Yakup und mich.

Wir sind am Leben.

Wir haben es gut.

Lee verspricht, mich so oft zu besuchen, wie es ihm möglich ist. Er fragt, ob wir zusammen studieren wollen, wenn ich die Schule beendet habe. Ein Jahr liegt noch vor mir.

»Du schaffst das«, sagt er und küsst mich zum Abschied.

»Ich schaffe das«, flüstere ich.

Ich sage es jeden Morgen, den ich die Villa verlasse, die nun mein Zuhause ist, und den Hof flüchtig streife, der es einst war. Ich sage es mir, wenn ich das Schulgelände und den Klassenraum betrete und ganz hinten neben Maria in der letzten Reihe sitze. Wenn mich ihre Blicke verfolgen, egal wohin ich auch gehe, was ich auch tue oder sage. Ich hätte nie gedacht, dass mir die Unsichtbarkeit fehlen würde. Dass sie zwar Fluch, aber auch Segen war.

Maria lässt mich abschreiben, sobald ich den Faden verliere und statt dem Unterricht dem Verlauf der Wolken folge. Der Herbst fasst sie in seinen Farben, die Bäume streifen neue Kleider über, die Schlaglöcher auf der Straße füllen sich mit Tränen. Ich weiche ihnen aus.
Und denke an Scarlett.
Doch mit jedem Blatt, das der Wind den Ästen entreißt, lasse ich sie ein Stück weiterziehen. Vielleicht werden noch Jahre vergehen, ehe ich ohne einen Gedanken an sie erwache. Vielleicht werde ich gar am Totenbett noch ihr Gesicht sehen und ihre Stimme hören. Doch die Momente dazwischen, die ohne sie, werden größer. Ich telefoniere oft mit Lee, wir sprechen über die Zukunft, über uns und was wir vom Leben erwarten. Er hat mir ein Tagebuch geschenkt; das alte war unauffindbar. Großvater sagt, er habe es heimlich an sich genommen, kurz bevor ich es suchen kam. Doch er brachte es nicht übers Herz, in meine Gedanken zu tauchen. Er entschied, es mir zurückzubringen. Ich sah ihn von Scarletts Fenster aus den Hof verlassen, das Buch hatte er vor die Tür gelegt, doch als Lee und Yakup danach suchten, war es fort – und mit ihm all meine Gedanken. Den Verlust spüre ich körperlich.
Ich gab diesem Buch meine Seele.
Es war ein Teil von mir.
Es zu verlieren bedeutet, mich selbst zu verlieren.
Lee sagt, ich solle es als Chance betrachten.
Mein Leben als ein leeres Blatt Papier.
»Worüber soll ich schreiben?«
»Das ist dir überlassen.«
»Und wenn mir nichts einfällt?«
»Fang einfach an, alles andere findet sich.«
»Aber womit?«, frage ich und fürchte, dass jedes Wort, das ich zu Papier brächte, nur von ihr erzählt. In jedem Spiegel erblicke ich ihr Gesicht, in jedem Rot erkenne ich sie wieder. »Werde ich je ohne sie sein?«
»Du schaffst das«, sagt Lee.
Vielleicht ist das alles, was bleibt.
Es zumindest zu versuchen.
»Ich schaffe das«, flüstere ich.
Und schreibe.

In einer gerechten Welt wäre dies unser Ende. Dein Erwachen, mein Verschwinden, Annas Sühne und Vaters Tod. Doch wenn es eines gibt, in dem wir mit großer Sicherheit übereinstimmen, dann in der Überzeugung, dass diese Welt scheißungerecht ist. Das falsche Kind fällt vom Dach, manche gehen vor ihrer Zeit, andere bleiben so lang, dass sie vereinsamen. Ist das gerecht?

Ich sage Nein und bin überzeugt, du würdest zustimmen, wenn du nur könntest. Doch du bist still wie die Blumen, so still, wie du es von Anfang an warst. Ich bat um einen Topf Vergissmeinnicht. Sie gedeihen prächtig. Sie erinnern mich an dich. Der Drang, sie zu schneiden, zu trocknen und pressen, hat bereits nachgelassen. Sie loben mich dafür, sagen, dass meine Dämonen schwächer würden, dass ich sie, wenn ich ihnen nur entschlossen genug entgegentrete, eines Tages besiegen werde.

Auch dich, dass sagen sie, solle ich loslassen. Du hast mein Leben bestimmt wie ich das deine. Du hast einen Schatten geworfen, so erstickend wie das Dach des Stalls. Allnächtlich liege ich zwischen den Vergissmeinnichtblüten in unserem Hof und blicke zu dir hinauf. Es ist mir unbegreiflich, wie du je glauben konntest, mein Schatten würde bis zu dir reichen, wo du doch hoch oben auf den Schindeln an Mutters Hand standest, während ich zerbrochen am Grund lag. Es ist mir unbegreiflich.

Doch wenn ich eines gelernt habe, dann dass es keine einfachen Antworten gibt. Das Leben ist ein Kaleidoskop an Farben und Wahrheiten, die je nach Blickwinkel variieren, ineinander verschwimmen oder sich gar überlappen.

Ich bitte die nette Dame in Weiß um ein weiteres Blatt. Sie organisiert es sofort, ist ganz erpicht darauf, mehr über dich und mich zu erfahren. Dass ich unsere Geschichte niederschreibe, macht sie euphorisch. Sie fragen oft, ob die Dinge wirklich so geschehen sind.

Ob ich gefallen bin oder doch du.

Ob ich dich misshandelte oder du mich.

Die Antworten der Menschen, die uns kannten, schaffen mehr Fragen als Klarheit. Vater war blind für alles außer seinen Schmerz, Lee und Yakup kannten uns zu flüchtig und unsere Mitschüler nur die Fassade. Anna hingegen war zu tief verstrickt, um noch als glaubwürdig zu gelten. Ich bezweifle, dass sie sich jemals von Mutters Erbe befreien kann; wer erst von der Süße der Lüge gekostet hat, ist ihr auf immer verfallen. Du weißt, was ich meine. Du hast dich von ihr genährt, dich an ihr berauscht und betrunken.

Wir taten es beide.

Lügen waren unser Fundament, Halbwahrheiten unser täglich Brot. Du fehlst mir; bist du doch die Einzige, die vollends verstand, wie es sich anfühlte. Wir teilten ein Schicksal, waren von einem Blut und demselben Fleisch. Unsere Seele, das glaube ich fest, wurde getrennt durch die Geburt und wiedervereint durch die zweite.

Wir sind eins.

Was sie wohl dazu sagen? Ich bin sicher, sie finden einen Begriff dafür. Sie kennen so viele und wissen doch so wenig darüber, wie es wirklich ist. Indem sie uns Namen geben, uns analysieren und kategorisieren, glauben sie, den wahren Kern zu ergründen. Dabei können sie nur irren. Sie müssten unser Leben leben, um zu verstehen.

Ich bitte um ein weiteres Blatt, es wird mir gewährt. Vor mir liegen die Seiten deines Tagebuchs, sorgsam verpackt in Klarsichtfolien. Manche sind für immer verloren, ihre Tinte zerfloss wie Tränen, andere konnte ich retten. Ich schreibe sie ab, Wort für Wort und Zeile für Zeile, rekonstruiere unsere Geschichte. Die Lücken fülle ich mit meinen eigenen Gedanken, mit dem, was ich glaube, was geschah, mit Lügen und Fantasie. Mit Dingen, die du bestreiten würdest, und solchen, die dich zum Weinen brächten. Wenn ich so dasitze, über den Tisch gebeugt und mit dem Stift in der Hand, in diesem herrlich sterilen Raum mit der majestätischen Fensterscheibe, die eine Freiheit vorgaukelt, die längst verloren ist, kommt es mir vor, als würde ich deiner Stimme lauschen. Als wären wir beide hier.

Du und ich. An diesem Tisch.

Dies ist unsere Geschichte.

Und unser wahres Ende.

DANKSAGUNG

Bist du der Typ Mensch, der den Kinosaal vor dem Abspann verlässt? Oder bleibst du, bis der letzte Name über die Leinwand zieht und die Mitarbeiter deiner geduldig am Ausgang harren? Falls du zur letzteren Gruppe gehörst, folgt hier der Abspann dieses Buches.

[Vorhang auf für die Helfer im Hintergrund]

Mein Dank gilt ...

Astrid Behrendt für den Satz, das Layout und das Hüten der Drachen im Allgemeinen; ganz besonders aber für ihr Vertrauen in mich. Obwohl Jenna keine fantastische Geschichte und damit ein Genrewechsel ist, hat Astrid sie trotzdem adoptiert. Danke dafür!

Stephan Bellem für das Lektorat und die langen Sprachnachrichten.

Michaela Retetzki für das Korrektorat und den letzten Schliff des Textes.

Alexander Kopainski für das gewiss grandiose Cover (ich schreibe diese Zeilen, ohne das Design zu kennen, aber im Vertrauen auf seine Fähigkeiten).

Monika Weber, Christina Wallrath, Corinna Götte und Ute Berkels für ihren Fleiß im Drachennest und die Unterstützung bei den Signieraktionen.

Judith Schulte, Petra Adrian und Philine Adrian für das (mehrmalige) Testlesen und die zahllosen Gespräche rund um Jenna, Scarlett und Anna.

Katharina V. Haderer für die wunderschönen Zeichnungen der Postkarten und die passende Widmung zu diesem Buch: Kintsugi!

Christian Handel, Katharina V. Haderer und Julia Dessalles für jeden Rat und jede Motivation.

All den DPD- und DHL-Fahrern für den sicheren Transport von Jenna zu ihren neuen Besitzern.

Allen Buchhändlern, die Jenna einen Platz im Sortiment gewähren und sie liebevoll empfehlen.

All den fähigen Hände, die das Manuskript in ein E-Book umwandeln, und all den menschlichen Rädchen im Kosmos der Vertriebswege.

Allen Bloggern und Buchliebhabern, die Jenna weiterempfehlen, wunderschön in Szene setzen und in den sozialen Medien teilen.

Allen Rezensenten, die sich die Zeit nehmen, ein kurzes (oder langes) Feedback zu schreiben. Seid gewiss, ich lese sie alle.

Kurz: Allen Lesern, die Jenna auf ihrer Reise begleitet haben. Danke für euer Vertrauen!

Und zuletzt gilt mein Dank meiner Familie. Ohne euch geht nichts.

[Abspann Ende – danke für eure Aufmerksamkeit!]

Ein paar Fragen an Julia von Christian Handel

Wie würdest du jemandem, der noch nichts von dir gelesen hat, deine Bücher beschreiben?

Sie handeln von Antihelden, die ihren Platz suchen, die mit sich hadern und zweifeln, die falsche Entscheidungen treffen, manchmal im Selbstmitleid versinken, die Schönheit der Vergänglichkeit erkennen und den Wert von Erinnerungen. Sie handeln von Grautönen, von all dem, was zwischen Gut und Böse liegt. Sie versuchen in jedem Schatten etwas Licht zu finden und andersherum. Es geht um Gnade und Würde und Stolz und die Endlichkeit des Seins.

Von der ersten Idee bis zum fertigen Buch ist ein langer Weg. Was magst du beim Schreiben einer Geschichte am allerliebsten (und warum)?

Ich liebe den Zauber einer frischgeborenen Idee. Wenn aus einem Satz oder einem Wort noch alles Mögliche werden kann. Wenn sich dann ein Weg herausschält, die Hintergründe zutage treten, die Zusammenhänge offenbaren – das liebe ich! Dann fühlt sich die Geschichte so natürlich, so vorherbestimmt und richtig an, als wäre sie wahrhaftig geschehen. Genauso am Ende, wenn alle Fäden zusammenfinden und das große Ganze sichtbar wird – ein unvergleichlicher Moment.

Was ist das kurioseste, spannendste oder verrückteste Thema, über das du bisher recherchieren durftest?

Momentan befasse ich mich mit luziden Träumen. So ein spannendes Thema! Ich möchte die Techniken unbedingt selbst erlernen, um häufiger luzid zu träumen. Mir gefällt vor allem der Gedanke, dass es etwas ist, was in jedem Kulturkreis, zu jeder Zeit und jedem Menschen möglich ist. Wir mögen uns auf vielfältige Art unterscheiden; aber wir alle träumen. Ist das nicht ein seltsam tröstlicher Gedanke?

Was machst du, wenn du beim Schreiben mal nicht weiterkommst?

Ich habe einiges ausprobiert und kaum etwas hat geholfen. Momentan verbiete ich mir zu überarbeiten. Missfällt mir eine Szene, setze ich einen Kommentar und fertig. Hakt es an einer Stelle, kürze ich ab. Später kann ich es ausbauen, doch solange kein Grundgerüst steht, kein Rahmen, in dem ich mich bewegen kann, fürchte ich mich festzubeißen. Und das will ich nie wieder. Keine Worte zu finden, nicht schreiben zu können – für mich ein wahrgewordener Albtraum. Daher mein Rat: ein Überarbeitungsverbot wirkt Wunder. (Zumindest bei mir, auch wenn es sehr schwerfällt)

Worum ging es in der allerersten Geschichte, die du jemals geschrieben hast?

Als Kind diktierte ich meinem Großvater ein paar Sätze über unser Haus und malte dazu Bilder, später schrieb ich peinliche Gedichte und einen Krimi mit lauter toten Katzen. Als Erwachsene folgte der erste Roman über eine Polizistin und einen Mafiosi, die sich ineinander verlieben. Allerdings saß kein Komma am richtigen Platz, von der Grammatik ganz zu schweigen. Das alles habe ich mir mühsam antrainiert. Keine Ahnung, wie ich es durch die Schule gebracht habe – meine Rechtschreibung war lausig.

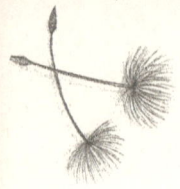

*Was ist für dich persönlich wichtiger:
Worldbuilding oder Charakter-Entwicklung?*

Ich konzentriere mich vor allem auf die Hintergrundgeschichte der Figuren. Mir ist es wichtig, dass die Geschichte rund ist und sich Ende und Anfang spiegeln.

Hast du jemals Fanfiction geschrieben?

Geträumt? Ja. Aber geschrieben? Nein. Ich meine, wer spinnt seine Lieblingsgeschichten nicht des Nachts weiter? Ich war bereits Voldemorts verschollene Tochter, ein Vampir an der Seite von Edward und kürzlich erst in Caraval. Ich meine, wer will nicht nach Caraval? Hat jemand ein Ticket übrig? Ich nehme es sofort!

*Was glaubst du ist der Grund,
weshalb vor allem dunkle, gefährliche Figuren und düstere Reiche
so anziehend auf so viele Leser wirken?*

Weil die Dunkelheit Konflikte verspricht. Moralische, ethische und sinnliche. Im echten Leben würden wir die dunkle Gasse meiden, genauso den Sprung in den Brunnenschacht und niemals einem Fremden vertrauen – von Buchcharakteren erwarten wir aber genau das. Wir wollen sie in Gefahr erleben, wie sie sich daraus befreien, wie sie daran wachsen und sich entscheiden. Wir sind mit ihnen zusammen mutig, verdorben, lustig und melancholisch. Wir stellen uns gemeinsam den Dämonen, den inneren wie äußeren.

*Über wen zu schreiben macht mehr Spaß:
den Helden oder den Gegner?*

Mir gefällt es, wenn die Rollen nicht klar verteilt sind. Wenn der vermeintliche Held Schreckliches tut und der Antiheld ehrenhaft handelt. Wenn die Grenzen verwischen und die Grautöne zutage treten. Hat nicht das seinen ganz eigenen Reiz?

Verstehst du dich mehr als Künstlerin oder als Handwerkerin, wenn es um deinen Beruf geht?

Beides. Wobei der künstlerische Anteil überwiegt, das Handwerk eigne ich mir gerade nachträglich an und merke, wie viele Anfängerfehler ich bereits gemacht habe. Aber sei's drum. Das ist halt mein Weg, meine Schritte, die mich bis hierhergeführt haben.

Was macht für dich einen guten Fantasy-Roman aus?

Sollte es Magie geben, so braucht sie klare Regeln, denen sie unterliegt. Sonst macht es keinen Spaß. Übermächtige Magier, die alles können, sind kein Gegner, sondern der Tod.

Woran erkennst du, dass eine Idee es Wert ist, zu einem Roman ausgearbeitet zu werden?

Ich glaube, dass tendenziell jede Idee zu einer Geschichte taugt. Das ist wie bei einem Loch, je tiefer man gräbt, desto mehr fördert man zutage. Ein Satz mag nicht genügen, doch er kann den Ausgangspunkt markieren. Manche Ideen sind frischer oder innovativer, aber ich würde keine vorschnell abschreiben. Wer weiß, vielleicht verbirgt sich darunter eine Goldader.

Würdest du lieber gegen einen Drachen in einem Dudelsack-Spiel-Wettkampf antreten oder gegen eine Banshee (eine Geisterfrau) im Schwertkampf?

Da ich furchtbar wenig Atem habe und schon beim bloßen Singen aus der Puste komme, müsste ich wohl oder übel zum Schwert greifen, befürchte aber, auch dort hoffnungslos zu unterliegen. Wobei – Geisterfrau? Kann die überhaupt ein Schwert halten? Ist das dann auch aus Schall und Rauch? Meine Chancen steigen überraschend.

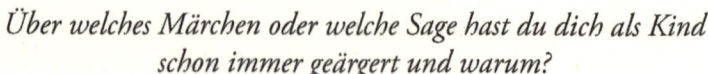

Über welches Märchen oder welche Sage hast du dich als Kind schon immer geärgert und warum?

Furchtbare Angst hatte ich vor dem bösen Wolf, der die Geißlein frisst. Er verfolgte mich selbst des Nachts. Wie konnten die dummen Zicklein auch die Tür öffnen? Das wird mich niemals loslassen. Hätten sie es nicht getan, wäre die Geschichte allerdings recht langweilig.

Liest du grundsätzlich ein Buch nach dem anderen oder auch schon mal mehrere parallel (nicht gleichzeitig natürlich)?

Mehrere, immer. Für einige brauche ich Wochen, manchmal gar Monate. Andere atme ich weg. Ich verteile sie an unterschiedlichen Orten im Haus und sogar im Auto und der Handtasche, damit ich in jeder Lebenslage zum Buch greifen kann.

Was wär das erste, was du sagen würdest, wenn man dich um 3 Uhr nachts anstupst (besonders für die, die dann noch gar nicht im Bett sind. ...)

Passiert mir oft. Meist steht dann ein Kind am Bett und möchte gekuschelt werden. Manchmal auch zwei oder gar alle drei. Ich wäre eher verwundert, wenn ich verschont bliebe.

Was war ein »perfekter Moment«, an den du dich erinnerst?

Vor einigen Sommern bin ich mit meiner Schwester früh morgens Rad gefahren – als wir am Deich standen und der Sonne beim Erwachen zusahen, war das ein wunderschöner Augenblick. Die Kälte, die Weite, das Licht, die Welt in Pastell, der Nebel dazwischen und das Meer stahlgrau. Unvergesslich schön.

Wie würde dein (evtl. fiktives) Haustier bei seinen Kumpels mit dir angeben / über sein Leben bei dir berichten?

»Die streichelt öfter ihre Bücher als mich.« (Ich habe leider diverse Haustierallergien, da wäre also nix mit Kuscheln.)

Die beste Art, den Abend ausklingen zu lassen ist ...

Im Bett mit dem Laptop, das Manuskript offen und im Schreibrausch.

Ein Drache landet vor dir und bedeutet, dass du aufsteigen sollst – was tust du?

Ich rufe die Kids herbei. So einen Drachenflug gibt's nicht alle Tage; nix wie rauf da!

In deinem letzten Leben warst du sicher ... und warum?

Eine Hexe. Und alt. Steinalt. Das spüre ich noch in den Knochen.

Julia Adrian
Die Dreizehnte Fee – Sammelband
ISBN: 978-3-95991-913-5, Klappenbroschur, EUR 19,90

Ich bin nicht Schneewittchen.
Ich bin die böse Königin.

Für tausend Jahre schlief die Dreizehnte Fee den Dornröschenschlaf, jetzt ist sie wach und sinnt auf Rache. Eine tödliche Jagd beginnt, die nur einer überleben kann. Gemeinsam mit dem geheimnisvollen Hexenjäger erkundet sie eine Welt, die ihr fremd geworden ist. Und sie lernt, dass es mehr gibt als den Wunsch nach Vergeltung.
»Kennst du das Märchen von Hänsel und Gretel?«, frage ich flüsternd. Er braucht mir nicht zu antworten, er weiß, dass nicht alle Märchen wahr sind.
Nicht ganz zumindest.
Es gibt keine Happy Ends, es gab sie nie. Für keine von uns.

─────

Dieser Sammelband beinhaltet alle drei Bände der Feen-Reihe (Erwachen / Entzaubert / Entschlafen) plus Bonusgeschichten

Julia Adrian
Winters zerbrechlicher Fluch – Sammelband
ISBN: 978-3-95991-244-0, Klappenbroschur, EUR 19,90

Verschenke dein Herz mit Bedacht,
denn es ist aus Glas und Glas zerbricht in den falschen Händen.

Als Cinderella auf den Ball gerauscht kommt und des Prinzen Herz stiehlt, steht Mary vor den Scherben ihres Lebens. Schließlich sollte sie selbst Duncan heiraten und Königin von Maywater werden. Doch das Schicksal gewährt ihr eine zweite Chance. Denn am Ende der Nacht ist die schöne Fremde im Himmelskleid verschwunden und als einziger Beweis ihrer Existenz verbleibt ein gläserner Schuh.

Doch wer hätte gedacht, dass ein Schuh aus Glas so schwer zu zerstören ist?

―――

Dieser Sammelband beinhaltet alle drei Bände der Reihe
(Frühling / Herbst / Winter)

Kerstin Ruhkieck
Was geschah mit Femke Star?
ISBN: 978-3-95991-441-3, kartoniert, EUR 14,90

Jedes Mädchen hat ein schmutziges Geheimnis. Jedes. Auch du.
Doch was würdest du tun, wenn dein Geheimnis eigentlich meins wäre, und nur ich, nicht du, die Wahrheit kenne?
Und was geschah mit Femke Star?

Einst waren Femke und Anouk beste Freundinnen, bis ein Verrat die beiden entzweite. Was blieb, war die Hassliebe zweier Mädchen, die sich in unterschiedliche Richtungen entwickelt hatten. Doch als Femke eines Tages Anouk um Hilfe bittet, kommt es zu einem schrecklichen Unfall, der Anouks Leben für immer verändert. Von hässlichen Erinnerungsfetzen geplagt, versucht Anouk herauszufinden, was Femke widerfahren ist, und stößt dabei auf eine Mauer des Schweigens. Und auch die Zeit arbeitet gegen sie, als Anouk die Hauptverdächtige eines Verbrechens wird, das sie nicht begangen hat …

"Aufrüttelnd und verstörend. Ein spannender Jugendthriller, den auch Erwachsene lesen sollten!" – Sebastian Fitzek

Laura Labas
The Lie She Never Told
ISBN: 978-3-95991-680-6, kartoniert, EUR 12,90

Mein Name ist Faith Rochester und ich habe meine beste Freundin getötet.

Fast drei Jahre später kehre ich in meine Heimatstadt zurück, in dem Wissen, dass mich niemand ansehen, geschweige denn mit mir reden wird. Niemand – bis auf eine Ausnahme. Liam Bridges hat sehr viel über mich und den Tod seiner Schwester zu sagen und nichts davon ist besonders nett.

Nachdem Faith ihre beste Freundin Emma auf einem Foto, das nach ihrem vermeintlichen Tod aufgenommen wurde, entdeckt, reist sie nach Grayne Village. Zurück an den Ort, an dem alles seinen Anfang nahm. Dort erkennt sie schon bald, dass das Mysterium um Emmas Verschwinden weiter und tiefer reicht, als sie geahnt hat. Ist Emma wirklich tot oder gibt es noch Hoffnung? Wie tief muss Faith graben, um die Wahrheit endlich aufzudecken und sich von den Lügen einer ganzen Stadt zu befreien?

Du brauchst Lesenachschub und möchtest dich überraschen lassen
oder wünschst Empfehlungen? Da können wir helfen!
Wir stellen für dich ganz individuell gepackte Buchpakete zusammen – unsere

DRACHENPOST

Du wählst, wie groß dein Paket sein soll, wir sorgen für den Rest.

Du sagst uns, welche Bücher du schon hast oder kennst und zu welchem Anlass es sein soll.
Bekommst du es zum Geburtstag #birthday
oder schenkst du es jemandem? #withlove
Belohnst du dich selber damit? #mytime

Je mehr wir wissen, umso passender können wir dein Drachenmond-Care-Paket schnüren.
Du wirst nicht nur Bücher und Drachenmondstaubglitzer vorfinden, sondern auch Beigaben,
die deine Seele streicheln. Was genau das sein wird, bleibt unser Geheimnis …

Die Wahrscheinlichkeit ist groß,
dass sich das ein oder andere signierte Exemplar in deiner Box befinden wird. :)

Wir liefern die Box in einer Umverpackung, damit der schöne Karton heil bei dir ankommt und
als Geschenk nicht schon verrät, worum es sich handelt.

Lisan bringt das kleinste Drachenpaket zu dir, wobei *klein* bei Drachen ja relativ ist. € 49,90
Djiwar schleppt dir in seinen Klauen einen seitenstarken Gruß aus der Drachenhöhle bis vor die Tür. € 79,9
Xorjum hütet dein Paket wie seinen persönlichen Schatz und sorgt dafür, dass es heil bei dir ankommt –
und wenn er sich den Weg freibrennt! € 99,90

Zu bestellen unter www.drachenmond.de